FEDERHERZ
VERLAG

ELAINA FLOW

KILLER

masquerade

Ich bin dein Untergang

Enthält sensible Themen

Eine genaue Auflistung aller in diesem
Buch enthaltenen Triggerthemen findest du auf:
www.federherzverlag.de/trigger

MASQUERADE KILLER
Ich bin dein Untergang

Bildmaterial: Shutterstock, Freepik
Korrektorat: Eva Schremser

Bestellung und Vertrieb: Nova MD GmbH, Vachendorf

ISBN: 978-3-98595-401-8

WIRmachenDRUCK GmbH
Mühlbachstr. 7
71522 Backnang
Deutschland

Federherz Verlag
Süntelstraße 70
31848 Bad Münder
www.federherzverlag.de
Instagram: @federherz.verlag

Personen und Handlungen sind frei erfunden.
Etwaige Ähnlichkeiten mit real existierenden Personen
sind rein zufällig und nicht beabsichtigt.

Kämpferherzen brechen oft,
gehen aber niemals kaputt.
- Unbekannt -

WARNUNG

Weißt du, ich könnte beginnen dir von meiner heftigen
Vergangenheit zu erzählen oder von einer abgefuckten
Kindheit, die manche Seelen zerbrochen hat. Nichts
davon ist es wert, überhaupt erwähnt zu werden.
Aber wieso sollte ich dir davon erzählen?
Ich kenne dich doch gar nicht, und woher soll ich wissen,
dass du psychisch verkraften kannst, was mit mir passiert
ist und weshalb ich so geworden bin, wie ich bin?
Jeder Mensch spielt sein eigenes Spiel.
Nun ja, ich spiele verdammt gut. Intensiver und
vernichtender als jeder andere, den ich kenne.
Du würdest nicht einmal erahnen, was ich vorhabe, wenn
ich es auf dich abgesehen habe.
Ich bin der Schatten mit einem Messer in der Faust,
während du nur mein freundliches Lächeln sehen
kannst.
Diejenige, die zu deinem schlimmsten Albtraum wird,
wenn die Dunkelheit einbricht.
Du würdest nicht verstehen, wer ich bin und was ich tue.
Auch dann nicht, wenn ich es dir erzählen würde.
Ich habe viele Gesichter. Viele verschiedene Namen.
Doch du musst dir nur einen merken:

HUNTRESS

NOCH KANNST DU ZURÜCK.

Schließe das Buch und sei froh, nicht in eine düstere Welt eintauchen zu müssen, aus der es kein Entkommen mehr gibt. Dein Weltbild wird nicht zerstört und du wirst nicht an deinem oder meinem Verstand zweifeln müssen, während du dich fragst:
Was zur Hölle geschieht hier?
Noch kannst du einfach aufhören oder aber du folgst mir in meine Welt.

Du willst immer noch weiterlesen?
Na dann.
Sag aber am Ende nicht,
dass ich dich nicht gewarnt hätte!

Ich bin jedoch kein kompletter Unmensch. Wenn du sichergehen willst, dass sich keine **Trigger**, die dich verletzen könnten, in diesem Buch befinden, findest du die passende **WARNUNG** hier:
www.federherzverlag.de/trigger

PROLOG

LAWRENZO

In meiner Welt existiert kein ›Du und ich‹, principessa. Ich bin weder der strahlende Ritter auf einem Pferd noch ein Held, der dich vor dem Bösen rettet. Im Gegenteil. Ich bin derjenige, vor dem du gerettet werden solltest.

Und doch stehe ich nun hier. Sehe auf dich hinab und bete dafür, dass du es überleben wirst. Dein Gesicht ist blutverschmiert. Das strahlend schöne Kleid hängt nur noch in Fetzen von deinem Körper. Aus deinen rot unterlaufenen, eisblauen Augen blickst du mich schwach an. Selbst in solch einem Moment kannst du deinen verführerischen Mund nicht halten. Du provozierst mich. Erneut. So, wie du es schon die Wochen zuvor immer wieder getan hast. Niemand zuvor hätte so mit mir gesprochen. Doch, fuck! Du bist aber nicht niemand.

Ich sollte dich einfach sterben lassen. Dann wärst du nicht länger mein Problem. Aber ich bin zu egoistisch, als dass ich dich einfach gehen lassen könnte!

In mir tobt ein Sturm. Wut, Hass, Verzweiflung, Trauer. Keines dieser Gefühle richtet sich gegen dich, principessa, sondern gegen denjenigen, der dir das angetan hat.

Dieser fucking Verräter!

Ich bin groß geworden in dem Wissen, dass ich den Lorentino-Clan anführen werde. Sie alle müssen mir gehorchen. Keiner wagt es, sich mir zu widersetzen. Nicht nach meinen Regeln zu spielen. Und sollte es doch mal jemand wagen, würde er bitter dafür büßen müssen.

Er hat es dennoch getan.

Er war bereit, den Preis zu bezahlen.

Denn er wollte, was ich habe.

Doch er wird niemals das besitzen, was ich am meisten begehre: dich!

EINS

ALENIA

VOR UNGEFÄHR 12 JAHREN

Ausdrucksleere Augen sehen mir entgegen. Rot umrandet und glasig blicken sie mich an. Aus meiner Nase tropft noch immer Blut, das sich seinen Weg hinab bahnt. Die Lippe pocht schmerzhaft und auch meine Wange glüht, als hätte jemand dort ein heißes Eisen dagegen gehalten und vergessen, es wieder wegzunehmen.

Wieso hat er mir wieder wehgetan? Ist es meine Schuld, dass er immer so wütend auf mich ist? Habe ich ihm irgendetwas getan und kann mich nicht mehr daran erinnern? Oder hasst er mich einfach nur, weil ihm gerade danach ist?

Ich blinzle, straffe meine Schultern und wende den Blick von meinem Spiegelbild ab. Aus dem Augenwinkel erkenne ich plötzlich eine andere Gestalt.

»Lia«, ertönt Melvins gequälte Stimme leise, kaum hörbar. *Wie lange steht er schon da?* Zaghaft kommt er näher und legt seine Hand auf meiner rechten Schulter ab. Über den Spiegel sehe ich ihn hinter mir stehen.

Mitleid und Wut zeichnen sich in seinem Gesichtsausdruck ab. Sein längeres braunes Haar fällt ihm strähnig ins Gesicht. Er hätte schon längst zum Friseur gemusst. Aber das kostet Geld. Geld, das wir nicht von unserem Vater bekommen. Auch wenn er mehr als genug davon besitzt.

»Ihr seid nicht mehr wert als der Dreck unter meiner Schuhsohle und der bekommt auch kein Geld von mir!«, ertönt seine vor Wut verzerrte Stimme in meinem Kopf, als ich an das letzte Mal denke. Wir brauchten Geld für Lebensmittel und ich konnte doch niemand anderen fragen. Kurz darauf spürte ich seinen festen Schlag in meiner Magengegend. Übelkeit stieg in mir auf. Sein gezielter Hieb nahm mir kurz die Luft zum Atmen, bevor ich das Gefühl hatte, mich sofort übergeben zu müssen.

»Jetzt ist dir schlecht, nicht wahr? Also brauchst du auch kein Essen, das du sowieso nur auskotzen würdest«, verhöhnte er mich und ließ mich danach einfach stehen, als wäre ich noch weniger Wert als der Dreck unter seinen Sohlen.

Gedankenverloren blicke ich Melvin über den Spiegel an. Mit den Armen umklammere ich meinen Bauch. Ich kann den Schlag des Monsters in meinem Magen allein bei dem Gedanken an damals förmlich spüren.

»Habe ich ihm etwas getan?«, wispere ich zaghaft. Mein Mund ist staubtrocken und meine Kehle fühlt sich kratzig an. Eine Träne löst sich erneut aus meinem Augenwinkel, die ich hastig mit dem Ärmel des dünnen Pullovers fortwische.

»Nein, Lia, hast du nicht«, redet Melvin beruhigend auf mich ein. So, wie er es danach immer tut. Nur habe ich das Gefühl, dass es nicht mehr die Wirkung auf mich hat, wie noch wenige Jahre zuvor.

Alles ist anders geworden, seit Ana nicht mehr bei uns ist. Sie war der Fels in unserer Brandung, auch wenn sie nicht unsere richtige Mutter war. Das Rettungsseil, wenn das Meer drohte, uns zu ertränken. Nur sie konnte uns halbwegs vor dem Teufel schützen, weil *er* sie liebte. Sie war die Einzige, die er je geliebt hat. Nun ist sie fort. Und niemand kann das Monster stoppen, dass uns körperlich wie auch seelisch zu zerbrechen droht.

»Er hasst mich. Warum bin ich nicht einfach damals gestorben? Dieser Schmerz, Melv, ich halte ihn nicht mehr aus.« In mir bricht alles in sich zusammen. Die Dämme werden von den aufsteigenden Tränen durchbrochen. Mein schmerzverzerrtes Schluchzen erfüllt das mit Scherben übersäte, dreckige Badezimmer, das nun mehr einer Ruine ähnelt.

»Rede nicht so, Lia! Dieses Schwein wird seine Quittung bekommen. Für alles, was er uns und auch den anderen angetan hat. Er wird büßen!« Seine Hand ballt sich zu einer Faust. Wütend funkeln mir seine Augen über den Spiegel entgegen.

Eine Gänsehaut überzieht meinen Körper, auch wenn ich weiß, dass diese Wut nicht mir gilt. Ich glaube Melvin sofort. So, wie ich ihm immer alles glaube. Er ist schließlich der einzige Mensch, dem ich blind vertraue.

ZWEI

ALENIA

Das laute Aufheulen meiner Kawasaki ertönt in der finsteren Nacht. Die Straßen von Los Angeles glitzern nass im Schimmer der Laternen, die in der Dunkelheit Licht spenden. Der Regen plätschert unaufhaltsam gegen das Visier meines Motorradhelms.

Viele Leute hassen den Regen. Es ist automatisch kälter und das Gefühl der Nässe zieht sich im gesamten Körper hoch. Ich hingegen liebe ihn. Schon immer.

Als Kind habe ich mir vorgestellt, er würde all das Böse der Welt hinfortwaschen und nur das Gute würde bleiben. Wie dumm ich war. Wie naiv. Heute weiß ich, dass der Regen nichts besser macht. Nichts wird durch ihn anders. Die Tatsache, dass ich den langen Highway entlangfahre, um zu Theodore zu kommen, beweist es.

Ich verlasse nach wenigen Minuten den Highway und steuere eine lange, von dicht beisammenstehenden Bäumen umgebende Straße an. Von Weitem erkenne ich bereits mein Ziel. Eine Villa, die hell erleuchtet in all ihrer Pracht zu strahlen scheint. Der Schein trügt. Ich weiß genau, dass sie nur von Weitem friedlich erscheint. Im Inneren hingegen geschehen die schlimmsten Dinge.

Ein Stück weit entfernt von der Villa, geschützt von den Bäumen, stelle ich die Kawasaki ab. Ich ziehe den Helm über den Kopf und lege ihn auf dem Sitz des schwarzen Motorrads ab. Aus der Tasche meiner schusssicheren Lederjacke hole ich die roségoldene Maske hervor. Sie bedeckt mein halbes Gesicht und bietet mir den Schutz, den ich bei den Aufträgen benötige. Das zartrosafarbene Haar flechte ich zu einem Fischgrätenzopf, der mir locker über die Schulter fällt. Aus dem Hosenbund hole ich meine Glock hervor, die ich vorab nochmals überprüfe. Mit sicheren Schritten wage ich mich aus dem Versteck, nachdem ich Melvin über meine Ankunft informiert habe, und laufe auf die Villa zu. Leise ertönt noch das Prasseln des Nieselregens, das die sonstige Stille durchbricht. Meine Schritte geben leise knisternde, teils schmatzende Geräusche von sich, sobald ich auf die nassen Blätter und Äste trete.

Vor mir erscheint ein imposantes Metalltor, das ungebetene Gäste fernhalten soll. Das riesige Anwesen wird zusätzlich von einer hohen Mauer umgeben. Hinter dem Metalltor erkenne ich vor dem Eingang der Villa bereits zwei Wachmänner, die sich zu unterhalten scheinen. Je näher ich komme, umso klarer erklingen ihre Stimmen in meinen Ohren. Für einen kurzen Moment verweile ich im Schatten der Mauer und beobachte die beiden, wie sie sich immer angeregter unterhalten.

Bevor ich verstehen kann, worüber die beiden zu diskutieren scheinen, ertönt ein lautes Summen. Das Metalltor öffnet sich langsam. Die Blicke der Männer schnellen augenblicklich in die Richtung des Tores. Mit zügigen Schritten kommen sie darauf zugeeilt.

»Dieses blöde Ding. Wie kann es sein, dass Theodore es einfach nicht reparieren lässt?«, erklingt die genervte Stimme von einem der Männer.

Bevor sie wissen, was geschieht, komme ich schnell aus meinem Versteck hervor und greife sie seitlich an. Mit einem gezielten Hieb in die Kniekehle geht der Erste stöhnend zu Boden.

»Was verdammt …«, bringt der andere, offensichtlich jüngere Mann hervor, als er mich wahrnimmt. Seine dunklen Augen sehen mir irritiert entgegen. Bevor er auch nur auf den Gedanken kommt, seine Waffe zu ziehen, habe ich mich bereits auf ihn gestürzt und mit einem gezielten Sprung meine Beine um seinen Hals geschlungen. Durch den Schwung ziehe ich ihn mit mir gemeinsam zu Boden und halte ihn dort mit den Oberschenkeln gefangen. Fest presse ich die Beine zusammen, nehme ihm die Luft zum Atmen und kämpfe gleichzeitig gegen seine Gegenwehr. Aus dem Hosenbund ziehe ich meine Glock und richte sie auf den anderen Mann, der gerade wieder auf die Beine kommt. Das alles geschieht innerhalb weniger Sekunden. Mit erhobenen Händen blickt der Ältere mich boshaft an. Aus seiner Nase tropft Blut, das ich erst bei genauerem Hinsehen erkenne.

»Auf die Knie, bleib ruhig und dem Kleinen hier wird nichts passieren«, keuche ich angestrengt in seine Richtung. Nach Luft ringend wird die Gegenwehr des Jüngeren endlich langsam weniger.

»Schlaf ein«, ermutige ich ihn mit gepresster Stimme,

endlich loszulassen. Die Verteidigung einzustellen und sich der Dunkelheit hinzugeben.

Tröstende, wohltuende Finsternis. Viel zu oft habe ich sie selbst erlebt und jedes Mal war sie meine Erlösung. Ich musste nicht mehr miterleben, was mit mir gemacht wurde. Es war, als würde mir doch noch irgendjemand die Gnade erweisen, einfach loszulassen.

Röchelnd stellt er seine Abwehr wenige Sekunden später wirklich ein. Ich spüre, wie sich sein Griff um meine Beine lockert.

Der blonde ältere Mann bleibt mit weit aufgerissenen Augen auf seinen Knien sitzen. »Mädchen, weißt du überhaupt, mit wem du dich hier anlegst?«, bringt er wütend hervor.

Verächtlich schnaube ich. Als er seine Hand langsam Richtung Rücken bewegt, rolle ich genervt mit den Augen. »Na, na, das lassen wir mal lieber bleiben.« Ich entsichere die Waffe blitzschnell mit einem leisen Klicken, das durch die sonstige Stille laut ertönt. Ich löse meine Beine von dem mittlerweile bewusstlosen Jungen, lasse dabei den anderen aber nicht aus den Augen. Elegant erhebe ich mich und gehe auf ihn zu. Aus meinen Boots ziehe ich beim Näherkommen Kabelbinder hervor. Mit einem kraftvollen Schwung schlage ich dem Mann auf die Schläfe, sodass er ebenfalls sofort sein Bewusstsein verliert. Mit den Kabelbindern fessle ich seine Hände auf dem Rücken zusammen und verbinde diese mit den Füßen, falls er wieder zu sich kommt, bevor ich weg bin. Bei dem Jüngeren bin ich mir zwar sicher, dass er nicht allzu schnell wieder bei Sinnen sein wird, dennoch schnüre ich ihn ebenfalls fest. Sicher ist sicher.

Dank Melvin, der mir das Tor geöffnet hat, bin ich

nun auf dem Gelände. Zum Glück haben heutzutage alle diesen neumodischen Schnickschnack, der sich gerne mal von außerhalb bedienen lässt. Vorsichtig laufe ich an der Hauswand entlang zum hinteren Teil der Villa. Vor mir teilt sich der viel zu große Garten in zwei Abschnitte auf. Links von mir erstreckt sich ein kleines Gästehaus, das vollkommen im Dunkeln liegt. Davor erkenne ich eine Art Zaun, der es umrandet. Kleine Sträucher und andere Pflanzen ragen darüber hinaus. Mein Blick gleitet weiter nach rechts über den Garten. Ein Pool sowie eine Minibar sind in der Dunkelheit schemenhaft zu erkennen.

Wider Erwarten kommen mir keine Männer mehr in die Quere. *Seltsam.* Ich hatte angenommen, dass Theodore sich nach meinem Brief besser bewachen lässt. Seine dumme Selbstsicherheit wird ihm am Ende so oder so das Leben kosten.

Ich schiebe die Terrassentür auf, die zu meiner Verwunderung nicht abgeschlossen ist, und betrete die Villa. Mit leisen Schritten suche ich Raum für Raum ab, bis ich endlich denjenigen finde, den ich gesucht habe.

Theodore – Kinderhändler, Mörder und Vergewaltiger.

Bestimmt ist seine Liste an Vergehen länger als die, die ich von ihm besitze. Mir reichen allerdings die Taten, die ich gesehen und gehört habe, um weitere Kinder vor ihm zu schützen. Ich blicke mich nochmals um, bevor ich das kleine Büro betrete, in dem Theodore auf seinen Laptop sieht.

Sein kalter Blick ist starr auf den Bildschirm gerichtet. Er sitzt vor einem stämmigen, aus dunklem Holz gefertigten Schreibtisch. Edle, eingearbeitete Verzierungen schmücken den Tisch. Rechts steht ein großes Regal, in dem sich gefühlt hundert Ordner stapeln, unterbrochen von vereinzelten Büchern.

Aus der Hosentasche ziehe ich den Schalldämpfer, den ich in aller Seelenruhe auf meine Waffe schraube.

Von dem Geräusch gestört, blickt Theodore nun endlich von seinem Monitor hoch. »Huntress!«, grinst er und entblößt dabei eine Reihe gelber Zähne.

»Theodore«, nicke ich ihm zur Begrüßung zu und setze mich auf einen der beiden Sessel, die links seines Schreibtischs stehen. Die Waffe lasse ich dabei locker über die Lehne des Sessels in meiner Hand hängen.

»Deinen Besuch hätte ich nicht mehr erwartet. Ich dachte, das kleine Mädchen würde doch noch zur Besinnung kommen.« Spöttisch lächelnd schließt er seinen Laptop und legt seine gefalteten Hände darauf ab.

»Du kennst das doch. Ich bin eine vielbeschäftigte Frau und da dauert es eben manchmal ein paar Tage länger, bis ich dazu komme, jemanden zu besuchen.«

Seine grauen Augen wandern meinen Körper entlang und bleiben einen Moment zu lange auf meinen Brüsten hängen, bevor er sich seufzend in seinem Stuhl zurücklehnt.

Bei dem Anblick dreht sich fast augenblicklich mein Magen um. *Dieses perverse Schwein!*

»So eine schöne, talentierte Frau. Bist du wirklich nicht an einem Job interessiert?«

Sein Ernst? Geschmeidig erhebe ich mich und gehe in langsamen Schritten auf ihn zu. Ich schenke ihm einen lasziven Augenaufschlag, bevor ich auf der Kante seines Schreibtisches Platz nehme. »Was hättest du schon zu bieten, was ich gerne möchte?«, spiele ich sein Spiel mit und versuche meinen Magen unter Kontrolle zu bekommen. Eigentlich sollte man vermuten, dass ich nach all den Jahren genug Erfahrung besitze, um nicht mehr mit purer Abscheu zu reagieren.

Leider falsch gedacht. Diese Blicke und Gesten erinnern mich noch immer an meine Kindheit, und jedes Mal habe ich das Gefühl, mich übergeben und dem Drang, einfach wegzulaufen, widerstehen zu müssen.

»Eine Menge, Süße.« Er ist locker vierzig Jahre älter als ich und doch scheint ihn das nicht im Geringsten zu stören, als er sich aufrecht hinsetzt und dabei in aller Offenheit an seiner Hose nestelt.

Ein Schauer des Ekels durchfährt erneut meinen Körper. Dennoch spiele ich weiter mit. Den Fuß lege ich genau zwischen seinen Beinen auf dem Stuhl ab. »Das glaube ich nicht, Theodore«, seufze ich und entsichere dabei die Waffe.

Das Klicken entlockt ihm ein enttäuschtes Stöhnen. Unsanft schiebt er meinen Fuß beiseite. »Schade, so eine Schönheit zu verschwenden und zu töten.«

Schwungvoll ziehe ich eine Augenbraue in die Höhe. Auf meinen Lippen liegt ein charmantes Lächeln. »Schade, dass ich nicht das Gleiche behaupten kann«, seufze ich gespielt. Im selben Augenblick, als ich meine Waffe auf ihn richte, ertönt ein schrilles Geräusch aus dem Flur. Es klingt, als würde jemand schreien – als würde ein kleines Mädchen schreien. Jeder andere wäre vermutlich verschreckt zusammengezuckt und hätte die Konzentration verloren. Es klingt grauenhaft in meinen Ohren. Dennoch blende ich es aus. Würde ich auf solche Dinge reagieren, wäre ich schon längst tot.

Trotz meiner auf ihn gerichteten Waffe steht er von

dem Stuhl auf und geht Richtung Tür. Jedoch nicht ohne mich aus den Augen zu lassen.

»Das war ein Fehler.« Starr sehe ich Theodore weiter an. Mein Gesichtsausdruck ist kalt. Keine Regung sollte erkennbar sein, die die Sorge um das Kind widerspiegelt.

»Du hast die Wahl, meine Schöne. Das Mädchen retten oder meinen Tod«, spielt er sein Spiel weiter. Auf seinen Lippen liegt ein selbstsicheres Grinsen. Nur der Schweiß, der auf seiner Stirn zu glänzen beginnt, verrät seine innere Unruhe. »Hast du wirklich geglaubt, du könntest unbemerkt hier hereinplatzen und mich töten? Du bist zwar hübsch, aber das war's auch schon. Dein Ruf wird dir nicht gerecht«, verhöhnt er mich. Überspielt seine Unsicherheit mit Worten, die er selbst glauben will.

Ich erhebe mich vom Schreibtisch und gehe auf Theodore zu. »Diese Entscheidung ist leicht«, antworte ich ruhig und in einem gelangweilten Ton. Ohne zu zögern, drücke ich den Abzug.

Ungläubig blickt Theodore mich an, bevor sein Körper in sich zusammensackt. Er hat seinen Mund geöffnet, es kommt jedoch kein Ton mehr heraus. Die Kugel ging glatt zwischen seinen Augenbrauen durch seinen Kopf hindurch. Es ist vorbei.

Aus seinem Hosenbund ragt eine Waffe. Hätte ich ihn nur einen Augenblick aus den Augen gelassen, wäre es mein Tod gewesen. Nicht seiner.

Ein weiterer Schuss ertönt in dem stillen Anwesen. Ein kurzes, dumpfes Geräusch ist noch zu hören, bevor letztlich die erdrückende Stille wieder einkehrt. Sofort wird mir klar, dass soeben die kleine Seele ihr Leben gelassen hat.

Für einen Moment halte ich inne.

Ignoriere die größer werdende Blutlache unter Theodore.

Ignoriere die Tatsache, dass jegliches Leben aus seinen Augen verschwunden ist. Jegliche Boshaftigkeit und Ignoranz.

Ignoriere, dass jederzeit einer seiner Männer hereinstürmen könnte, um mich zu töten.

Meine Gedanken gelten gerade nur dem Kind, das soeben sein Leben gelassen hat. Eine kleine Träne stiehlt sich aus meinem Augenwinkel. Eilig wische ich sie mit dem Handrücken fort.

Du kannst sie nicht alle retten!, versucht mich meine innere Stimme zu beruhigen. Tief atme ich durch. Mit zügigen Schritten verlasse ich den Raum. Mit der Waffe voraus, laufe ich in Richtung Haustür. Immer wieder kontrollierend, ob sich irgendwo einer seiner Männer befindet, verlasse ich die riesige Villa.

Als ich das Tor passiere, das noch immer geöffnet ist, entdecke ich von einer Laterne angestrahlt an der Mauer eine kleine Gestalt. Kaltherzig wurde der leblose Kinderkörper dort abgelegt. Ein Zeichen der Rache. Sie musste an meiner Stelle sterben. Blutunterlaufene braune Augen sehen mir entgegen. Der Schmerz ist noch immer in ihnen erkennbar. Ihr langes blondes Haar ist getränkt in Blut, genauso wie ihr dünnes T-Shirt. In meiner Brust breitet sich ein fieses Stechen aus. Ich wende den Blick von ihr ab. Für einen kurzen Moment erinnert die Kleine mich an mein eigenes Spiegelbild von vor Jahren ...

»Bitte lass mich. Ich will das nicht«, bettle ich ihn an. Sein dreckiges Lachen erfüllt den gesamten Raum. An den Haaren zerrt er mich zu dem Spiegel, der über dem kleinen Waschbecken angebracht wurde. »Sieh dich nur

an! Du bist dreckig und stinkst. Niemand will dich!« Fest umfasst er mein Kinn und drückt es schmerzhaft zusammen. Er zwingt mich dazu, mich selbst im Spiegel anzusehen.

Leere eisblaue Augen blicken mir entgegen. Jegliches Leben ist in ihnen erloschen. Kein Ton verlässt meine aufgeplatzten Lippen. An der linken Schläfe erkenne ich eine Platzwunde, aus der noch immer Blut herausquillt.

»Mach dich sauber und zieh dir etwas Nettes an. Julien wartet bereits auf dich!«, befiehlt mir mein Vater und lässt mich ruckartig los.

»Ich will nicht zu ihm«, flehe ich ihn an. Ich falle auf die Knie und senke demütig meinen Blick.

»Es ist mir egal, was du willst! Du benimmst dich wie eine kleine Schlampe, also wirst du auch so behandelt!« Er schmeißt mir meine Unterwäsche sowie das Pulloverkleid zu. Vorhin war es noch heil. Nun erkennt man nicht einmal mehr, dass es ein Kleid war.

Eilig ziehe ich es mir dennoch über meinen geschundenen, nackten Körper. Jede Bewegung schmerzt. Trotzdem komme ich Vaters Aufforderung nach. Wenn ich ihn jetzt verärgere, wird es am Ende nur noch schlimmer für mich. Mehr können mein Körper und meine Seele aber aktuell nicht ertragen.

Seit Anas Tod ist er nur noch abscheulicher geworden. Das Gefühl, dass irgendwann vieles besser wird, habe ich seitdem aufgegeben. Es wird nie wieder alles gut werden.

Gedemütigt und gebrochen laufe ich die kleine Treppe hinauf in das Wohnzimmer. Vorbei an den lachenden Männern, die mir keinerlei Beachtung schenken, hoch in das kleine Zimmer, das ich mir mit meinen anderen Geschwistern teile.

Diese Männer – sie alle haben den Tod verdient, schießt mir sofort als Gedanke durch den Kopf. Diese kleine Erinnerung hat mir bereits gereicht, um die Wut erneut in mir zu entfachen. *Sie alle werden früher oder später auf meiner Liste stehen. Und wenn es so weit ist, werde ich ihnen ebenfalls keine Gnade zukommen lassen!*

Wütend balle ich die Hand zur Faust. Mein Herz schlägt doppelt so schnell in meiner Brust wie noch zuvor. Das Blut rauscht nur so durch meinen Körper. Am liebsten würde ich umkehren. Den Mann finden, der dem kleinen Mädchen dies angetan hat. Der so grausam sein konnte, ein wehrloses Kind zu quälen und dann zu töten.

Nur der Vernunft ist es zu verdanken, dass ich stattdessen voller Zorn in meinem Körper die Villa hinter mir lasse und mit eiligen Schritten zurück zu meinem Motorrad gehe.

Im Schutz der Dunkelheit trete ich den Heimweg an.

DREI

LAWRENZO

Genervt sehe ich aus dem Fenster meines Büros. Die Sonne geht bereits wieder auf und spendet ihre ersten Lichtstrahlen dem neuen Tag. Hinter mir sitzen die Jungs in ihren Sesseln und lachen sich innerlich einen ab, dass ich mir seit einer Ewigkeit Zeros dummes Gelaber reinziehen muss. Aber es ist egal, wie oft Zero mir noch von diesem Miststück erzählt. Es ändert nichts. Ich habe weder Ahnung, wer sie ist, noch, wo ich sie finden kann.

»Du hörst schon wieder nicht zu«, regt er sich nun zum tausendsten Mal auf.

»Was willst du hören? Ich weiß es nicht und es ist mir auch scheißegal!« Ich drehe mich in die Richtung der Männer um. Natürlich sitzen Raymond und Sylvian noch immer in den bequemen Ledersesseln und halten ihre Gläser mit Scotch in den Händen, statt sich nützlich zu machen. Ihre Blicke sind amüsiert auf uns gerichtet, während sie der Unterhaltung grinsend folgen.

»Es darf dir aber nicht egal sein, Lawrenzo«, versucht Zero weiter, mich zum Handeln zu überreden. Mit beiden Händen auf dem Schreibtisch abgestützt, blickt er mir wütend entgegen.

In seinen Augen erkenne ich sofort seinen Ärger. Ich weiß, dass er von meinem Onkel geschickt wurde, damit ich mich um ein Problem kümmere, das aktuell seines ist. »Was willst du eigentlich? Die Kleine stellt kein Hindernis für die Familie dar. Erst wenn sie zum Problem wird, werde ich mich um sie kümmern.« Mein Tonfall lässt keine Widerrede zu. Ich bin es leid, über diese kleine Schlampe zu reden, die mehr einem Phantom als einem lebenden Menschen ähnelt. »Richte deinem Vater die besten Grüße aus. Er soll sich gefälligst selbst um seine Probleme kümmern.«

Angepisst blickt Zero mich an, bevor er ohne ein weiteres Wort mein Büro verlässt.

Seine Art zerrt enorm an meiner Selbstbeherrschung. Ob mein Onkel wirklich sauer wäre, wenn ich ihn einfach umlegen würde? Augenrollend verwerfe ich den Gedanken wieder. Die Antwort darauf kenne ich bereits: ja, würde er.

»Er ist wirklich ein nerviger Typ«, erklingt die belustigte Stimme von Ray.

»Nicht erst seit heute.« Auf Sylvians Lippen breitet sich ein Grinsen aus, bevor er sich noch einen Schluck aus seinem Glas gönnt. »Aber er hat recht, Lawrenzo. Du musst diese Bitch ein für alle Mal erledigen.«

Irritiert ziehe ich eine Augenbraue in die Höhe. Seit wann interessiert er sich für die Geschäfte? »Aus welchem Grund sollte ich mich darum kümmern?« Aufmerksam sehe ich in seine grünblauen Augen, die leicht rot unterlaufen sind. Wüsste ich nicht, dass er gerade eben noch einen Joint geraucht hat, könnte man glauben, er habe die Nacht über geheult.

»Weil sie eine miese Schlampe ist, die uns früher oder später aufsuchen wird.«

»Wieso sollte sie das? Wir handeln weder mit Kindern, noch sind wir Unschuldigen gegenüber gewalttätig.« Nun ist mein vollstes Interesse geweckt. Huntress' Ruf eilt ihr voraus. Ich habe mehrfach von ihr gehört, aber jedes Mal nur in Verbindung mit Kinderhändlern. Für mich ist dieser Handel das Allerletzte. Auch wenn ich es niemals laut aussprechen darf, unterstütze ich Huntress gedanklich. Dass sie gegen diese Typen vorgeht, finde ich persönlich richtig. Allerdings schadet sie auf Dauer meiner Familie und damit auch mir. Irgendwann werde ich mich um sie kümmern müssen. Ob ich will oder nicht. Leider sind einige meiner Kontaktmänner zu den verschiedenen Kartellen nicht nur in unserer Szene unterwegs, sondern auch im Menschenhandel. Wenn Huntress sie tötet, fallen dadurch meine Lieferungen flach. Egal, ob Drogen, Medikamente oder Waffen. Sie schadet mir damit und dann wird es früher oder später auch zu meinem Problem.

»Ach, keine Ahnung, Mann. Du weißt doch, dass ich mir einfach nur Gedanken mache«, winkt Sylvian ab und greift erneut zur Flasche und gießt sich etwas in sein Glas.

Genervt entreiße ich sie ihm. »Rede!«, knurre ich ihn an. Mein Geduldsfaden war noch nie der längste. Ich habe kein Bock mit Sylvian zu diskutieren oder ihm jedes Detail aus der Nase ziehen zu müssen.

»Entspann dich, Lawrenzo«, brummt dieser lediglich und lässt sich locker im Sessel zurückfallen. Neben sich stellt er das Glas auf einem der Beistelltische ab. »Es gibt nichts, was ich jemals vor dir verschweigen würde.«

»Sagt mal, wie sieht es eigentlich mit heute Abend aus?«, unterbricht Raymond unser Blickduell und versucht damit, die Stimmung wieder aufzulockern. Irgendwann wird Sylvian reden müssen. Freund hin oder her!

»Was soll damit sein? Ich muss noch ein paar Dinge erledigen und dann sehen wir uns nachher im Skyline.« Ich wende mich von den beiden ab und setze mich auf den Stuhl hinter dem Schreibtisch. Die Flasche stelle ich achtlos neben dem Bildschirm meines Computers ab. »Hast du mit den Jungs am Hafen gesprochen, Ray?«, lenke ich das Thema zurück auf die wichtigen Dinge.

Augenrollend erhebt er sich. Sylvian tut es ihm gleich. »Ja! Ich fahre aber jetzt noch dorthin, um die Lieferung zu überwachen. Es sind eh nur ein paar Tonnen von dieser neuen Designerdroge. Sollte schnell gehen. Danach hau ich mich aufs Ohr. Wir sehen uns heute Abend«, verabschiedet Raymond sich und wirft mir einen skeptischen *Lass-Sylvian-in-Ruhe*-Blick über die Schulter zu, bevor er das Büro endgültig verlässt.

Einerseits weiß ich genau, wieso er mein bester Freund ist. Er hat sofort bemerkt, dass ich keine Lust auf Smalltalk habe und mich um wichtigere Sachen als unser Treffen heute Abend im Skyline kümmern muss. Anderseits hasst er es, wenn ich die Arbeit wieder über alles stelle. Er versteht einfach nicht, dass ich nicht anders kann. Ich bin das Familienoberhaupt, und wenn ich mich nicht darum kümmere, schade ich meiner gesamten Familie.

»Ich habe dir eine Mappe mit Infos in die Schublade gelegt, falls du dich doch noch um Robin Hood für Arme kümmern willst.« Sylvian wendet sich ebenfalls ab und verlässt das Büro. Stille kehrt ein.

Zum ersten Mal seit Wochen habe ich das Gefühl wieder frei atmen zu können. Ich sortiere meine Gedanken und nehme mir einen Moment für mich. Gefühlt habe ich ständig jemanden in meiner Nähe, der mir versucht zu sagen, was ich tun soll.

Wann ist mir alles so entglitten, dass sich die Leute herausnehmen, mir sagen zu dürfen, was ich zu tun und zu lassen habe? Wütend knalle ich die Faust auf den Tisch. Niemand und ich meine damit wirklich niemand, wird mir jemals etwas zu sagen haben! Wenn ich genauer darüber nachdenke, wann das Drama begonnen hat, dann mit ihr.

Huntress.

Das Mädchen, das jeder fürchtet und zugleich belächelt. Seit wir vor ein paar Wochen in L.A. angekommen sind, hat das ganze Drama seinen Lauf genommen. Zwei unserer Geschäftspartner sind gestorben und ein weiterer hat einen Brief erhalten. Mein Onkel sitzt mir seitdem im Nacken. Mein Vater hat mir das Familiengeschäft überlassen statt ihm. Von diesem Zeitpunkt an arbeitete er gegen mich. Nun hat er natürlich den perfekten Grund gefunden, mich als unfähig hinzustellen.

Widerwillig öffne ich die rechte Schublade des Schreibtisches. Dort befindet sich die versprochene Akte mit der Aufschrift: **Finde diese Bitch!**

Sehr kreativ, Sylvian. Seinen Hass auf sie kann ich nur teilweise verstehen. Er will sie tot sehen so wie alle aus dem Clan, aber normalerweise ist er bei solchen Dingen nicht so impulsiv oder eher gesagt nicht derart besessen davon, jemanden tot zu sehen.

Er verschweigt mir irgendetwas, da bin ich mir sicher. Mein Gefühl trügt mich selten. Nur komme ich nicht auf die Verbindung zwischen den beiden. Für gewöhnlich finden unsere Geschäfte in Italien, Panama oder Spanien statt, daher sind wir selten in Los Angeles. Außerdem gibt es in den anderen Ländern nicht die Saviors, die sich beharrlich gegen alles und jeden stellen. Sie unterbinden jegliche Geschäfte und versuchen so gut es geht, die anderen Banden zu zerschlagen. Meist mit Erfolg.

Mich hatten sie bisher noch nicht auf dem Radar. Dafür sind meine Deals vermutlich zu selten in ihrem Revier. Trotzdem rechne ich jeden Tag mit Gegenwehr, vor allem seitdem wir expandiert haben. Auch wenn sie diesen Kampf verlieren werden, werden sie ihn ausfechten. Vielleicht sind sie aber auch klug genug, mich nicht zu belästigen.

Neugierig öffne ich die schwarze Mappe vor mir und bin ein wenig verwundert über das Foto, das direkt auf der ersten Seite zu sehen ist. Auf dem Bild ist eine Frau zu erkennen, die gerade im Schatten der Dunkelheit ein Haus verlässt. Ihr Blick fällt genau in die Richtung der Kamera. Kaum sichtbar und doch kann man durch den leichten Lichteinwurf einer Laterne schemenhaft etwas erkennen. Ich sehe hüftlanges rosafarbiges Haar und eine Maske in ihrem Gesicht, die nur einen Blick auf ihre Lippen und die Augen gewährt. Diese kann man jedoch nicht wirklich definieren. Ihr schlanker Körper steckt in engen Jeans, einem roten Oberteil und einer schwarzen Jacke. Sie sieht aus wie eine klassische Bikerbraut in den passendenden Boots dazu. Die Kawasaki, auf die sie offensichtlich zuläuft, rundet das Bild nur noch mehr ab.

›*Eine Frau, die offenbar regelmäßig einen Adrenalin-*

kick sucht‹, durchfährt mich der Gedanke bei ihrem Anblick. Ich kann sie mir jedenfalls nicht als Hausmütterchen vorstellen, die den Tag mit Stricken und Kochen verbringt. Vielen Menschen reicht dieses einfache, langweilige Leben, aber ihr nicht. Da bin ich mir ziemlich sicher!

Ich blättere auf die nächste Seite, auch wenn ich sie noch minutenlang weiter anstarren könnte. Ich begreife einfach nicht, wie dieses zarte Wesen Menschen umbringen kann. Sie wirkt eher klein und zerbrechlich. Ganz und gar nicht wie eine Frau, die Hundert-Kilo-Muskelprotze beseitigen und dabei keine Spuren hinterlassen kann.

Insgesamt sind es nur drei Seiten. Eigentlich hätte man sich die Blätter sparen können. Es wurde nur zusammengetragen, dass Huntress nächstes Ziel Emanuel Serijano sein wird. Zudem wird vermutet, dass sie mit den Saviors zusammenarbeitet. Letzteres wurde allerdings noch nicht bewiesen. Leider weiß man nie, wann und wo Huntress zuschlagen wird. Laut Sylvians Notizen wird Emanuel rund um die Uhr von seinen Leuten bewacht. Das wird dennoch kein Hindernis für sie darstellen. Da bin ich mir fast schon tausendprozentig sicher.

Mein steifer Nacken meldet sich schmerzhaft zu Wort. Stunden sind vergangen, in denen ich mir Gedanken um Huntress gemacht habe. Darum, wie ich das Problem lösen kann. Erfolglos. Stattdessen habe ich mich mit anderen Dingen beschäftigt. Ich habe die nächsten Aufträge abgearbeitet und neue Ware angefordert.

Ich kreise meine Schultern und den Kopf, um den Nacken zu lockern. Dabei fällt mein Blick auf die Uhr. Verwirrt darüber, dass es schon so spät ist, fahre ich den Laptop herunter und gebe Rico Bescheid, den Wagen vorfahren zu lassen. In wenigen Stunden sollte ich mich mit den Jungs im Skyline treffen. Eigentlich wollte ich mich davor noch etwas hinhauen. Das kann ich jetzt wohl vergessen.

Das Klingeln meines Handys durchbricht die Stille im Büro und erregt meine Aufmerksamkeit. *Ray.* »Ja?«, nehme ich den Anruf entgegen.

»Scheiße, Lawrenzo! Was'n los mit dir?« An seiner verwaschenen Stimme erkenne ich, dass er bereits jetzt high und besoffen ist. Seit dem Tod seiner Frau vor wenigen Jahren ist das sein neuer Dauerzustand. Sarina hätte das bestimmt nicht für gut befunden, aber das scheint ihm egal zu sein.

»Was soll sein, Ray?«, hake ich dennoch nach, obwohl ich bereits hätte auflegen sollen. Ich hasse es, ihn in diesem Zustand zu hören und noch mehr, ihn dann auch noch so zu sehen. Aber er ist mein bester Freund, also kann ich ihn nicht einfach ignorieren und ihn sich selbst überlassen.

»Skylineeeeee!«, brüllt er und im Hintergrund ertönt lautes Geschrei.

Fuck! Sofort halte ich das Handy weiter von meinem Ohr entfernt. Dieses Gebrüll kann doch keiner im nüchternen Zustand ertragen! »Verdammt, Ray! Sag mir nicht, du bist jetzt schon dort und hast dich zugedröhnt?«, bringe ich verärgert hervor, als ich das Geschrei nicht mehr ganz so laut aus dem Lautsprecher vernehme und das Handy wieder gefahrlos an mein Ohr halten kann.

Dabei sollte mich keines dieser Dinge wundern. Eben noch nervig wegen der aktuellen Probleme und im nächsten Augenblick schon wieder zugedröhnt mit irgendeiner chemischen Scheiße. Er sagte ja, dass er sich um die neue Designerdroge kümmern würde, aber diese direkt zu testen, ist selbst für ihn selten dämlich. »Egal, ich komme sofort.« Mit diesen Worten lege ich auf, bevor er antworten kann.

›*Wieso muss dieses fucking Skyline auch jeden Abend geöffnet haben?*‹, rege ich mich innerlich auf. Dahin ist mein Plan, vielleicht doch noch abzusagen, bevor ich den Club, den mein Vater kurz vor seinem Tod eröffnet hat, besuchen muss.

VIER

ALENIA

Nach knapp einer Stunde Fahrt komme ich in meinem Appartement an. Es ist nicht besonders groß oder wirklich modern eingerichtet, aber für mich reicht es vollkommen aus. Rechtzeitig, bevor die Sonne den neuen Tag begrüßt, schließe ich die Haustür hinter mir.

Beim Reinkommen streife ich die Lederjacke und meine Boots ab. Auf der Kommode neben der Eingangstür lege ich die Schlüssel und die Waffe ab, bevor ich mich völlig erschöpft auf das kleine Sofa im Wohnzimmer werfe.

»Da bist du ja. Komplikationen oder wirst du einfach nur alt und brauchst daher die doppelte Zeit?«

Entnervt rolle ich mit den Augen, als ich die allzu bekannte Stimme meines Stiefbruders vernehme. »Und du hast noch nie etwas von Privatsphäre gehört oder davon, dass man unerlaubtes Betreten fremder Wohnungen Einbruch nennt, oder?«

»Du hast es erfasst, Lia.« Er pflanzt sich neben mich auf das Sofa, nachdem er meine Beine wie selbstverständlich weggeschoben hat. Auf seinen Lippen liegt ein breites Grinsen, während ich nur genervt aufstöhne.

Warum noch mal schmeiße ich ihn nicht einfach aus der Wohnung? Ich atme tief durch, bevor ich ihn doch noch an seinen Haaren nach draußen zerre. Wobei, eine reale Chance das zu schaffen, hätte ich nur, wenn er nachgeben würde. »Was machst du hier, Melvin? Gönnst du mir nicht einmal die drei Stunden Schlaf, die ich täglich bekomme?« Ich verziehe meine Lippen zu einem Schmollmund und blicke in seine braunen Augen. Bei genauerem Hinsehen kann man in der rechten Iris kleine goldene Sprenkel entdecken, die mich jedes Mal aufs Neue faszinieren. Melvins Haare sehen zerzaust aus, als hätte er schon eine Ewigkeit auf mich gewartet. Vermutlich hat er das auch. Auf seinem weißen T-Shirt erkenne ich einzelne Falten, die darauf hinweisen, dass er bereits einmal eingeschlafen sein muss, als er auf meinem Sofa verharrt hat. Nur seine dunkelblaue Jogginghose sieht aus wie immer. Lässig sitzt sie tief auf seinen Hüften.

»Doch, aber nicht, wenn du einem Mann wie Theodore einen Besuch abstattest.« In seiner Stimme schwingt ein Hauch Sorge mit, die ich gekonnt ignoriere.

»Du tust so, als würde ich die richtig gefährlichen Kerle besuchen und du die kleinen, lieben Lämmer.«

Kurz verzieht sich sein Mund zu einem angedeuteten Lächeln, bevor er mich wieder ernst anblickt und sich durch das kurze braune Haar streicht. »Es ist ja auch so. Während ich so gut wie gar keinen mehr besuche, hast du all meine Aufträge übernommen«, tadelt er mich. Normalerweise war Melvin immer derjenige, der nie Angst gezeigt und niemals einen Auftrag abgelehnt hat. Nun, da seine Frau Thea schwanger ist, achtet er natürlich mehr auf seine Sicherheit.

Ab dem Zeitpunkt, an dem er mir gesagt hat, dass ich Tante werde, wusste ich genau, dass sich alles ändern wird. Für ihn und für mich. Er wird Vater und muss nun auf sich und seine kleine Familie achtgeben. Er ist nun verwundbarer als nur mit einer Frau an seiner Seite. Sollte jemals herauskommen, wer wir beide wirklich sind, wäre seine Familie die erste Zielscheibe unserer Feinde. Gegen mich würden sie kein Druckmittel finden, außer Melv selbst. Und dieser ist sowieso ein lebendiges Ziel. Egal, ob ich dabei mithelfe oder tatenlos danebenstehe und nur zusehe.

Die angebliche Familie, mit der wir aufgewachsen sind, geht mir am Arsch vorbei. Alle, außer Melvin. Wir waren seit Kindertagen ein Herz und eine Seele. Niemand konnte uns trennen und das ist auch noch bis heute so.

»Melv, du weißt genau, dass ich keine Wahl habe. Einer muss weitermachen. Ich verstehe, dass du dich Stück für Stück aus dem Geschäft zurückziehst. Deine Familie hat ab sofort oberste Priorität. David hat dir doch den Job in seinem Hotel angeboten. Wieso nimmst du ihn nicht an und ziehst dich endgültig aus dem aktiven Teil zurück? Bei den Saviors wärst du doch gut aufgehoben. Mit David und Ryan als Anführer würdest du auch die beste Wahl treffen.« Ich stehe vom Sofa auf und hole aus der Küche zwei gekühlte Wasserflaschen. Ich reiche ihm eine davon und setze mich wieder, bevor ich einige Schlucke aus der Flasche trinke. Gott! Ich habe gar nicht bemerkt, wie durstig ich eigentlich bin.

»Ich werde ihn annehmen, Alenia. Ich muss. Schließlich kostet ein Baby einen Haufen Geld, der garantiert nicht auf Bäumen wächst. Außerdem möchte ich nicht, dass meine Frau oder mein Kind lebendige Zielscheiben für diese Arschlöcher werden. Aber wer passt auf dich lahme Schildkröte auf, wenn ich nur noch von Weitem zusehen kann, wie du dich mit den Clans anlegst? Du bist zarte vierundzwanzig Jahre alt, Lia. Auch wenn du gut von mir trainiert worden bist, hast du dich nie mit den oberen Bossen angelegt. Außerdem kannst du dir Verzögerungen wie heute nicht leisten! Wärst du zwei Minuten länger draußen geblieben ... Gott! Ich will es gar nicht aussprechen!«

»Du hast deine neue Jobbeschreibung aber schon gelesen und verstanden, oder?« Lachend ignoriere ich gekonnt seine letzten Worte. Die Sorge um mich ist nachvollziehbar, aber mittlerweile einfach nicht mehr nötig. Ich bin erwachsen. Außerdem tut er so, als würde er an der Rezeption anfangen oder beim Parkservice. Auch wenn mir das tausendmal lieber gewesen wäre, ist er nach wie vor im gleichen Geschäft wie ich. Die Informationen, die wir normalerweise von David erhalten haben, werde ich demnächst von Melvin bekommen. Theoretisch gesehen bestimmt er dann, wem ich einen Besuch abstatte.

David wird bald ebenfalls ein Kind bekommen, mit seiner Frau Saylor. Also wird er viele geschäftliche Bereiche abgeben, damit er mehr Zeit für seine Familie hat. Dementsprechend wird Melvin mit den Informationen versorgt, prüft sie und leitet diese im Anschluss an mich weiter. Sein neuer Job ist nicht ganz so gut bezahlt wie der vorherige. Schließlich ist das Umbringen von Menschen wesentlich riskanter, als die Infos einfach nur weiterzugeben. Sollte aber jemals herauskommen, wer die

Informationen an mich weitergeleitet hat und damit als Verräter gilt, ist derjenige ebenfalls in großer Gefahr. So sicher ist also auch der neue Job für Melv und seine kleine Familie nicht.

»Doch habe ich«, bringt er murrend hervor. Er weiß genau, worauf ich hinaus möchte.

»Siehst du. Wir arbeiten weiterhin zusammen. Der einzige Unterschied ist der, dass du hinter deinem Schreibtisch versauerst und achtzig Kilo zunehmen wirst, während ich diese Dreckskerle umlege.« Grinsend genehmige ich mir noch ein paar Schlucke aus der Flasche, bevor ich sie auf dem kleinen Tisch vor dem Sofa abstelle. Ich drehe mich vollständig zu Melvin um, der einen angesäuerten Eindruck macht, und greife nach seiner Hand.

»Keine Sorge. Ich werde dich auch noch lieben, wenn du kugelrund bist«, ziehe ich ihn weiter auf. »Aber im Ernst, Melv. Ich passe auf mich auf. Du hast mich alles gelehrt, was ich wissen muss. Wir arbeiten weiterhin Hand in Hand. Und mir wird nichts passieren. Das weißt du doch. Ich bin Huntress. Niemand hat je mein wahres Gesicht gesehen. Ich habe nicht vor, das in naher oder ferner Zukunft zu ändern. Also gibt es auch weiterhin keinen Grund zur Sorge.« Meine Worte scheinen ihn wenigstens ein bisschen zu beruhigen.

Kleine Grübchen bilden sich auf seiner Wange, als sich seine Lippen zu einem Lächeln verziehen. »Hast du eben behauptet, dass ich kugelrund werde?« Lachend stürzt er sich auf mich und kitzelt mich an den Seiten. Mit aller Kraft, die leider aufgrund meiner Müdigkeit extrem zu wünschen übrig lässt, versuche ich mich zu wehren. Gegen Melvin hatte ich jedoch noch nie eine reale Chance. Außer er war total verkatert von der letzten

Nacht. Kein fairer Kampf. Aber hey! Im wahren Leben ist nun mal nichts fair.

»Du zerquetschst mich«, kichere ich, während ich weiter versuche, ihn von mir herunterzustoßen. Ich könnte genauso gut probieren, mit bloßen Händen eine Mauer einzureißen. Diese würde sich ebenso wenig bewegen, wie der knapp einen Meter neunzig große Muskelprotz über mir. Nämlich gar nicht.

»Entferne lieber deine Kontaktlinsen, bevor du morgen wieder jammerst. Deine Perücke kannst du ja gleich mit abziehen«, grinst er und lässt endlich von mir ab.

»Fiesling. Einmal! Es war nur ein verfluchtes Mal, dass ich mit den Kontaktlinsen eingeschlafen bin und danach eine Bindehautentzündung hatte!«, meckere ich lachend.

»Und deine Kopfschmerzen, die du im Übrigen regelmäßiger als nur einmal hattest?«, neckt er mich weiter. Er gönnt sich einen Schluck Wasser aus meiner Flasche, obwohl seine direkt danebensteht, und besieht mich mit einem tadelnden Blick, der zugleich noch immer belustigt wirkt. »Du musst auf dich achten, Lia. Ich brauche niemanden in meinem Team, der nicht konzentriert und bei vollkommen klarem Verstand ist«, warnt er mich und drückt mir einen Kuss auf den Scheitel, bevor er sich umdreht und das Wohnzimmer verlässt.

Na toll! Noch keinen Tag im neuen Job und schon spielt er die Boss-Karte aus. *Idiot!*

»Danke fürs Vorbeischauen, Melv. War mir wie immer eine Freude, dich wiederzusehen!«, rufe ich ihm noch teils sarkastisch, teils ernst gemeint hinterher, bevor ich die Tür zufallen höre.

Noch erschöpfter als zuvor lasse ich mich zurück ins Sofa sinken. Für wenige Sekunden schließe ich meine Augen, in der Hoffnung, Erholung zu finden. Schnell wird mir jedoch klar, dass ich die Kontaktlinsen und die Perücke loswerden sollte, wenn ich wirklich schlafen möchte. Wieso muss er eigentlich immer recht behalten?

Seufzend erhebe ich mich wieder und gehe in das angrenzende Badezimmer. Im Spiegel blicken mir violette Augen entgegen. Eine gerade Stupsnase, ein voller Schmollmund und hohe Wangenknochen werden von langen rosafarbigen Haaren abgerundet. Ich kenne die Person im Spiegel fast mein halbes Leben lang und doch habe ich manchmal das Gefühl, einer völlig Fremden entgegenzublicken. Dabei bin ich die Person.

Wir sind ein und derselbe Mensch.

Und irgendwie auch nicht.

Vorsichtig löse ich die Clips an der Perücke und streife sie ab. Es braucht etwas länger, da diese extrem fest an meinen Haaren befestigt werden müssen, um den Einsätzen standzuhalten. Hüftlange silberfarbige Haare kommen zum Vorschein und fallen mir in sanften Wellen über die Schulter. Auch die Kontaktlinsen folgen und geben den Blick auf meine eisblauen Augen frei. Sofort fühle ich mich anders. Zerbrechlicher. Nicht so stark wie Huntress. Aber beide sind ein Teil von mir.

Als Huntress fühle ich mich stark und unantastbar. Niemand kennt das Mädchen hinter der Fassade. Niemand sieht den Schmerz in meinem Gesicht, wenn ich an meine Vergangenheit denke oder wenn ich die kleinen Kinder befreie. Und trotzdem denke ich als Huntress rational und nicht emotional wie als Alenia. Vielleicht, weil ich für meine Feinde unantastbar bin. Anonym und nicht sofort greifbar für sie bin? Keine Ahnung. Doch sobald ich die Maske und die Perücke abgenommen und die Kontaktlinsen herausgeholt habe, fühle ich all diese Emotionen, die Huntress nicht spürt. Ich spüre jede verdammte Narbe auf meinem Körper, wie sie brennt und mich an meine Vergangenheit erinnert. Doch nach Jahren spüre ich auch, wie Alenia immer mehr zu Huntress wird. Das kleine, gebrochene Mädchen von früher heilt und wird stärker. Mit jedem Tag, der vergeht.

Während ich noch meinen Gedanken nachhänge, verstaue ich die Perücke, die Linsen und meine schusssichere Lederjacke sowie die Boots in einem Safe neben meinem Bett. In diesem lagern auch die restlichen Waffen und weitere Ausrüstung von Huntress. Ich verstaue die Glock, die zuvor noch im Flur auf der Kommode lag, unter meinem Kissen und mache mich bettfertig. Todmüde falle ich auf die weiche Matratze und drifte in den lang ersehnten Schlaf ab.

Der nächste Tag beginnt mal wieder viel zu früh. Das Klingeln des Weckers reißt mich unsanft aus dem Schlaf. Geschätzt könnte ich noch weitere zehn Stunden schlafen. Vor allem, da mich der Blick der Kleinen bis tief in meine Träume verfolgt hat. Normalerweise habe ich diese Art von Vision nicht mehr. Diesmal ist es jedoch auch meine Schuld gewesen, dass das kleine Mädchen gestorben ist, und nicht nur die Schuld der Männer. Ich hatte aber keine Wahl. Meine Beine ziehe ich eng an den Körper. Die Arme halte ich schützend vor meinen Bauch gepresst. Der innere Konflikt lässt mich schier wahnsinnig werden. Immer wieder versuche ich mir einzureden, dass es keine andere Möglichkeit gegeben hat. Ich musste sie opfern, um das Leben vieler anderer Kinder zu schützen. Theodore hatte mit ihr den perfekten Köder. Er wusste, dass ich jedes Leben schützen will. Aber wäre ich darauf hereingefallen, wäre nicht nur die Kleine tot, sondern ich ebenfalls. Und dieser Drecksack hätte weitergelebt. Er hätte schamlos weiter Kinder misshandelt, entführt und verkauft. Das konnte ich nicht zulassen. Ein Leben für das von Tausenden. Mein Kopf weiß es, nur mein Herz will das Ganze einfach nicht begreifen.

Mein Wecker scheint noch immer etwas dagegen zu haben, dass ich weiterschlafen möchte. Laut schrillt er munter vor sich hin.

»Verdammt! Hör endlich auf zu klingeln!«, murre ich wohlwissend, dass es den Wecker einen Scheiß interessiert, dass ich ihn damit meine. Mit einer Hand greife ich in die Richtung des nervtötenden Geräts und schlage mit voller Kraft dagegen.

Als würde er mir meinen Angriff übelnehmen, schrillt er fast augenblicklich noch lauter weiter.

»Mistding!« Übermüdet stehe ich auf und schalte den Wecker sanft aus. »Siehst du, kein Grund, zickig zu werden«, quatsche ich einfach weiter.

Müde gehe ich in die kleine Küche und stelle die Kaffeemaschine an. Mein Blick wandert währenddessen durch mein kleines Appartement. Von der Küche aus kann ich in das schlicht eingerichtete Schlafzimmer blicken. Von meiner Position aus erkennt man nur das große Kingsize-Bett, das ich zu lieben gelernt habe, und die kleine Kommode, auf der mein Lieblingswecker steht. Angrenzend zum Schlafzimmer liegt das mit weißen

Fliesen ausgelegte Badezimmer. Mein Blick wandert weiter zum Wohnzimmer. Ein kuscheliges Sofa steht links von mir an der Fensterfront. Gegenüber habe ich eine im Industriestil gehaltene Wohnwand, auf der auch mein Fernseher steht. Im Gesamten ist meine Wohnung eher einfach, aber modern eingerichtet. Dunkelbraune Töne gemischt mit schwarzem Marmor und weißen Elementen zieren das kleine Appartement. Eine Mischung aus industriellen Möbeln und im Boho-Stil gehaltener Dekoration. Ich liebe Verzierungen aus getrockneten Pflanzen. Generell alles, was natürlich und nicht zu viel wirkt. Übermäßig prunkvoll oder kitschig geschmückte Räume sind nicht mein Ding. In ihnen fühle ich mich einfach nicht wohl. Zu sehr erinnern sie mich an früher. An die riesige Villa meines Käufers, in der prunkvoll geschmückte Räume gang und gäbe waren. Dieser Mistkerl musste jedem zeigen, was er hat. Schließlich durften seine Geschäftspartner bloß nicht glauben, dass er vielleicht zu wenig Geld oder Macht besitzt. Es ist schon seltsam, wie materialistisch die heutige Gesellschaft eingestellt ist. Ein überdimensionaler Raum sagt doch nichts über den Menschen aus oder darüber, wie viel er besitzt.

Bevor der Kaffee vollständig durchgelaufen ist, erledige ich meine tägliche Routine. Als ich das Bad frisch geduscht in ein kuschliges Handtuch eingewickelt verlasse, huscht mein Blick für einen Moment zu der großen Fensterfront. Die letzten Strahlen der untergehenden Sonne erhellen den Abendhimmel, bis sie letztlich vollends verschwinden wird. Doch noch ist sie da. Von dem Anblick gebannt, laufe ich auf sie zu. Seufzend lege ich meine Hand auf die Scheibe. Ich weiß, dass da draußen alles heller und freundlicher wirkt als von hier oben. Als durch das spezielle Fensterglas, das mein Leben Tag für Tag rettet. Sehnsüchtig blicke ich hinab auf die Menschenmasse, die von einem harten Arbeitstag endlich nach Hause darf.

Wie es wohl ist, ein normales Leben zu führen? Würde ich es lieben oder wäre es mir zu langweilig? Zu eintönig?

Mein Blick bleibt an einem kleinen Mädchen hängen. Sie dürfte nicht älter als acht oder neun Jahre sein. An der Hand ihrer Mutter läuft sie die Schattenkonturen der Bäume nach, die durch die letzten Sonnenstrahlen entstehen. Breit lächelnd sieht sie der Sonne entgegen.

Wie ich sie beneide. Ein sorgenfreies Leben war alles, was ich mir damals gewünscht habe. Aber ich gönne dieses Leben jedem. Niemand sollte so leben müssen, wie Melvin und ich es mussten und teilweise noch müssen.

Wehmütig wende ich den Blick von ihr ab und tapse zurück ins Badezimmer. Ich ziehe mir Unterwäsche, ein schwarzes Top, eine schwarze Jeanshose und die schusssichere Lederjacke an. Kontaktlinsen und Perücke folgen sogleich. Auf den Augenlidern trage ich einen dünnen Lidstrich auf und tusche im Anschluss meine langen Wimpern. Mehr benötige ich nicht. Ich habe immer das Gefühl, eine zusätzliche Maske zu tragen, wenn ich mir das Gesicht zukleistere. Außerdem sagt Melvin sowieso immer, dass ich kein Make-up brauche. Natürlichkeit steht mir viel besser. Das ist auch das einzige Thema, bei dem wir uns tatsächlich einig sind.

Ich verlasse das Badezimmer und ziehe mir die Boots über die Füße, bevor ich zurück in die Küche gehe. Den fertigen Kaffee gieße ich in eine Tasse. Mit meinem

Weckmittel in der Hand und dem leckeren Geruch von frischen Bohnen unter der Nase, bin ich bereit für eine neue Nacht. Mein Körper jedoch sehnt sich noch immer nach dem weichen Bett in meinem Schlafzimmer. Die letzten Tage fordern langsam ihren Tribut und wäre der heutige Tag nur halb so wichtig, wäre ich definitiv zu Hause im Bett geblieben. *Tja, man kann wohl nicht alles im Leben haben.* Mein Magen macht sich mit einem leisen Murren bemerkbar. Erst jetzt wird mir bewusst, dass meine letzte Mahlzeit über zwölf Stunden her ist. Aus dem Kühlschrank hole ich Milch, die ich auf dem Tresen abstelle. Aus dem Hochschrank über der Spülmaschine ziehe ich eine kleine Schüssel und das Müsli hervor. Zügig bereite ich mir das Schokomüsli zu und verschlinge es innerhalb weniger Minuten. Mit schnellen Zügen leere ich noch die Tasse mit dem mittlerweile warmen und nicht mehr heißen Getränk.

Ehe ich das Appartement verlasse, räume ich die Tasse, die Schüssel und die Milch weg. Ich hole meine Waffen und Munition aus dem Safe, stecke die Glock in den Hosenbund meiner Jeans und den Rest in einen kleinen Rucksack, den ich mir danach über die Schulter werfe.

Bevor ich die Tür hinter mir zuziehe, schnappe ich mir noch die Schlüssel meiner Kawasaki. Auch wenn ich mein Baby nicht nehmen müsste, da mein Ziel fast gegenüber liegt, dient es der Tarnung für die Mitarbeiter, die nicht wissen dürfen, wer ich bin und schon gar nicht, woher ich komme. Außerdem muss ich im Anschluss noch zu einem Arschloch, der meinen gut gemeinten Rat leider nicht annehmen wollte. Tja, sein Pech. Er wusste, was passieren würde und nun auch passieren wird.

Die meisten aus dem Quartier der Saviors wissen noch nicht einmal, dass sie mit mir zusammenarbeiten. Nur den wichtigsten Leuten der Saviors und denen, den David zu hundert Prozent vertraut, ist das bekannt. Und da ich mich auf ihn verlasse, vertraue ich auch den anderen. Dennoch kennen nur David, seine Frau Saylor, natürlich mein Bruder Melvin und Ryan meine wahre Identität. Die anderen kennen nur Huntress. Dieser Name ist auch der Einzige, den ich mir selbst verpasst habe und mit dem ich die Briefe unterschreibe. Sobald meine Unterschrift unter einem der Briefe zu sehen ist, wissen diese Bastarde wenigstens, dass es ernst ist. Dass sie nur diese eine Chance von mir bekommen, sich zu ändern und ihre Fehler wiedergutzumachen. Die wenigsten jedoch verstehen es und handeln danach. Die, die es nicht tun, müssen dann eben mit den Konsequenzen leben. Ist ja nicht meine Schuld, wenn sie einfach nicht hören wollen. Das Gefühl von Mitleid habe ich bereits vor langer Zeit abgelegt und diese Menschen verdienen es auch nicht. Sie haben schließlich den Kindern gegenüber auch keines.

Ich eile die Treppen hinunter in die Tiefgarage des Hauses und verlasse auf meiner Kawasaki das Gebäude.

Nur zwei Fahrminuten später komme ich vor dem großen Hotel der Saviors zum Stehen. Ich lasse den Motorradhelm auf, bis ich in dem Gebäude verschwunden bin und in dem geräumigen Aufzug stehe.

»Gott! Es ist viel zu warm für dieses Ding«, meckere ich vor mich hin, als ich den Code mithilfe der Etagenzahlen eingebe und der Aufzug sich in Bewegung setzt. Ich tausche den Helm zügig gegen meine Maske aus. Ein leises *Ping* kündigt meine Ankunft im obersten Stockwerk an. Mit einem hörbaren Quietschen öffnen sich die Türen und ich betrete den langen Flur. »Den solltet ihr unbedingt mal ölen«, grinse ich David an, der mir bereits entgegenkommt, und zeige auf den Aufzug.

»Weil dich das ja so sehr stören kann, da du ja jeden Tag mit diesem Lift fährst.« Er grinst und zieht mich in eine kurze Umarmung.

»Ich denke ja nur an das Wohlbefinden aller Ohren in diesem Gebäude.« Ich zwinkere ihm amüsiert zu und laufe an David vorbei zum Konferenzzimmer. Mittlerweile kenne ich die oberste Etage in- und auswendig, sodass ich jedes Zimmer blind finden würde. Dort angekommen sehe ich, dass Melvin bereits auf seinem Platz sitzt und links neben ihm kann ich einen anderen Mann erkennen. Auch wenn ich ihn nur von hinten sehe, zeigt mir die Geste, mit der er durch sein aschblondes Haar streicht, dass es sich um Ryan handeln muss.

»Huntress!«, ruft Melv freudig aus, als hätte er mich jahrelang nicht mehr gesehen. Da noch weitere Männer in diesem Raum sind und man am Ende ja nie genau wissen kann, wer sich alles hier tummelt, verwenden alle meinen Decknamen, sobald ich das Gebäude betrete. Umso geringer ist die Chance, dass mein richtiger Name an die Öffentlichkeit gerät. Bevor Melvin hier angefangen hat, hatte er ebenfalls einen Decknamen und eine Maske, doch dieser Aufwand ist jetzt unnötig. Nur die wenigsten wissen, dass er der maskierte Mann an meiner Seite war.

Bei unserem ersten offiziellen Treffen, als Melvin sich allerdings noch nicht zu hundert Prozent entschieden hatte, ob er den Job annimmt oder nicht, hat er sich übertrieben benommen. Er musste so tun, als würden wir uns nicht kennen, also hat er sich einen Spaß daraus gemacht und so getan, als wäre ich sein größtes Idol. Seitdem denken alle, dass er mein größter Fan ist und er deswegen so besorgt um meine Sicherheit ist. Dabei liegt es einfach nur daran, dass er eine absolute Nervensäge von Bruder ist.

»Melvin! Mein Gott, wie lange ist es her? Drei Jahre? Vier?«, antworte ich ihm sarkastisch. Ein breites Grinsen stiehlt sich in mein Gesicht, während er nur entnervt mit den Augen rollt.

»Nein, fünf. Ich dachte schon, du wärst in Rente gegangen.«

Spöttisch ziehe ich eine Augenbraue in die Höhe. »So wie du? Man kann deinen neuen Job zumindest als den Anfang einer langen, langweiligen Rente ansehen. Findest du nicht? Warst du nicht vorher im Securitybereich tätig?« Die Frage nach seinem vorherigen Job klingt irgendwie lächerlich aus meinem Mund. Selbst Melvin muss schmunzeln. Niemals würde er für irgendeine Securityfirma arbeiten. Dennoch muss ich fragen, um den Schein zu wahren.

»Sein Job wird gar nicht so langweilig, wie du denkst, Huntress«, mischt sich David schief grinsend ein und zeigt auf den Stuhl neben Melv.

Ich komme seiner Aufforderung nach und setze mich. Den Motorradhelm lege ich auf dem Schreibtisch vor mir ab und die Tasche stelle ich auf den Boden neben meinen Füßen. Ryan reicht mir eine kleine Mappe, die ich dankend entgegennehme. Ich schlage die erste Seite auf und sehe anders als sonst, kein Bild von einer Person. Nur einen Namen und das Geschlecht – männlich. Das war's. Keine Adresse. Keine Vertragspartner oder irgendwelche anderen Infos über ihn.

»Ist er nicht fotogen oder wieso gibt es kein Bild?«, hake ich irritiert nach.

»Es gibt keins. Er ist ein Phantom. Er soll wohl eine große Nummer im Drogen- sowie im Menschenhandel sein. Jedoch haben wir noch nicht viel über ihn erfahren können. Der nächste Deal findet in wenigen Tagen statt, soweit wir wissen am Samstag«, beginnt David zu erklären.

»Wenn ich wetten dürfte, würde ich sagen, dass ich an dem Treffen teilnehmen soll, um ihn dann ausfindig zu machen«, schlussfolgere ich.

David nickt zustimmend.

»Wo soll es stattfinden?«, frage ich und blicke dabei auf die Mappe. Eigentlich hätten sie sich diese sparen können. Es steht ja sowieso nichts Wichtiges darin.

»Am Hafen. Der genaue Standort wird erst zwei Stunden vor dem Treffen bekanntgegeben. Das bedeutet, du musst dich den gesamten Tag in der Nähe aufhalten. Auch die Uhrzeit ist nicht bekannt und wird uns erst kurz vorher mitgeteilt«, fährt Ryan fort.

»Da hat wohl jemand Angst, erwischt zu werden«, erwidere ich belustigt. Melv sieht mich tadelnd an. Ich habe früh gelernt das Ganze mit Humor zu nehmen, während Melvin eher derjenige ist, der alles ein wenig zu ernst sieht. Er versteht selten, wieso ich alles auf die leichte Schulter nehme, statt mich mit der Gefährlichkeit der Lage auseinanderzusetzen.

Aber mal ehrlich: Melv hat immer die großen Bosse übernommen, die sich nur selten freiwillig die Hände schmutzig machen. Dadurch hat er in den wenigsten Fällen gesehen, was ich gesehen habe. Wenn ich die Typen dabei beobachten konnte, wie sie die Container entleert und die Kinder an den Haaren herausgeschleift haben. Und wehe, eines hat sich weiterhin gewehrt, dann wurde direkt drauf losgeschlagen. Auf ein fucking wehrloses Kind!

Diese Bastarde haben die Nacht nicht überlebt, aber den Kindern kann man diese schlimmen Erinnerungen niemals wieder nehmen. Egal, ob diese Typen noch leben oder gestorben sind. Die Kleinen werden sich an jedes dieser Gesichter erinnern können und in den meisten Fällen ein Trauma fürs gesamte Leben mit sich herumschleppen. Der Gedanke reicht aus, um mir einen kalten Schauer über den Rücken zu jagen.

Also nein. Ich kann es einfach nicht ernst nehmen. Wenn ich es täte, würde ich genauso wie jedes einzelne der Kinder zu Grunde gehen. Innerlich daran zerbrechen. Damit wäre keinem geholfen. Weder mir noch den zukünftigen Kindern, die wir retten wollen und hoffentlich auch können.

»Du kennst das Spiel doch, Huntress. Niemand will am Ende die Polizei dabeihaben«, ertönt Davids Stimme und reißt mich zurück in die Gegenwart.

»Oder dich«, fügt Ryan noch zwinkernd hinzu. *Idiot!*

»Tja, da haben sie wohl bei den falschen Vögeln gezwitschert. Ansonsten wäre ich ja nicht hier und wüsste von dem Treffen. Außerdem bin ich ein hinreißender Gast, Ryan. Es gibt keinen Grund, mich auf diesen Partys nicht dabei haben zu wollen.«

»Na ja. Da du die Einzige bist, die die Party wieder leb…«, gibt Melvin unbedacht sein Kommentar dazu.

Doch er verstummt sofort, als er meinen Blick bemerkt. Niemals sprechen wir aus, was ich mache. Nicht in mehr oder weniger öffentlichen Räumen. Sollte der

Raum verwanzt sein, könnte man mir am Ende dennoch nichts nachweisen, da es keine Aussagen gibt, die mich belasten könnten. Und so soll es bleiben. Außer man plappert einfach drauf los. So wie er. Es war allerdings schon immer Melvs Problem, die Klappe zu halten. Er denkt einfach nicht nach, bevor er anfängt zu sprechen, wenn wir in einem Raum mit Freunden sitzen.

Kommt dir ja so gar nicht bekannt vor, ertönte eine sarkastische Stimme in meinem Kopf. *Jaja, schon klar!*

Ich greife nach der Tasche vor mir und dem Helm auf dem Schreibtisch, während ich mich erhebe. »Ich muss jetzt los. Oder gibt es sonst noch eine Aufgabe?«, hake ich nach, während ich schon im Begriff bin, das Zimmer zu verlassen. Auch wenn ich mich normalerweise gerne mit den Leuten hier im Raum unterhalte, weiß ich, dass ich noch einen Auftrag erledigen muss, bevor ich endlich in meine wohlverdienten freien Tage starten kann.

»Nein, aber ich begleite dich noch.« Melvin rückt seinen Stuhl nach hinten und erhebt sich mit einem nachdenklichen Blick. Irgendwas stimmt doch nicht.

»Ich habe meine Autogrammkarten aber nicht dabei«, versuche ich seine Anspannung ein wenig zu lockern.

Die anderen verfallen sofort in ein heiteres Gespräch über unser erstes Treffen, als er meinen Fanboy gespielt hat. Auf seinem Gesicht befindet sich jedoch noch immer kein Lächeln. Noch nicht mal ein kleines Ziepen an seinen Mundwinkeln. Sofort schrillen all meine Alarmglocken. Während er seine Sachen einsammelt, verabschiede ich mich von den anderen und warte angespannt im Flur auf ihn.

»Was ist los?« Besorgt sehe ich Melvin an, als dieser

den Flur betritt und die Tür des Konferenzzimmers hinter sich schließt.

»Es tut mir leid, dass ich fast etwas ausgeplaudert hätte. Ich habe in dem Moment nicht darüber nachgedacht.«

»Dein Ernst? Deswegen machst du so ein deprimiertes Gesicht?«, antworte ich lachend. »Das ist doch nicht schlimm. Es ist ja nichts passiert.« Ich knuffe ihm in die Seite und lächle ihn aufmunternd an.

»Quatsch! Ich bin nicht deprimiert, sondern besorgt. Der Typ, dein neuer Auftrag. Hinter ihm bin ich schon seit knapp einem Jahr her. Aber er ist wie ein Geist. Ich war ihm noch nie so nah, wie du es jetzt bald sein wirst. Es gibt nur viele Gerüchte über ihn. Unter anderem soll er wohl der Clan-Anführer der Lorentinos sein.«

»Ok, spuck's aus. Welche Geschichten lassen dich die nächsten Nächte nicht schlafen, weil du unbegründet besorgt um mich bist?«, hake ich neckisch nach.

»Fuck, Lia!«, brüllt Melvin mich an. »Kannst du einmal deine Witze sein lassen und mir verdammt noch mal richtig zuhören? Es sind nicht nur Gerüchte. Vieles entspricht der Wahrheit. Jeder, und ich meine damit jeden, der versucht hat, ihn einzusperren, zu töten oder Sonstiges wurde danach nie wieder gesehen! Er ist nicht nur gefährlich, er ist der Boss der kleinen Arschlöcher, die du so gerne ... Du weißt schon.«

Mit diesem Ausbruch habe ich nicht gerechnet. Dass er mich versehentlich Lia genannt hat, lasse ich mit einem kurzen Seitenblick in den Gang unkommentiert. Außer uns scheint zum Glück niemand hier zu sein.

»Ist ja gut, Melv. Mach dir keine Sorgen. Ich weiß, was ich tue. Außerdem habe ich von dir gelernt. Wenn du denkst, ich werde dabei draufgehen, solltest du dir mehr Gedanken über dein Training machen.« Scherzhaft pike ich ihm mit der Fingerspitze in den Bauch.

Das mit dem Keine-Witze-machen, hat dann wohl nicht so gut geklappt. Innerlich wappne ich mich schon für seinen Gegenangriff.

»Werde ich tun, während ich deine Beerdigung plane«, schießt Melvin zurück.

Verwundert ziehe ich eine Augenbraue in die Höhe. Doch statt irgendwas zu antworten, ziehe ich ihn in eine enge Umarmung und hoffe ihm damit ein wenig Sicherheit zu übermitteln. »Mir wird nichts passieren. Ich werde doch bald Tante. Wer bringt dem kleinen Scheißer bei, dir auf den Keks zu gehen, wenn nicht ich?«, flüstere ich an seiner Schulter. Ich spüre ein leichtes Vibrieren, das beim Lachen durch seinen Körper fließt.

»Natürlich. Dein einziger Grund, am Leben zu bleiben, ist, meinem Kind irgendeine Scheiße beizubringen. Was habe ich bei deiner Erziehung bloß falsch gemacht?«

»Wieso? Ich bin doch gut geraten. Findest du nicht?«, grinse ich und löse mich wieder von ihm. Um das Gesagte zu unterstreichen, drehe ich mich vorführend einmal im Kreis und knickse zum Abschluss vor ihm.

»Du bist bescheuert«, antwortet er. Dennoch erkenne ich das leichte Zupfen an seinem Mundwinkel.

Ich zwinkere ihm zum Abschied noch einmal zu, bevor ich den Aufzug betrete und auf direktem Weg in die Tiefgarage fahre.

Kurz darauf ertönt das Aufheulen meiner Kawasaki und ich fahre im Schutz der Dunkelheit los zu meinem letzten Auftrag für die nächsten Tage.

FÜNF

ALENIA

Mit geschlossenen Augen wiege ich meinen Körper zum Rhythmus der Musik. Der Beat bestimmt den Takt meines Herzens, während ich dem Klang lausche. Ich fühle, wie mein Körper sich von all den Strapazen der letzten Tage endlich zu entspannen beginnt. Heute, nachdem mein letzter Auftrag erfolgreich erledigt war, hat Ricarda mich angerufen. Sie wollte unbedingt noch ins Skyline. Leider hat sie ein Talent als beste Freundin, mich jedes Mal überreden zu können. Nun stehe ich auf der Tanzfläche und bereue keine Sekunde, mitgekommen zu sein. Die Musik entspannt mich und die Menschen um mich herum geben mir das Gefühl, zumindest für wenige Stunden normal zu sein. Vergessen sind der Job, das Doppelleben und meine Krankheit. Keine Sekunde muss ich darüber nachdenken, dass ich alles andere als normal bin. Es durch die Krankheit auch niemals sein werde, außer für einige wenige Momente.

Nun bin ich dank Rica in diesem Club, der jeden Tag geöffnet hat und eigentlich gar nicht mal so schlecht ist.

Der Club ist in zwei Etagen aufgeteilt. In der unteren befindet sich eine große Bar, einige kleinere Sitzgelegenheiten und die Tanzfläche, die mehr als die Hälfte des Raumes einnimmt. Von dieser aus kann man in die zweite Etage hinaufblicken. Sie ist wie eine Art Galerie aufgebaut. Hinter den Glaswänden befinden sich vereinzelte VIP-Räume, die ich jedoch noch nie von innen gesehen habe. Diese Wände sind so verspiegelt, dass man zwar hinaus- aber nicht hineinsehen kann. Perfekt für ungestörte Momente. Also gab es nie einen Grund für mich, diese Räume je aufzusuchen. Vermutlich sind es kleine Schlafzimmer, um ungestört seinen One-Night-Stand vögeln zu können. Mein Interesse liegt da eher auf der Bar oder auf der meterhohen Decke. An dieser hängen vereinzelte kleinere Lichter, die in der vollkommenen Dunkelheit wie Sterne funkeln, wenn nicht gerade die riesigen, bunten Strahler ihr Licht hinabwerfen. Ich jedoch liebe den Moment, wenn die Dunkelheit eintritt und nur noch die kleinen Lichter wie Sterne leuchten. Keiner der anderen, die auf der Tanzfläche stehen, ist mehr da. Alle verschwinden und ich spüre wie in Trance nur diesen einen Moment. Die Musik bringt mich in eine andere Welt und der Sternenhimmel lässt mich glauben, dass es nichts Schlimmes auf dieser Welt geben kann, da dieser so wunderschön erscheint.

»Lia!«, brüllt Ricarda über die Musik hinweg und reißt mich aus meinen Gedanken. Ihr schlanker Körper steckt in einem engen roten Minikleid, das ihre weiblichen Rundungen perfekt in Szene setzt. Das schwarze Haar hat sie streng zu einem Zopf hochgebunden und ihre rehbraunen Augen sind dunkel umrandet, während auf ihren Lippen ein roter, knalliger Lippenstift liegt. Bei jeder anderen könnte es billig aussehen, doch nicht bei ihr.

»Ja?«, schreie ich zurück und gehe auf sie zu. Ich erkenne einen blonden Sonnyboy hinter ihr, dessen Hände an ihren Hüften kleben. Ihrem Blick nach zu urteilen, gefällt ihr das jedoch so gar nicht. Ich kann mir ein Lachen nicht verkneifen, als sie sich galant aus seinem Griff dreht und in ihren High Heels auf mich zu gelaufen kommt. Eilig greift sie nach meiner Hand und zieht mich Richtung Bar.

»Ich bin diesen Typen einfach nicht losgeworden, Lia! Er ist wie ein Klammeraffe. Weißt du eigentlich, wie oft ich versucht habe ihn abzuwimmeln und wie oft ich ihm absichtlich auf den Fuß getreten bin, damit er verschwindet?« Genervt rollt sie die Augen, bevor sie dem Mann hinter der Theke unseren Getränkewunsch mitteilt. Wie beiläufig gleitet ihr Blick noch mal in die tanzende Menge. Der Typ von eben scheint uns jedoch nicht gefolgt zu sein. Zumindest ihrem erleichterten Blick nach zu urteilen und der Tatsache, dass er sonst schon längst hier gewesen wäre.

»Offenbar bist du dabei trotzdem noch zu lieb gewesen, Rica.« Ich lache, während ich nach einem der Cocktails, die der Barkeeper vor uns abstellt, greife.

»Niemals! Hast du dir meine Heels heute mal angesehen? Damit könnte ich jemanden abstechen, wenn ich wollte. Und der Typ grinst mich nur schmerzverzerrt an und drückt im nächsten Moment seinen Schwanz gegen meinen Bauch. Wie ein notgeiler Teenager!« Entnervt greift sie nach ihrem Glas und rührt den Cocktail mit dem Strohhalm um, bevor sie davon trinkt.

Ich tue es ihr gleich und schmecke den aromatischen

Rum gemischt mit Kokosnussaromen, Sahne und Kirschsaft.

»Ich muss definitiv deine gefährliche Aura kopieren!«, redet Rica weiter. »Du wirfst den Typen einen deiner Killerblicke zu und schon ziehen sie ihre Schwänze ein und hauen ab. Ich glaube, sie trauen sich danach noch nicht einmal mehr in deine Nähe, geschweige denn, dich überhaupt anzusehen«, kichert sie.

»Du übertreibst.« Ein Schmunzeln kann ich mir dennoch nicht verkneifen. Mein Blick wandert beiläufig durch den Club. Fast hätte ich mich an dem nächsten Schluck des Cocktails verschluckt, als ich in zwei dunkle, gefährliche Augen starre, die mich ebenfalls zu mustern scheinen. Mein Blick wandert von seinen Augen, über seine Nase und den zu einem schmalen Strich verzogenen Lippen, die von einem Dreitagebart umrahmt werden. Hohe Wangenknochen lassen sein Gesicht attraktiv und noch maskuliner wirken.

Rica scheint meinen Blick bemerkt zu haben, da sie ein anerkennendes Pfeifen von sich gibt. Er streicht sich durch das kurze braune Haar, unterbricht dennoch zu keiner Sekunde den Augenkontakt zu mir. Auch nicht, als der Sonnyboy, von dem Rica so genervt ist, um seine Aufmerksamkeit bettelt.

»Damn! Dieser Typ sieht aus wie purer Sex auf zwei Beinen!«, ertönt ihre Stimme nah an meinem Ohr.

Lachend lehne ich mich auf dem Barhocker zurück und unterbreche endlich das Blickduell mit dem Adonis. »Na dann. Geh und schnapp ihn dir.«

»Ich glaube, der hat nur Augen für dich, Süße. Er starrt dich immer noch an.«

Auch wenn ich versuche dem Drang zu widerstehen,

gebe ich nach und sehe erneut in seine Richtung. »Scheinbar doch nicht. Weg ist der Sexgott persönlich«, antworte ich lachend. Kurz spüre ich eine Art Enttäuschung in mir hochkommen, die ich schnell wieder verdränge. Diese Sorte Mann ist sowieso mehr Schein als Sein. Vermutlich schleppt er jeden Tag eine Neue ab und merkt sich noch nicht einmal deren Namen. Eben typisch Arschloch.

»Egal, lass uns tanzen. Wehe du lässt mich wieder allein, Lia.« Erneut schnappt sie nach meiner Hand und zieht mich auf die Tanzfläche des Skylines.

Sie bewegt ihre Hüften rhythmisch im Takt und ist bereits im Klang der Musik versunken, als ich starr in Richtung Ausgang blicke. Ich kann dort den Mann von Sarina erkennen. Auch wenn er sich in den letzten zwei Jahren stark verändert hat, sein einnehmendes Wesen hat er jedoch offensichtlich behalten. Selbst in der Menge aus völlig betrunkenen Menschen fällt er mir sofort auf. Man erkennt, wie er selbst völlig betrunken taumelt, sich bei den anderen Partygästen abfängt und dabei dümmlich grinst, und so, wie ich ihn kenne, seine dummen Witze reißt.

»Dieser Idiot!«, schimpfe ich vor mich hin. Rica gebe ich ein Zeichen, dass ich kurz weg bin, und laufe dann auf ihn zu.

Kurz bevor ich bei ihm ankomme, tritt der Adonis mit der düsteren Aura neben ihn und scheint nicht glücklich darüber zu sein, ihn abfangen zu müssen. Fast wäre Raymond gestolpert und hätte sich der Länge nach auf die Nase gelegt. Aber eben nur fast, wenn Mister Adonis nicht gewesen wäre. Kurz überlege ich, den Rückzug anzutreten. Ray wäre sowieso nicht aufnahmefähig. Falls er nicht zu betrunken ist, würde er mich ohnehin wegjagen und hoffen, dass ich im nächsten Augenblick ein Messer ins Herz gerammt bekomme. Wer weiß, vielleicht erfüllt sich sein Traum ja irgendwann einmal. Es ist Jahre her und trotzdem weiß ich, dass er mir die Schuld an allem gibt, und ich für ihn immer die Schuldige bleiben werde. Es gibt dafür keine Ausrede oder eine Erklärung, die er akzeptieren würde. So sehr ich es auch hasse, bis zu einem gewissen Punkt kann ich ihn sogar verstehen. Schnell wische ich den Gedanken an die Vergangenheit beiseite.

Ich beobachte, wie der Fremde Ray hilft und ihn auf eine kleine Bank in einer Nische des Clubs manövriert. Er scheint wild auf ihn einzureden, da sich seine Lippen durchweg bewegen. Als ich mich schon umdrehen möchte, trifft sein Blick erneut auf meinen.

Fuck! Das Glück ist heute wirklich nicht auf meiner Seite. Statt wegzusehen, ertappe ich mich dabei, wie ich ihn weiterhin anstarre.

Seine Lippen verziehen sich zu einem leichten, selbstsicheren Grinsen. In seinen Augen blitzt etwas auf, bevor er den Blickkontakt unterbricht.

Benommen schüttle ich den Kopf. Es fühlt sich an, als würde ich erst jetzt wieder beginnen, frei zu atmen. Als hätte er mich so lange in seinen Bann gezogen, bis der Kontakt abbrach und er entschieden hat, mich gehen zu lassen. Ich spüre, wie mein Herz unkontrolliert gegen die Brust schlägt und das Adrenalin durch meinen Körper rauscht wie nach einem Kampf.

Unfähig, mich umzudrehen und einfach zu gehen, beobachte ich Adonis, wie er sich erneut an Raymond wendet, bevor er in meine Richtung kommt. Ein heißer

Schauer durchfährt meinen Körper, als der Abstand zwischen uns immer kleiner wird.

Damn! Beweg dich Lia! Dreh dich um und geh!, brüllt mich meine innere Stimme an. Sein Blick hält meinen erneut gefangen. Eine gefährliche Aura umgibt ihn, die ich selbst von Weitem wahrgenommen habe. Und nun, da er immer näher kommt, überzieht eine Gänsehaut meinen Körper. Ich spüre es noch intensiver.

Hör auf, ihn anzustarren! Kurz sehe ich auf meine Schuhe. Heute trage ich einfache Sneaker in Schwarz. Ein goldener Anhänger in Form einer Maske ist an der rechten Innenseite am Schnürsenkel befestigt. Er war damals ein Geschenk von Melvin und ist seitdem mein Glücksbringer. Ich trage ihn immer bei mir. Dieser wäre vermutlich das einzige Detail, das mich als Huntress verraten könnte. Wenn jemand darauf achten würde. Allerdings ist er so klein und immer an meinen Schuhen befestigt, dass er vermutlich niemandem, der gerade dem Tod ins Auge sieht, auffällt.

Als ich wieder aufsehe, ist er weg. Einfach verschwunden. Verwirrt blicke ich mich um.

»Mach doch direkt ein Foto, Süße. Davon hast du länger etwas«, ertönt eine raue, dunkle Stimme hinter mir nah an meinem Ohr. Sein heißer Atem streift dabei meinen Nacken. Das kann nur er sein. Verschreckt über die plötzliche Nähe zucke ich zusammen.

Kurz bin ich irritiert über seine Worte.

Hat er das gerade wirklich gesagt?

»Was?«, bringe ich hervor, als ich endlich meine Stimme wiedergefunden habe. Ich drehe mich zu ihm um, weiche zwei Schritte nach hinten aus und blicke in dunkelblaue Augen. Sie erinnern mich sofort an den tiefen Ozean. Von Weitem sahen sie fast schwarz aus. Aber nun, da er direkt vor mir steht, erkenne ich das Blau in ihnen.

»Es würde dir bestimmt die Nacht versüßen und du hättest länger etwas davon.« Auf seinen Lippen liegt ein verfluchtes, sexy Grinsen. Trotz der lauten Musik verstehe ich jedes einzelne Wort, das nur so vor Selbstsicherheit trieft.

»Darüber habe ich noch gar nicht nachgedacht«, bringe ich gespielt nachdenklich hervor. »Aber meinst du nicht, dass du mir persönlich in meinem Bett mehr Spaß bereiten kannst?«

»Glaub mir, Süße. Ich würde dich für alle anderen Männer nach mir versauen. Du würdest bei jedem Schwanz, der in dir steckt, nur noch an mich denken.« Überheblich blickt er mir entgegen. Ein verheißungsvolles Lächeln umspielt seine Lippen, während ein herausforderndes Funkeln in seinen Augen liegt.

Um uns herum reiben sich verschwitzte Körper aneinander und geben sich dem Rhythmus, den Klängen und dem Bass vollkommen hin. Auch wenn die tanzende Menge direkt neben mir ist, nehme ich sie kaum noch wahr. Die Musik dringt gedämpft, fast leise zu mir durch und ich fühle mich wie in Watte eingehüllt. Meine Konzentration liegt nur auf dem ungefähr zwei Meter großen Mann vor mir. Die kurzen braunen Haare. Der Dreitagebart, der ihn noch maskuliner erscheinen lässt. Die dunkelblauen Augen und dieses fucking attraktive Lächeln auf seinen Lippen bringen mich aus dem Konzept.

Wenn er doch bloß nie den Mund aufgemacht hätte, seufze ich innerlich. Jedes seiner Worte trieft nur so vor Selbstsicherheit und Arroganz. Aber dieses Spiel spiele ich nicht zum ersten Mal. Er ist nicht der Erste und wird auch nicht der Letzte sein, der denkt, dass sich die Welt nur um ihn dreht.

»Große Sprüche für einen Kerl, der nur ein Foto anzubieten hat.« Verführerisch lächle ich ihn an, während ich den Abstand zwischen uns ein kleines bisschen verringere.

»Du machst halt nicht den Eindruck, als wärst du mir gewachsen. Deine Schreie würde jeder hören und ich will doch nicht, dass du wieder beschämt auf deine Schuhe blickst.«

Ich schließe den letzten, winzigen Abstand zwischen uns. Ich stelle mich auf Zehenspitzen und lege meine Arme um seinen Hals. »Schade, dass du so gar nicht mein Typ bist und wir niemals herausfinden werden, ob du mich wirklich zum Schreien bringen könntest«, hauche ich verführerisch in sein Ohr. Kurz bemerke ich, wie sich sein Körper anspannt, bevor ich ihn loslasse, um wieder Abstand zu gewinnen.

Wie aus dem Nichts greift er nach meiner Hand und zieht mich hinter sich her.

»Hey! Lass mich los!«, keife ich ihn an, während ich versuche mich zu befreien. Sein eiserner Griff um mein Handgelenk verstärkt sich jedoch nur noch mehr. Vorbei ist der Augenblick, in dem ich ihn noch lasziv angelächelt habe und dachte, ich könne dieses Spiel mitspielen und gewinnen. »Du tust mir weh!«, rufe ich verärgert. Doch er läuft stur einfach weiter. Er zieht mich durch die verschwitzte, tanzende Menge in Richtung Ausgang. Vorbei an Raymond, der mir zum Glück keine Beachtung schenkt.

Kurz bevor wir die Ausgangstür erreichen, drückt er

mich in eine kleine Nische zwischen der Garderobe und einer Wand.

»Was …« Bevor ich weiterreden kann, presst er seine rauen Lippen hart auf meine. Überrumpelt erwidere ich den Kuss. Seine Hand wandert in meinen Nacken und packt fest zu, während die andere an meiner Hüfte verweilt. An jeder Stelle, an der mich der geheimnisvolle Adonis berührt, fängt mein Körper Feuer. Das Prickeln beschert mir eine Gänsehaut, die ich so noch nie zuvor verspürt habe. Seine Zunge bittet unnachgiebig um Einlass, den ich ihm kurz darauf gewähre, und was dann folgt, ist wie eine Belohnung für meine Zustimmung. Sie spielt, neckt und fordert meine heraus. Er schmeckt zu meiner Verwunderung nicht nach Alkohol, sondern nach bitterem Kaffee. Ich spüre, wie sich sein Griff um meinen Nacken verstärkt. Leise stöhne ich in seinen Mund. Das veranlasst ihn dazu, seinen Körper noch näher an meinen zu pressen. Unsere Zungen fechten einen verführerischen Kampf aus, der mich fast um den Verstand bringt. *Gott, kann dieser Mann küssen!*

Er knabbert an meiner Lippe, während seine andere Hand meine Hüfte hinauf zu meinen Brüsten wandert. Eigentlich sollte ich es nicht zulassen. Aber gerade fühlt es sich einfach viel zu gut an, als dass ich es beenden könnte. Seine Zunge dominiert weiterhin meine, als ich meine Hände in seinem Nacken verschränke und mich automatisch an seine harte Brust schmiege. Sein verführerischer Duft nach Blutorange vermischt mit einer Art rauchigem Leder und holzigen Aromen dringt in meine Nase. Augenblicklich presst er seine Lippen nicht mehr ganz so fest auf meine und verzieht sie zu einem schiefen Grinsen. Abrupt löst er sich kurz darauf von mir. Ein enttäuschtes Seufzen verlässt meinen Mund, bevor ich es verhindern kann.

»Ich könnte dir hier und jetzt zeigen, dass ich dich nicht nur zum Stöhnen, sondern zum Schreien bringen kann. Aber wo würde da noch der Spaß bleiben?«, haucht er selbstsicher. Er wickelt eine Strähne meines Haares um seinen Zeigefinger und blickt mir weiterhin herausfordernd entgegen.

»Noch immer reißt du große Sprüche«, erwidere ich. Wie paralysiert blicke ich in seine dunkelblauen Iriden.

»Statt es dir einfach zu zeigen?« Er drängt seinen Oberkörper erneut an meinen. Dabei fasst er mir an den Hintern und hebt mich hoch.

Wie automatisch schlinge ich die Beine um seine Hüfte. Im Rücken spüre ich die kalte Wand. »Du willst mich ernsthaft in dieser kleinen Nische vögeln? Machst du das mit all deinen Betthäschen?«, hake ich nach.

Eine Hand von ihm ruht auf meinem Hintern, während die andere federleicht meine Wange streift. Etwas blitzt in seinen Augen auf, das mir kurzzeitig die Luft zum Atmen nimmt. »Bist du denn mein Betthäschen?«

»Nein, nur neugierig«, erwidere ich.

Arrogant zieht er eine Augenbraue in die Höhe. »Natürlich. Du umschlingst mich wie ein Klammeräffchen, weil du dich einfach nur gerne mit mir unterhalten möchtest.«

Ich rolle mit den Augen. »Hm, nicht wirklich. Ich bin hier, weil du mich hergeschleppt hast und die Wand hinter mir mich am Weggehen hindert«, erinnere ich ihn und schnipse ihm gegen die Stirn.

Ein leises Knurren verlässt seine Kehle. Er schnappt

nach meiner Hand und hält sie eisern fest. Jede Faser meines Körpers fühlt sich plötzlich von ihm bedroht.

»Gib es zu, principessa. Du wärst gerne mein kleines Betthäschen. Du willst von mir gefickt werden, bis du nicht mehr weißt, was mit dir geschieht. Deine Pussy wird sich noch tagelang an mich erinnern und meinen Schwanz mit jeder Minute schmerzlich vermissen«, raunt er. Dabei kommt er mir mit seinem Gesicht wieder näher. Seine Nase streicht meine Wange entlang, bis er sanft in mein Ohrläppchen beißt.

Verdammt, es ist so widersprüchlich! Seine Berührungen, sein Duft, seine Stimme ... Alles an ihm flutet mein Inneres mit Verlangen und gleichzeitig mit Furcht.

»Und du glaubst, dass du meinen Körper einfach wieder vergessen könntest?«, gehe ich zum Angriff über.

Er antwortet nicht. Stattdessen wandern seine Lippen hinab zu meinen Brüsten. Dabei hinterlassen sie eine feuchte Spur, während sein kurzer Bart leicht über meine Haut kratzt. In meiner Magengegend beginnt es zu prickeln. Das Herz in meiner Brust schlägt mit doppelter Geschwindigkeit weiter und ich höre das Blut durch meinen Körper rauschen. Sein eiserner Griff um mein Handgelenk löst sich. Stattdessen greift er wieder nach meinem Hintern und presst mich näher an sich. Ein Stöhnen entfährt mir, als sein Schwanz gegen meine Pussy drückt. Hart und fest presst er sich gegen mich. Wie es wohl wäre, wenn Adonis den Minirock hoch zerrt, meinen Slip zerreißt und sich einfach in mir versenkt? Würde ich es mögen? Würde er mich wirklich so vögeln wie noch niemand vor ihm?

»Ich weiß, woran du denkst«, ertönt seine Stimme in meinem Ohr. Seine Hand verschwindet unter meinem

Top und findet ihren Weg zu meinen Brüsten. Den BH schiebt er einfach beiseite. Sanft zwirbelt er meine Brustwarze, die sich ihm bereits erwartungsvoll entgegen reckt.

Ich schmelze förmlich unter seinen Berührungen. Jeglicher Widerstand beginnt zu bröckeln.

»Du denkst daran, ob ich dich wirklich hier und jetzt ficken werde. Der Kick, dass uns hier jemand sehen könnte, gefällt dir. Das Risiko erregt dich nur noch mehr«, schlussfolgert er. Dunkel umhüllen mich seine Worte. Seltsamerweise hat er recht.

Ich liebe das Risiko und die Gefahr. Aber in aller Öffentlichkeit gevögelt zu werden, ist etwas völlig anderes. Sein Mund nimmt erneut meinen in Beschlag, ohne dass ich ihm vorher antworten kann. Fordernd dringt er in meine Mundhöhle ein und umspielt meine Zunge. Meine eine Hand vergrabe ich in seinem dunklen Haar, während die andere nun ebenfalls auf Wanderschaft geht. Ich streiche über seine breite Schulter, hinab zu seiner Brust. Hart und muskulös fühlt sie sich unter meinen Fingerspitzen an. Sein Griff um meinen Hintern wird fester, während seine Zunge immer fordernder meine umspielt. Unruhig winde ich mich unter seinem Griff. Dabei drückt sein Schwanz noch härter gegen meinen Unterleib. Ein Stöhnen verlässt seine Kehle. Wie in Trance versetzt, lasse ich es zu, dass er meinen Rock höher schiebt und seine Finger den Weg unter meinen Slip finden. Ich löse mich von seinen Lippen und lasse den Kopf seitlich fallen. Dabei lasse ich meine Augen geschlossen und genieße seine rauen Lippen auf meinem Körper. Überall, wo er mich berührt, hinterlässt er ein angenehmes Prickeln. Das Ziehen in meinem Unterleib wird von Sekunde zu Sekunde unerträglicher.

»Wenn wir jetzt nicht aufhören, werde ich dich hier und jetzt ficken«, knurrt er in mein Ohr.

Benommen nehme ich nur Bruchstücke seiner Worte wahr. Mein Atem geht flach und abgehakt.

»Alenia?«, ertönt hinter dem Mann, dessen Namen ich noch immer nicht kenne, Ricardas rettende Stimme. Erst nach mehrmaligem Rufen habe ich sie wirklich wahrgenommen.

»Hm?«, bringe ich völlig überfordert hervor. Ich sehe ein letztes Mal in seine blauen Iriden, die vor Verlangen förmlich glühen. Ich nehme die Hand aus seinem Haar und lasse mich von ihm absetzen. Wehmütig senke ich den Blick, bevor ich mich vorbeischiebe.

Mit einem wissenden Lächeln sieht Ricarda mir entgegen. Ich würde sie gerade am liebsten erschlagen und gleichzeitig könnte ich sie abknutschen.

»Eigentlich wollte ich gehen. Mich nerven diese Milchbubis und ihre widerlichen Pranken an meinem Arsch. Zumindest hoffe ich, dass es ausschließlich ihre Hände waren.« Feuer und Flamme für den Mann hinter mir, wackelt sie anzüglich mit ihren Augenbrauen. *Diese Frau kennt einfach kein Schamgefühl!* Es interessiert Rica kein bisschen, dass der Adonis hinter mir, dessen Blick ich im Rücken spüren kann, ebenfalls ihr komisches Augenbrauenwackeln sehen kann. Doch dann tippt sie unmerklich auf die Uhr an ihrem Handgelenk. »Wir müssen aber leider beide los«, redet sie weiter mit mehr Ernsthaftigkeit in ihrer Stimme. »Oder soll ich alleine gehen?«

»Nein, ich komme mit. Hier ist leider nichts Interessantes, das mich halten würde«, antworte ich wohlwissend, dass mich Adonis hören kann. Soll er ruhig wissen, dass ich zwar kurz wie in Trance war, aber dennoch nicht mit ihm in die Kiste springen werde. Auch wenn es leider der beste Kuss war, den ich je hatte. Ohne mich noch mal umzusehen, hole ich gegenüber bei der Garderobe unsere Jacken, um danach geradewegs Richtung Ausgang zu gehen. Noch immer spüre ich seinen Blick auf mir, obwohl er keine Anstalten macht, mich aufzuhalten. Auch nicht, als ich mich bei Denis, dem Türsteher und Boss des Skylines, verabschiede und ins Freie trete.

»Dein Ernst? Du lässt diesen heißen Kerl einfach stehen?« Ich brauche mich nicht umzudrehen, um Ricas verblüfften Gesichtsausdruck zu sehen. Ich kann ihn mir bildlich vorstellen. Sie hätte diesen Mann niemals einfach stehen lassen.

Aber ich? Ich Idiotin lasse mir natürlich den wahrscheinlich besten Sex meines Lebens entgehen, weil ich das Ego eines Möchtegerns nicht noch mehr pushen möchte. Obwohl es mir eigentlich egal sein könnte. Ich würde ihn danach niemals wiedersehen. Er wäre nur der Typ von letzter Nacht für mich und ich nur die Frau von gestern für ihn. Keiner von uns würde je wieder einen Gedanken daran verschwenden.

Wieso fühlt es sich dann nicht danach an? Ich schmecke ihn noch immer auf meiner Zunge und ich spüre den Druck seines unnachgiebigen Griffs in meinem Nacken. Ein kleiner Teil in mir bereut es, gegangen zu sein. Der andere jedoch schreit laut: *Geh weiter! Blick nicht zurück! Du musst gehen!*

»Ja, es ist mein Ernst, Rica. Wir wollten einen Mädelsabend, weil wir endlich mal wieder Zeit miteinander verbringen wollten. Du weißt doch, dass ich die nächsten Wochen in der Firma wieder voll eingespannt bin«, erkläre ich ihr. »Außerdem hast du zum Glück die Uhr im

Auge behalten.« Auch wenn Rica meine beste Freundin ist, weiß sie nicht, was ich eigentlich mache. Gerne würde ich ihr alles erzählen. Sagen, wer ich wirklich bin. Sie würde mich allerdings für eine Serienkillerin halten und nicht für diejenige, die Kinder vor Monstern schützt. Ich glaube nicht, dass ich diesen verachtenden, ängstlichen Blick bei ihr ertragen könnte. Melvin meint zwar, dass Ricarda es verstehen würde, aber diese Meinung teile ich nicht mit ihm. Er kennt sie einfach nicht so gut, wie ich sie kenne. Sie ist jedoch eine der wenigen, die über meine Krankheit Bescheid weiß. Seit sie erfahren hat, woran ich leide und welcher Gefahr ich mich aussetzen würde, ist sie mein kleiner Schutzengel und Wecker zugleich.

»Du bist wirklich unverbesserlich, Lia. Ich hätte kein Problem damit gehabt, mich allein mit Chips und einer Schnulze auf die Couch zu legen und dabei stolz auf dich zu sein. Wenn du willst, geh ruhig zurück und verbringe die restliche Nacht und den folgenden Tag mit ihm in den VIP-Räumen. Ich hole dich dann morgen Abend wieder ab.«

Lachend laufe ich den Parkplatz entlang, ohne Rica eine weitere Antwort zu geben. Besser ich sage nichts mehr, bevor sie mich wirklich noch dazu bringt, zurückzugehen. Sie besitzt dieses Talent, Menschen zu überreden, Dinge zu tun, die sie eigentlich niemals tun würden. Und das weiß sie leider auch viel zu gut.

Aus meiner Jackentasche krame ich mein Handy, um ein Taxi zu rufen. Normalerweise stehen die Taxis reihenweise vor dem Skyline. Diesmal jedoch steht nicht ein einziges bereit. Beim Herausholen des Telefons fällt eine kleine Karte aus meiner Tasche. Verwirrt hebe ich sie auf.

»Dieser Idiot!«, schimpfe ich, als ich erkenne, was das für eine Karte ist.

»Was ist los?«, hakt Ricarda irritiert nach.

»Lawrenzo hat mir seine Nummer zugesteckt.« Zumindest habe ich nun einen Namen, der definitiv zu diesem Typen passt. Er klingt männlich, dominant und autoritär. Wie ein Mann, der sich nimmt, was er will. So wie er es gerade eben auch getan hat. Na ja, zumindest versucht und nur teilweise geschafft hat.

»Der Adonis von eben? Und was ist daran so schlimm?«

Augenverdrehend werfe ich die Karte in den nächsten Mülleimer. »Genau der. Er ist ein Aufreißer, der vorgedruckte Karten bei sich hat, Rica. Ist das nicht bereits Antwort genug?« Bevor sie antworten kann, kommt zum Glück ein Taxi um die Ecke gefahren. Ich stecke das Handy wieder weg und winke es herbei. Ricarda und ich nehmen auf dem Rücksitz Platz, bevor wir dem Fahrer meine Adresse mitteilen.

»Ehe wir nie wieder ein Wort darüber verlieren werden, Lia«, beginnt sie zu sprechen. Innerlich bereite ich mich schon auf einen langen Monolog vor. »Ich bin der Meinung, du hättest dich mal ordentlich von ihm durchvögeln lassen sollen. Die Karte hättest du ja mit den Worten ›*Danke für die passable Nacht und ein schönes Leben noch!*‹ dort lassen können.«

Der Taxifahrer wirft uns einen abschätzigen Blick über den Rückspiegel zu, bevor er wieder auf die Straße sieht.

»Nächstes Mal, versprochen. Sollte ich diesem Lawrenzo jemals wieder begegnen, werde ich mich von ihm vögeln lassen, bis der Arzt kommt. Zufrieden?«

»Zufrieden.« Gleichzeitig sehen wir uns an und beginnen laut loszulachen. Wie absurd. Der Taxifahrer denkt vermutlich, dass wir viel zu tief ins Glas gesehen haben. Aber hey! Wen interessiert es?

Außerdem werde ich diesen Lawrenzo sowieso nie wiedersehen.

Verkatert wache ich auf. Es waren eindeutig ein paar Drinks zu viel. Mein Kopf bedankt sich jedenfalls nicht gerade freundlich bei mir. Dabei hatte ich nicht das Gefühl, die Nacht zu viel getrunken zu haben. Mein Körper scheint dies jedoch ganz anders zu sehen. *Verräter!* Ich rapple mich auf und bemerke erst Ricas Beine, die auf meinen Oberschenkeln lagen, als diese abrupt vom Sofa fallen und sie ein leises Murren von sich gibt.

»Sorry!«, murmle ich, obwohl mir durchaus bewusst ist, dass sie niemals davon wachgeworden wäre. Wenn sie getrunken hat, schläft sie wie ein Stein bis in den späten Nachmittag hinein. Ein Blick auf die Wanduhr über dem Fernseher verrät mir, dass es bereits halb drei ist.

Shit! Ich hätte mich schon längst bei Melvin wegen der Unterlagen melden müssen. Auch wenn ich die nächsten Tage frei habe, verwende ich diese gerne für die Vorbereitungen für den nächsten Auftrag. Da ich gerade aber einfach zu down bin, um mir ernsthafte Gedanken zu machen, lasse ich es lieber. Die Zeit wird schon reichen. Hat sie schließlich schon immer. Ich tapse völlig übermüdet in die Küche und schalte die Kaffeemaschine ein. Mein Körper fühlt sich ausgelaugt und steif an. Auf dem kleinen Sofa einzuschlafen war doch keine so gute Idee. Und dennoch tun wir es jedes Mal wieder. Ich lasse meine Schultern kreisen und lege meinen Kopf in den Nacken. In der Hoffnung, meine angespannten Muskeln irgendwie wieder lockern zu können.

»Eine warme Dusche würde dir besser helfen«, ertönt Ricas verschlafene Stimme vom Sofa aus. »Und mir auch«, stöhnt sie schmerzerfüllt auf, als sie sich langsam aufrappelt.

Ich bereite zuerst ihr einen Kaffee zu, den ich ihr zum Sofa bringe, bevor ich mir ebenfalls einen mache und mich an den Küchentresen setze. Keiner von uns wagt, ein Wort zu sagen. Wir sind beide einfach zu verkatert, um Konversation zu betreiben. Still und jeder in seinen eigenen Schmerzen versunken, trinken wir den Kaffee und lauschen der Stille, bis ein schrilles Geräusch ihr ein jähes Ende bereitet und uns beide quälend aufkeuchen lässt.

»Wer zum Teufel klingelt um so eine Uhrzeit?«, beschwert sich Rica.

»Süße, es ist mitten unter der Woche und jeder normale Mensch hat schon gearbeitet, als wir noch munter unsere Drinks geschlürft haben.«

»Du hättest ja auch etwas ganz anderes schlucken können, Lia. Wenn du dich doch bloß nicht immer für deinen inneren Moralapostel entscheiden würdest, sondern für das kleine Teufelchen auf deiner linken Schulter«, zieht sie mich besserwisserisch auf.

»Dir geht es wohl wieder besser, wie ich sehe?«, bemerke ich schmunzelnd und öffne nach einer gefühlten Ewigkeit endlich die Tür.

»Nein, aber ich bin immer bereit für ein Gespräch

über einen heißen Mann, der dir die Seele aus dem Leib vögeln würde«, plappert sie einfach weiter.

Augenrollend ignoriere ich meine beste Freundin. Vor mir steht ein blonder, kleiner Mann, der mir ein Paket reicht. Dankend nehme ich es an mich, bevor ich es achtlos in der Küche auf den Tresen lege und mich wieder auf den Hocker vor der Kücheninsel fallen lasse.

»Bestimmt dein Lover, der dir Blumen schickt«, zieht Rica mich weiter auf. Ihr schwarzes Haar steht in jede erdenkliche Richtung ab und auch der Mascara ist nicht mehr dort, wo er sein sollte. Ihr Waschbärenlook lässt mich kurz lächeln. Während sie munter weiter Sprüche klopft, nehme ich den letzten Schluck von meinem Kaffee.

»Wirst du ihm denn noch mal eine Chance geben. Also beim nächsten Mal, wenn ihr euch seht?«, fragt sie plötzlich mit einer ernsteren Stimme.

Kurz denke ich darüber nach. Lawrenzo hat einen seltenen, düsteren Charme, dem jede Frau sofort erliegt. Aber ich bin nicht jede Frau. »Es wird kein nächstes Mal geben«, beschließe ich, stehe vom Hocker auf und gieße mir erneut einen Kaffee ein.

»Da spricht die Pessimistin aus dir. Du musst wirklich lernen, dich auf neue Abenteuer einzulassen«, brummt Rica. Aus dem Augenwinkel erkenne ich, wie sie sich vom Sofa erhebt und sich ins Badezimmer verzieht, bevor ich etwas erwidern kann.

»Ich liebe dich, reicht das nicht?«, rufe ich ihr nach. Ihr gedämpftes, frustriertes Schnaufen entlockt mir ein leichtes Grinsen. Ich habe noch nie erlebt, dass sie sich mal keine Gedanken um mein Liebesleben macht.

Während sie sich duscht und fertig macht, suche ich

nach meinem Handy. Ich finde es schließlich auf dem Boden neben dem Sofa. Eine neue Textnachricht blinkt bereits auf, als ich das Display entsperre. Wider Erwarten ist diese nicht von Melvin, sondern von einer fremden Nummer.

Principessa,

vermisst du mich schon? Nur allzu gerne würde ich mein Versprechen bei dir einlösen, aber das kleine Reh sollte sich genau überlegen, ob es die Höhle des Löwen betreten sollte. ;)

Lawrenzo

Was ist bloß los mit diesem Mann? Der denkt doch echt nur an seine Eier und null mit seinem Gehirn. Wie kommt er überhaupt an meine Nummer? Kurz überlege ich, ihm zu antworten. Den Gedanken verwerfe ich jedoch wieder genauso schnell, wie er gekommen ist. Es gibt Wichtigeres, als sich um einen aufgeblasenen Typen zu kümmern, der denkt, er wäre Gott höchstpersönlich. Ich lösche die Nachricht und rufe Melvin an, der natürlich nicht an sein Handy geht. Wie immer. Gedanklich mache ich mir eine Notiz, ihn mal danach zu fragen, wieso er überhaupt ein Handy besitzt, wenn er sowieso nie ans Telefon geht.

Während ich langsam aktiver werde und die Überreste der letzten Nacht beseitige, kommt Rica nach einer Ewigkeit aus dem Bad.

»Kann ich dir noch helfen, Süße?«

»Nein, ich bin jetzt sowieso schon fast fertig«, lehne ich dankend ab.

»Dann fahr ich jetzt. Halt mich unbedingt auf dem Laufenden mit deinem neuen Lover.« Belustigt streift sie sich ihre Jacke über und weicht gekonnt der leeren Plastikflasche aus, die ich nach ihr werfe.

»Er ist nicht mein Verehrer. Wenn es nach mir geht, werde ich ihn niemals wiedersehen.« Bei ihm sieht es nach der Nachricht wohl anders aus. Doch ich schweige. Wenn Rica von der Nachricht wüsste, würde sie mich irgendwie überreden, ihm zu antworten. Für diese Diskussion fehlt mir allerdings gerade jegliche Kraft und Lust. Völlig verkatert könnte ich diese Auseinandersetzung auch niemals gewinnen. Nicht, dass meine Chancen bei ihr generell sehr gut stehen würden.

»Süße, es geht aber nicht immer nach dir. Zum Glück, sonst hättest du nie Spaß und wärst nicht nur einsam, sondern auch noch immer Jungfrau. Wenigstens den einen Punkt können wir abhaken.«

»Blödsinn! Ich bin zufrieden, so wie es ist. Nicht jede Frau braucht einen Mann, um glücklich zu sein«, empöre ich mich.

»Stimmt, aber du hättest eine führende Hand bitter nötig, Lia. Oder zumindest einen Mann, der dich ordentlich durchvögelt«, grinst sie.

Gott! Ist das ihr Scheiß-Ernst? »Falls du dich erinnerst – du bist selbst Single.«

»Ja, aber bei mir ist es etwas anderes«, entgegnet sie und kommt auf mich zu.

»Wieso ist es bei dir etwas anderes?« Langsam wird mir dieses Thema lästig. Wieso will sie unbedingt, dass ich mich an irgendeinen Typen binde?

»Weil ich dennoch meinen Spaß mit ihnen habe, auch wenn ich mit keinem von ihnen zusammenkomme. Du hingegen, meine Liebe, hast weder eine feste Beziehung, weshalb du mit keinem anderen Mann Spaß haben dürftest, noch eine andere Ausrede, wieso du dich auf niemanden einlässt. Außer die, dass du nicht mit jedem dahergelaufenen Mann in die Kiste springst. Also brauchst du eine feste Beziehung, um Spaß zu haben«, schlussfolgert sie grinsend. Bevor ich zur Antwort ansetzen kann, zieht sie mich bereits in eine enge Umarmung und macht sich danach zügig aus dem Staub. Mit so vielen Antworten auf der Zunge, die ich ihr gerne noch an den Kopf geworfen hätte, lässt sie mich zurück.

Ihre Schlussfolgerung war komplett daneben. Ich brauche keine Beziehung, um meinen Spaß zu haben. »Melde dich, wenn du angekommen bist!«, rufe ich ihr noch hinterher. Auch wenn sie mit einem Taxi nach Hause fährt, ist mir wohler zu wissen, dass sie gut angekommen ist. Sie antwortet noch mit einem gedehnten ›Ja‹, bevor die Tür ins Schloss fällt.

Kopfschüttelnd wende ich mich wieder den letzten Zügen der Aufräumarbeiten zu.

Wann haben wir bloß so ein Chaos anrichten können? Wir waren doch die meiste Zeit über gar nicht hier. Anderseits, bei uns beiden sollte mich eigentlich nichts mehr wundern. Wir konnten schon immer innerhalb weniger Sekunden ein riesiges Durcheinander anrichten.

Während ich die Flaschen und die leeren Chipspackungen beseitige, wandern meine Gedanken immer wieder zurück zu dem, was Rica eben einfach so in den Raum geworfen hat. Sie liegt definitiv falsch. Wie kann sie der Ansicht sein, dass es anders wäre? Mein Leben besteht aus wichtigeren Dingen, als jeden Tag einen anderen Typen mit nach Hause zu nehmen. Außerdem ist es einfach nicht mein Ding, mit jemanden zu schlafen, für den ich keinerlei Gefühle hege. Es wäre außerdem nicht fair, jemanden an mich zu binden. Meine Krankheit würde früher oder später alles zerstören. Ich werde niemals einen normalen Tag im Freizeitpark oder in der Stadt verbringen, geschweige denn eine Familie gründen können. Außerdem kommt eine feste Beziehung bei meinem Job nicht infrage. Melvin hat es zum Glück zugelassen und sich für eine Familie entschieden. Damit hat er sich automatisch aus der direkten Schusslinie gebracht. Das erleichtert mir meinen Job und vor allem mein Gewissen. Ich konnte noch nie wirklich mit dem Gedanken leben, dass er bei unserer Arbeit vielleicht sterben würde. Natürlich kannte ich das Risiko, und wenn es je dazu gekommen wäre, hätte ich mich damit abfinden müssen.

Zum Glück ist es nie so weit gekommen und er hat trotz aller Zweifel den richtigen Weg gewählt. Nun hat er bald seine eigene kleine Familie. Ich bin mir absolut sicher, dass er ein fantastischer Dad sein wird. Allein schon deshalb, weil unser angeblicher Vater ein mieses Arschloch war. Der kurze Gedanke an dieses Monster genügt, um mir einen eiskalten Schauer über den Rücken zu jagen. Eilig wische ich die Gedanken an den Mann, der für unsere Jobwahl verantwortlich ist, fort. Stattdessen wende ich mich dem nicht mehr ganz so unübersichtlichen Chaos vor mir zu.

Als ich endlich fertig bin, steige ich unter die Dusche und spüle die vergangenen Stunden von meinem Körper. Leider muss ich mir eingestehen, dass Lawrenzo mir währenddessen nicht nur einmal vor meinem inneren Auge erscheint.

Es ist, als würde ich seine Präsenz noch immer nah bei mir spüren. Seinen Griff in meinem Nacken und seinen Geschmack in meinem Mund, als er mich im Club um den Verstand geküsst hat. Die dunkelblauen Augen, die mich herausfordernd betrachtet haben, und diese gefährliche Aura, die ihn umgibt. Alles an ihm ist gleichermaßen attraktiv wie auch beängstigend.

In meinem Unterleib breitet sich allein bei dem Gedanken, dass er mich berühren könnte, ein köstliches Ziehen aus. Seine Finger, die meinen nackten Körper erkunden und sein Mund, der meinen in Besitz nimmt. Ich stelle mir vor, wie er meine Spalte leckt und meine Klit bis ins Unermessliche reizt, bis ich kurz davor bin, zu kommen. Doch das würde er nicht zulassen. Niemals. Er würde mich so lange reizen, bis ich bei jeder kleinen Berührung förmlich vor Verlangen zergehe. Nur sein harter, dicker Schwanz würde mir die Erlösung schenken, die ich so sehr herbeisehne.

»Verdammte Scheiße!«, rufe ich heiser aus. *Reiß dich zusammen, Lia!* Er ist nur irgendein arroganter Typ und auch wenn er aussieht wie ein Adonis, heißt das nicht sofort, dass dieser Kerl es auch im Bett bringt!

Ich steige aus der Dusche und verdränge jeden weiteren Gedanken an Lawrenzo. Mit einem weichen Handtuch umwickle ich meinen Körper. Beide Hände am Waschbeckenrand abstützend sehe ich meinem Spiegelbild entgegen. Das nasse Haar fällt mir in leichten Wellen über den Rücken, während mein Blick auf meinem Gesicht haftet. Eine leichte Röte ziert meine Wangen. Lange, dichte Wimpern umrahmen die eisblauen Augen und auf meinem Nasenrücken erkennt man die leichten Sommersprossen, die ich an manchen Tagen liebe und manchmal am liebsten überdecken würde.

In Seelenruhe föhne ich mir das gefärbte hellsilberne Haar und schlüpfe in eine bequeme Jogginghose und ein einfaches T-Shirt. Weitaus wacher gehe ich zurück ins Wohnzimmer und schalte den Fernseher ein. Mit einem Blick nach draußen stelle ich fest, dass es bereits wieder dämmert und der Himmel seine Schleusen geöffnet hat. In gleichmäßigem Takt trommeln die Regentropfen an meine Fensterscheiben. Menschen huschen in schnellem Tempo in alle Richtungen über die Straße, um sich vor der Nässe zu schützen. Vermutlich kommen sie gerade von der Arbeit, von Freunden oder von der Familie. Vielleicht auch von einer Shoppingtour, die ihr jähes Ende fand, als es zu regnen begonnen hat. Seufzend lehne ich mich auf dem kleinen Sofa zurück und lausche den Stimmen aus dem Fernseher. Heute steht für mich nichts mehr an, außer auf den Rückruf von Melvin zu warten und alle Information aufzuschreiben und auswendig zu lernen die er per Paketbote vorbeibringen lassen hat. Kein Spaß, aber wohl oder übel eine lebensrettende Maßnahme. Wie Melv immer so schön sagt: ›Nur wenn du dein Gegenüber genauestens kennst, kannst du seine Schwächen für dich ausnutzen.‹ Zu meiner Schande muss ich gestehen, dass er damit leider recht hat. Wobei Überraschungen nie vollständig ausgeschlossen werden können. Bei diesem Auftrag habe ich ein mulmiges Gefühl im Magen. Ich weiß nicht, ob es etwas Gutes oder etwas Schlechtes bedeutet. Auf jeden Fall fühlt es sich anders an als bei meinen anderen Aufträgen.

SECHS

LAWRENZO

Gefühlt zum tausendsten Mal sehe ich auf mein beschissenes Handy. Nachdem Denis mir vorsichtshalber ihre Nummer gegeben hat, konnte ich nicht länger warten, ihr zu schreiben. Wie bescheuert! Ich warte auf ihre Antwort wie ein fucking notgeiler Teenager. Mir war klar, dass sie sich nicht bei mir melden würde. Nicht von sich aus, also habe ich sie angeschrieben. Das Handy zeigt mir jedoch noch immer keine neue Nachricht an. Angepisst lege ich es zurück in die Schublade des Schreibtischs und wende mich wieder meinem Laptop zu. Ich versuche, mich auf die eingegangenen Mails zu konzentrieren und darauf, alles für Samstag vorzubereiten. Erfolglos. Mir geht diese Frau einfach nicht mehr aus dem Kopf, die sich offensichtlich einen Scheiß für mich interessiert. Normalerweise juckt es mich reichlich wenig, wenn Frauen nichts mehr von sich hören lassen. Aber im Normalfall melden sie sich nur dann nicht mehr, weil ich sie eine Ewigkeit ignoriert habe. Ich bestimme, wann eine Frau sich von mir abwenden darf und wann nicht!

Doch Alenia? Sie war von Anfang an anders. Ihre heißen Kurven und dieser laszive Augenaufschlag haben mich wahnsinnig gemacht. Als sie dann noch demütig auf den Boden sah, wusste ich, mit ihr würde ich meinen Spaß haben. Und was ist passiert? Ihr Mundwerk hat alles zunichtegemacht. Ihre spitzen Kommentare haben mich dermaßen aus der Bahn geworfen, dass ich sie nur noch mehr will.

»Denkst du wieder an die Kleine aus dem Skyline?«

Ich sehe von dem Bildschirm des Laptops auf und blicke dem spöttischen Gesichtsausdruck von Ray entgegen.

»Schon mal etwas von Anklopfen gehört?«

»Jap. Hab's ausprobiert. Nicht mein Ding«, scherzt er und lässt sich auf den bequemen Ledersessel gegenüber von mir fallen.

»Was willst du, Ray?«

»Eigentlich wollte ich nur mal nach dir sehen und mir die Dokumente für den Container abholen. Oder hast du es dir anders überlegt und prüfst deine Ware selbst?« Raymond greift nach einem Glas und der Flasche Scotch, die neben ihm auf dem kleinen hölzernen Beistelltisch stehen.

»Solltest du nicht lieber deinen Kater auskurieren, statt neuen Alkohol in dich hineinzukippen?«, kommentiere ich genervt.

Er trinkt die braune Flüssigkeit in einem Zug aus und gießt sich bereits das nächste Glas ein, bevor seine Aufmerksamkeit wieder auf mir liegt. »Was hilft am besten gegen einen Kater? Alkohol. Also mache ich doch alles richtig«, gibt Ray zurück und prostet mir zu.

Augenrollend wende ich mich den Akten zu, die

neben dem Laptop liegen. »Auch wenn ich dir dafür eine Kugel verpassen sollte, da ich mir sicher bin, dass du den Container heute nicht vernünftig kontrollieren kannst, gebe ich dir eine Chance. Versau es nicht, Ray! Du weißt genau, dass wir uns hier in L.A. keine Fehltritte leisten können. Die Ware muss stimmen, wenn die Kunden nachher eintreffen.« In meiner Stimme liegt eine Ernsthaftigkeit, für die ich Ray wirklich gerne den Hals umdrehen möchte. Er zwingt mich schließlich dazu, den Boss raushängen zu lassen. Zudem breitet sich direkt ein unangenehmer Geschmack in meinem Mund aus, wenn ich nur daran denke, dass mein Vater bei meinen Worten und der Ernsthaftigkeit dem Familiengeschäft gegenüber plötzlich wieder seinen Sohn in mir sehen würde. Dieser Geschmack lässt mich würgen – nein, fast kotzen!

»Werde ich es bereuen, dich nicht nach Hause geschickt zu haben?«, füge ich noch hinzu, als ich bei genauerem Hinsehen einen glasigen Ausdruck in Rays Augen erkennen kann.

»Nein, aber ich bereue, dass ich deine Kleine gestern nicht kennenlernen durfte. Es ist selten, dass dich eine Frau in ihren Bann zieht. Wer weiß, vielleicht hätten wir sogar beide etwas von ihr gehabt.« Raymond zwinkert mir verschwörerisch zu, bevor er sich seine Akte von meinem Schreibtisch schnappt.

»Glaub mir, Ray, diese Frau ist nicht für unsere Art von Unterhaltung geeignet. Sie kommt kaum mit *einem* Mann zurecht«, spotte ich, wobei ich mir dabei gar nicht mal sicher bin. Klar, einerseits wirkt sie wie die Unschuld vom Lande, schüchtern und überhaupt sehr unerfahren. Dann macht sie jedoch den Mund auf und wirft einen scharfen Seitenblick in meine Richtung und macht damit alles zunichte, was ich zuvor noch über sie gedacht habe.

»Moment mal, Law. Sagst du das jetzt, weil du sie nicht teilen willst oder weil es der Wahrheit entspricht? Ersteres wäre vollkommen in Ordnung für mich. Wir müssen auch nicht jede Frau teilen«, entgegnet er.

Seit wann interessiert er sich eigentlich so sehr für die Frauen in meinem Leben? Es ist ja nicht so, als würde ich jede Frau mit meinem besten Freund teilen.

»Ich meine es vollkommen ernst. Sie hat eine spitze Zunge und kann definitiv mit ihr umgehen. Außerdem hat sie eine verdammt große Klappe, die so gar nicht zu ihrem ersten Eindruck passt. Trotzdem ist sie zu unschuldig für unsere Welt, Ray.«

»Und das weißt du woher? Hast du sie gefragt?«, hakt er weiter nach. *Ok, jetzt geht er mir gehörig auf den Sack!*

»Wenn ich sie jemals wiedersehe, frage ich sie, ok?« Seine Laune hebt sich merklich, als er sichtlich zufrieden über meine Antwort das Büro verlässt. *Idiot!*

Seit wann kann Ray eigentlich so nervig sein? Oder habe ich heute einfach nur eine extrem kurze Zündschnur? Erschöpft streiche ich mir durch das Gesicht und werfe erneut einen Blick auf mein Handy. Frustriert werfe ich es wieder in die Schublade zurück und wende mich den wirklich wichtigen Dingen zu.

Die Zeit vergeht wie im Flug. Erst als mein Handy vibriert und meine Aufmerksamkeit verlangt, sehe ich vom Laptop auf. Mein Nacken ist bereits steif und ich spüre die aufkommende Müdigkeit. Fast zwei Tage. So lange ist es her, dass ich das letzte Mal in den Schlaf gefunden habe. Auch wenn mein Körper mir mehr als deutlich signalisiert, eine gute Portion Schlaf zu benötigen, komme ich nicht zur Ruhe. Ich beschäftige mich lieber mit dem letzten Geschäft in L.A., ehe es am Sonntag weiter nach Panama geht. Noch bevor ich auf mein Handy sehen kann, klopft es heftig an der Bürotür.

»Ja!«, rufe ich, um dem ungebetenen Gast Eintritt zu gewähren. Zu meiner Verwunderung kommt Elias, mein Securitychef, in das Büro gestürmt.

»Sie haben Emanuel tot aufgefunden, Boss«, erzählt er mir und fährt sich dabei fahrig über das kurzgeschorene blonde Haar.

Ich warte nicht auf eine weitere Erklärung von ihm, sondern greife nach meinem Handy und der Glock aus der Schublade und verlasse das Büro. Hinter mir ertönen die Schritte von Elias, der zu Recht aufgebracht und wütend zu sein scheint.

»Er muss wohl gestern gegen Mittag erschossen worden sein und wurde dann heute von zwei unserer Männer gefunden, als diese ihn abholen wollten. Keine Hinweise, außer dem Brief von vor ein paar Wochen«, erläutert er das Geschehene.

»Huntress«, zische ich wütend. Mir ist klar, dass sie es gewesen ist. Ihre Briefe sind berüchtigt und gefürchtet zugleich. Dabei ist sie doch nur ein verdammtes kleines Mädchen! Wie schafft sie es, gut ausgebildete Männer der Mafia zu überwinden und ihr Ziel ohne Weiteres zu erledigen?

»Vermutlich. Jedenfalls gibt es keine neuen Hinweise, wer sie ist oder wo wir sie finden könnten.«

Ich werfe einen kurzen Blick hinter mich, während

ich den langen Flur hinaus ins Freie entlanggehe. »Bisher war es mir auch fucking egal, wen und was sie alles umgelegt hat! Jetzt betrifft es aber nicht mehr nur unsere Kunden. Sag den anderen Bescheid und sorg dafür, dass die Familien noch besser überwacht werden«, weise ich Elias an. Beim Verlassen des Hauses inhaliere ich tief die klare Nachtluft.

Sie ist ein fucking verdammtes kleines Mädchen! Es will sich mir einfach nicht erschließen, wie sie es geschafft hat.

»Für gewöhnlich vergreift Huntress sich nicht an –«

»Tu es einfach!«, unterbreche ich Elias scharf, bevor er es noch weiter wagt, mir zu widersprechen. Wollen heute eigentlich alle mit mir diskutieren? Es wird dringend Zeit, ihnen wieder klarzumachen, wer hier das Sagen hat!

»Wird erledigt.«

Kurz darauf öffnet Rico mir bereits die Autotür des Range Rovers und fährt im Anschluss mit quietschenden Reifen davon.

Ich muss ihm nicht sagen, wo es hingeht. Er weiß genau, dass ich zu einer gewissen Person muss, um irgendwie an brauchbare Infos über Huntress zu kommen. So wie ich Dark kenne, wird er sich gerade mit irgendeiner Nutte im Skyline amüsieren. Wir wollten vorerst abwarten, ob sie ihre Drohung uns gegenüber wirklich wahr macht, aber offensichtlich scheint das der Fall zu sein. Manchmal frage ich mich, ob sie überhaupt eine Ahnung hat, welche Clans hinter dem jeweiligen Menschen stecken, den sie umbringt. Aber das hätte sie sich vorher überlegen sollen.

Plötzlich trommelt heftiger Regen, der erst vor wenigen Stunden aufgehört hatte, gegen die Scheiben. Gemischt mit den sanften Klängen aus den Boxen des Wagens wirkt es irgendwie friedlich und gefährlich zugleich. Ich sehe aus dem Fenster in die Ferne. Im Hinterkopf immer nur diese Fragen: Wer ist Huntress, und wenn ich sie finde, kann ich sie wirklich töten? Es ist nicht so, als hätte ich generell Skrupel davor, aber niemals vergreife ich mich an Frauen. Allerdings ist es auch nicht üblich, dass Frauen sich in unsere Angelegenheiten einmischen.

Unerwartet öffnet sich die Beifahrertür, als wir an einer roten Ampel anhalten, und erregt meine Aufmerksamkeit.

»Grüße an den maskierten Mann«, ertönt eine weibliche, liebliche Stimme. Im nächsten Augenblick schließt sich die Tür mit einem lauten Knall wieder und das dröhnende Geräusch eines wegfahrenden Motorrads ist zu hören.

Dies geschieht alles in so einer Geschwindigkeit, dass ich mich kurz frage, ob ich mir das gerade Geschehene nur eingebildet habe.

Ricos geschockter Blick und die Waffe in seiner Hand zeugen jedoch vom Gegenteil. Er greift auf den Beifahrersitz und reicht mir im Anschluss einen Umschlag. »Scheint für dich zu sein, Lawrenzo.«

Erst mit dem Papier in meiner Hand begreife ich, dass Huntress soeben ihre nächste Drohung gegen uns ausgesprochen hat und sie genau wusste, wem sie diesen Brief geben muss, damit er mich erreicht.

SIEBEN

ALENIA

Die kühle Nachtluft weht über meinen Körper hinweg. Selbst durch die dicke Jacke und meine Jeans spüre ich, wie sich die Kälte über meinen Körper ausbreitet. Der aufkommende Regen tat sein Übriges. Völlig durchnässt komme ich in der Tiefgarage meines Appartements an, nachdem ich mehrere Umwege gefahren bin. Auch wenn ich bei diesem Wetter am liebsten auf direktem Weg nach Hause gefahren wäre. Sicher ist sicher.

Ich streife den Helm ab inklusive Perücke und Maske und verstecke sie im Helm. Mit zügigen Schritten eile ich die Stufen hinauf, streife beim Hereinkommen die nasse Kleidung ab und springe sofort unter die heiße Dusche. Nachdem ich meinen Körper aufgewärmt habe, lege ich mich mit meiner kuschligen Wolldecke auf das Sofa. Ich schließe für einen Moment die Augen und lausche dem gleichmäßigen Prasseln des Regens. Ein leises Grollen kündigt von Weitem ein Gewitter an, was mich lächeln lässt. Schon als Kind haben mich Blitze und Donner fasziniert. Einerseits ist es wunderschön, diesem Schauspiel zuzusehen, anderseits kann ein Blitz gefährlich und zerstörerisch sein. Mit einem Schlag kann er so enorm viel Schaden anrichten und sieht dabei dennoch anmutig und beeindruckend aus.

Langsam bemerke ich die aufkommende Müdigkeit, da es bereits halb drei Uhr morgens ist. Wäre nicht spontan die Info von Melvin gekommen, dass der maskierte Mann zum Lorentino-Clan gehört, wäre ich den restlichen Abend ganz entspannt auf meiner Couch geblieben. So konnte ich den Typen wenigstens noch warnen, bevor er tatsächlich bei den Containern erscheint. Wer weiß, vielleicht kommt er ja dann doch nicht und ändert sich. Über meine eigenen Gedanken muss ich lachen. Er gehört zu den Lorentinos. Einem Familienclan aus Italien. Niemals würde er aufhören und damit seiner Familie den Rücken kehren.

Diese Clangeschichten sind anders und vor allem riskanter. Im Gegensatz zu den normalen Gangs haben die Leute meist keine wirkliche Wahl. Sie müssen die Geschäfte ihrer Vorfahren weiterführen und werden von Kindheit an dazu erzogen, diese auch wirklich zu übernehmen. Verrat bedeutet, dem Tod ins Gesicht zu sehen. Die wenigsten entscheiden sich für eine Flucht oder eben für den Tod. Nur eines fasziniert mich an solchen Familien: Sie halten immer zusammen.

Es gibt selten Verrat oder Mord untereinander. Anders als bei normalen Gangs, die weder Ehre noch Stolz kennen. Einander zu betrügen und sich gegenseitig auszuspielen, steht auf der Tagesordnung. Deswegen juckt es auch keinen, wenn ich einen von ihnen umlege. Ein anderer übernimmt dann die Geschäfte, und damit hat sich die Sache erledigt. Und genau deshalb sind die Lorentinos gefährlich für mich. Tue ich einem von ihnen etwas, habe ich die anderen am Hals. Zum Glück bin ich mittlerweile erfahren genug, um mich dem zu stellen. Oder eher gesagt – unsichtbar genug, um dem zu entkommen.

Mit meinen nicht ruhiger werdenden Gedanken liege ich noch lange wach. Bevor ich endgültig in das Reich der Träume abdrifte, ertönt das penetrante Klingeln meines Handys.

»Ja?«, murmle ich schläfrig.

»Liaaaaa! Hab 'nen Fehler gemacht«, lallt Ricarda ins Telefon.

Genervt verdrehe ich die Augen. Ist das ihr Ernst? »Wo bist du, Rica? Wieso bist du nicht zu Hause?«

»Skyline«, antwortet sie gedehnt. So, als hätte sie bereits einen ganzen Lastwagen Wodka intus.

»Ich komme.« Ohne weitere Fragen zu stellen, lege ich auf. In ihrem Zustand könnte sie mir sowieso keine davon wirklich beantworten, ohne dafür zwei Stunden zu brauchen.

Auch wenn mein Körper sich vehement dagegen wehrt, stehe ich auf und mache mich in Windeseile fertig. Meine zerzausten, silbernen Haare stecke ich locker zu einem Dutt hoch, nachdem ich mir eine schwarze Skinny-Jeans und ein weißes T-Shirt mit der Aufschrift ›*Smile. Du kannst sie nicht alle töten*‹ angezogen habe. Mein absolutes Lieblingsshirt. Melvin hat mich damals in Anbetracht der Ironie nur ausgelacht.

Sehnsüchtig blicke ich auf mein leeres Sofa und die kuschlige, warme Wolldecke, die nun einsam und allein daliegt. *Oh, Rica. Ich habe so was von einen gut bei dir!*, seufze ich gedanklich.

An der Garderobe ziehe ich mir einen khakifarbenen Mantel und gleichfarbige Converse an. Ich befestige noch schnell den Maskenanhänger an dem rechten Sneaker und schon bin ich fertig. Mit Handy, Schlüssel und einem versteckten Messer im Mantel bewaffnet, verlasse ich mein Appartement und fahre durchs verregnete L.A. mit einem Taxi zum Skyline.

Wenige Fahrminuten später kommen wir vor dem großen Gebäude an. Dafür, dass es mitten in der Woche ist, stehen verdammt viele Leute davor und warten auf ihre Taxis oder versuchen noch hereinzukommen.

»Vielen Dank. Einen schönen Feierabend später.« Ich reiche dem Fahrer sein Geld und steige aus. Den Kragen meines Mantels raffe ich enger um mich, bevor ich mit zügigen Schritten zum überdachten Eingang laufe.

»Sweetheart!«, begrüßt mich Denis und zieht mich in eine liebevolle Umarmung.

»Denis, du bist ja schon wieder hier.«

»Du weißt doch, ohne mich läuft hier gar nichts.« Er zwinkert mir zu, bevor er sich an die drei Mädels wendet, die darauf warten, eingelassen zu werden. Und das um kurz vor vier.

Sind die überhaupt schon einundzwanzig?

»Kein Einlass mehr«, wendet sich Denis an sie.

»Oh, das wussten wir nicht.« Enttäuscht ziehen zwei der drei Püppchen wieder ab. Ihre Minikleider verdecken nur dürftig ihre Körper, von diesen monströsen High Heels mal ganz abgesehen. Sie wirken nicht mehr elegant, sondern halsbrecherisch. Das dritte Püppchen benötigt anscheinend etwas länger, um zu begreifen, was gerade vor sich geht. Dann blinzelt sie mich wütend an.

»Aber die mit diesem billigen Outfit darf noch rein, oder was?«, keift sie verärgert.

Lachend sieht Denis zu mir.

»Was ich darf und was nicht, geht dich nichts an«, wende ich mich in einem viel zu ruhigen Ton an sie. Was denkt sie eigentlich, wer sie ist?

»Ich glaube schon, dass es seinen Boss interessieren würde, wer hier ein- und ausgeht. Schließlich gibt es hier einen Dresscode. Billig und alt gehört übrigens nicht dazu«, verhöhnt sie mich.

»Gott! Du hast so recht. Verdammt, was habe ich mir nur dabei gedacht, so hierher zu kommen?« Purer Sarkasmus schwingt in meiner Stimme mit. »Aber weißt du, schlimmer, als so auszusehen wie ich, ist, jemandem zu drohen, ihn beim Boss anzuschwärzen.«

»Ich denke einfach nur, dass dein Freund seine Meinung noch mal ändern sollte.« Sie verschränkt selbstbewusst die Arme vor der Brust, sodass ihre Brüste fast aus dem Kleid herausfallen.

»Baby, wie kannst du dieses arme Mädchen nicht in unseren Club lassen?« Fast in Zeitlupe kann man erkennen, wie Blondies Augen immer größer werden.

»Weißt du, eigentlich wollte ich dich gleich in unserem Club auf dem Tresen ficken, wenn endlich alle weg sind.« Denis zieht mich in seine Arme und legt demonstrativ seine Hand auf meinen Arsch, während er mich in einen innigen, aber kurzen Kuss verstrickt. Lachend löse ich mich von ihm und boxe ihm verspielt gegen die Schulter.

Sprachlos und schockiert sieht Blondie dabei zu, wie meine Hand langsam Richtung Denis' Schritt wandert.

»Willst du zugucken oder mir zur Hand gehen?«, frage ich Blondie mit aller Ernsthaftigkeit, die ich noch hinbekomme.

Sie hingegen wendet sich nur völlig verstört von uns ab und ignoriert meine Frage komplett. Für so prüde hätte ich sie dann doch nicht gehalten.

»Die kommt nicht mehr her«, grinse ich Denis an.

»Sweetheart, du bist einfach der Knaller. Wenn mein Freund nicht wäre, würde ich dich hier und jetzt nehmen.«

»Leider das falsche Geschlecht, Baby. Aber ich spiele gerne deine Fake-Frau.« Dass Denis auf Männer steht, erkennt man nicht auf den ersten Blick. Mit seinem muskulösen, breiten Körperbau, den vielen Tattoos und dem Undercut-Haarschnitt sieht er wie ein typischer Bodybuilder aus.

»Was macht du eigentlich hier, Sweetheart?« Denis zieht eine Zigarettenschachtel aus seiner Jacke hervor und hält sie mir einladend hin. Eigentlich rauche ich nicht wirklich, aber ab und zu brauche ich das einfach.

Dankend nehme ich eine und lasse sie mir von ihm anzünden. Ich nehme ein paar tiefe Züge. Den Rauch atme ich in die kühle Nachtluft hinaus, bevor ich mich ihm wieder zuwende. »Rica ist hier. Völlig betrunken und natürlich nicht mehr fähig, alleine nach Hause zu kommen.«

Denis zieht fragend eine Augenbraue nach oben. Auch er weiß, dass Rica normalerweise nicht zwei Mal innerhalb einer Woche vorbeikommt. »Was ist mit ihr?«, hakt er nach und gönnt sich einen Zug seiner Zigarette.

»Das sage ich dir, wenn ich es weiß.«

»Klingt nicht gut. Dann lass sie mal besser nicht warten, Sweetheart. Wer weiß, welcher Typ sich sonst noch über sie hermacht.«

»Im Notfall schreie ich deinen Namen, Baby.« Ich drücke die halb gerauchte Zigarette im Aschenbecher neben der Eingangstür aus und ziehe Denis noch in eine Umarmung, bevor ich den Club betrete.

Er sieht mir nur grinsend hinterher, sagt aber nichts mehr dazu. Denis weiß besser als manch anderer, dass ich mich selbst sehr gut wehren kann.

Suchend blicke ich mich in dem Club um. Zum Glück ist nicht mehr allzu viel los, sodass ich mir schnell einen Überblick verschafft habe. An der Theke kann ich Rica letztlich entdecken.

»Ich hoffe, dass du dich gerade eben nicht wirklich von dem Türsteher hast begrapschen lassen«, haucht eine dunkle Stimme hinter mir in mein Ohr und jagt mir damit eine Gänsehaut über den Rücken.

»Was geht es –« Ich stocke mitten im Satz, als ich mich umdrehe und erkenne, wer da hinter mir steht.

»Sehr viel, meine Hübsche. Wenn du vergeben wärst, würde ich dich nicht mehr anrühren. Das wiederum fände ich aber sehr schade.«

»Er ist nicht mein Freund«, kommt es wie aus der Pistole geschossen aus mir heraus. Am liebsten würde ich mir jetzt selbst eine Ohrfeige verpassen. Warum habe ich das gesagt? Und das auch noch so schnell?

Sofort breitet sich ein selbstgefälliges Grinsen auf seinem Gesicht aus.

»Aber ich habe einen«, schiebe ich noch hinterher.

»Zu spät. Ich weiß, dass du lügst.« *Verdammt!* Wieso

kennt eigentlich jeder Arsch Denis? »Die kleine Showeinlage hat mir trotzdem gefallen.« Lawrenzo greift nach meiner Hüfte und drückt mich nah an sich.

Ich spüre etwas Hartes gegen meinen Bauch drücken. »Wow, die Show hat dich ja ziemlich mitgenommen, was?«, schmunzle ich. Mit den Händen drücke ich gegen den stahlharten Körper von Lawrenzo, um ihn von mir zu schieben. *Toll, da kann ich ja gleich versuchen ein Haus zu bewegen!* Er rührt sich natürlich keinen Millimeter.

»Ein wenig weiter unten, principessa«, haucht er mir rau ins Ohr.

Ein heißer Schauer durchfährt meinen Körper. Sein Griff um mich lockert sich, was ein enttäuschtes Gefühl in mir auslöst. *Damn! Was ist bloß los mit mir? Klar denken, Lia!,* versuche ich mich wieder auf das Wesentliche zu konzentrieren. Darauf, dass er mich nicht einfach begrapschen kann, wann und wo er will.

»Träum weiter.« Zuckersüß lächle ich ihn an, bevor ich mich umdrehe und gehe. Meine Reflexe lassen in seiner Gegenwart wirklich zu wünschen übrig. Schneller, als ich reagieren kann, packt er mich bereits am Handgelenk und wirbelt mich zurück in seine Arme.

»Hatten wir das nicht schon mal?« Seine Hand wandert an meiner Wirbelsäule hinab bis zu meinem Hintern. Dort packt er fest zu. Ein Keuchen entweicht mir. Im nächsten Moment presst er bereits seine rauen Lippen auf meine. Eine leise Stimme in mir ist empört über seine Dreistigkeit. Die andere, lautere Stimme hingegen, gibt sich ihm gerne und bereitwillig hin.

Er fasst mir in den Nacken, während die andere Hand auf meinem Hintern liegen bleibt und mich näher an sich drängt. Mit seiner Zunge dringt er erbarmungslos in meine Mundhöhle ein. Neckisch und verführerisch zugleich tanzen unsere Zungen ein feuriges Spiel miteinander. In meinem Bauch beginnt es erneut zu kribbeln. Wie füreinander geschaffen bewegen sich unsere Lippen aufeinander. Statt mich gegen ihn aufzulehnen, kralle ich mich in sein T-Shirt und spüre die harten Muskeln darunter. Ein wenig zu fest knabbert er an meiner Lippe, bevor er erneut mit seiner Zunge in meinen Mund stößt und mich vollkommen in seinen Bann zieht. Er intensiviert den Kuss. In meiner Mitte macht sich ein schmerzhaftes und zugleich köstliches Ziehen bemerkbar. Ihm scheint es ähnlich zu ergehen. Sein Schwanz drückt immer noch hart gegen meinen Bauch und ich komme nicht darum herum, mich zu fragen, wie er sich in mir anfühlen würde. Weiterhin spielen unsere Zungen miteinander, als hätten wir nie etwas anderes getan. Ein leises Stöhnen verlässt meinen Mund. Ich spüre sein zufriedenes Grinsen auf den Lippen, während er mich weiter um den Verstand küsst. Die Hand, die bis eben noch an meinem Nacken lag, wandert jetzt an meiner Wirbelsäule entlang, bis sie bei der anderen an meinem Hintern liegt.

Mit Schwung dreht er uns um, sodass ich eine Wand in meinem Rücken spüre. Meine Arme lege ich um seinen Hals. Ich ziehe mich an ihm hoch und wie von selbst schwinge ich die Beine um seine Hüften. Mit seinen starken Armen gibt er mir Halt und umfasst mich fester. Sein Mund wandert über meinen Kiefer, über die Wange bis hin zu meinem Ohr und knabbert sanft daran.

»Ich würde dich jetzt gerne zum Schreien bringen, principessa, aber nicht hier«, haucht er und zieht leicht an meinem Ohrläppchen. Seine Zunge wandert weiter hinab bis zu meinem Hals und hinterlässt eine feuchte Spur, bevor er mich vorsichtig absetzt und Abstand zwischen uns bringt.

Benommen sehe ich ihn an. *Was ist da gerade passiert?* Außer Atem stehen wir uns gegenüber. Keiner von uns bringt einen Ton über die Lippen. Wartet er darauf, dass ich mit ihm komme?

»Lia?« Meine Rettung höchstpersönlich steht wie aus dem Nichts neben mir. Mal wieder. Wollte ich nicht eigentlich ihr helfen und nicht andersherum?

»Rica«, bringe ich endlich über die Lippen und wende meine Augen von Lawrenzo ab. Wie auch schon gestern habe ich plötzlich das Gefühl, wieder freier atmen zu können. Als würde er mich aus seinem Bann entlassen müssen, damit ich klar denken kann.

»Was machst du hier?«, nuschelt sie betrunken.

»Dich abholen und dann in Stücke zerfetzen, dafür, dass ich deinetwegen hierherkommen musste«, bringe ich zuckersüß über die Lippen. Stützend lege ich ihren Arm auf meiner Schulter ab, als ich bemerke, dass sie kaum noch gerade stehen kann. Wieso nur hat sie sich so zulaufen lassen?

»Nee, du bist wegen dem da hier«, kichert sie. *Jetzt bloß nicht peinlich werden, Rica!*, ermahne ich sie gedanklich.

»Nein, wegen dir. Komm jetzt«, versuche ich sie zum Gehen zu überreden.

»Lawrenzo, wusstest du, dass Lia versprochen hat, dich beim nächsten Mal zu vögeln, wenn ihr euch begegnet?« *Verräterin*!

»Erzähl nicht so einen Blödsinn!«, ermahne ich sie

und wende mich im gleichen Atemzug an Lawrenzo: »Das habe ich nie gesagt. Sie ist einfach zu betrunken und sichtlich verwirrt«, versuche ich mich rauszureden. Dennoch weiß ich, dass meine Wangen so rot glühen müssten, dass Lawrenzo meine Ausrede sofort durchschauen sollte und ich den Lichtern an der Decke Konkurrenz machen kann.

»Natürlich. Ray gibt auch nur Mist von sich, wenn er getrunken hat«, grinst Lawrenzo wissend. Bei dem Namen seines Freundes zucke ich unmerklich zusammen.

Raymond. Der einzige Mann, der mein vorheriges Ich kennt. Bevor ich gemeinsam mit Melvin immer tiefer und tiefer in die Szene gerutscht bin und unzählige Therapiestunden hinter mich gebracht habe, um die zu werden, die ich heute bin. In diesen Sitzungen lernte ich, dass ich mich wieder auf Männer einlassen kann und nicht mit der Angst leben muss, dass jeder Mann mich nur als sein Spielzeug sieht. Er kannte uns schon, bevor wir täglich unser Leben aufs Spiel gesetzt haben. Seine Frau, Sarina, ist nicht unschuldig an dem Ganzen. Sie selbst wollte ebenfalls immer ein Teil von etwas Größerem sein. Sie wollte gemeinsam mit uns diesen Kinderhändlern das Handwerk legen. Bis zu ihrem Tod haben wir nur darüber gesprochen, es aber nie getan. Und jetzt, Jahre nach dem Unfall, haben Melvin und ich es geschafft.

»Aber du hast es versprochen, Lia!«, empört sich Rica lachend wie ein Kleinkind und reißt mich aus den Gedanken zu meiner Vergangenheit. Hat er gemerkt, was Rays Name in mir auslöst? Mit den Händen versucht Rica irgendetwas in die Luft zu zeichnen, scheitert jedoch kläglich.

»Soll ich euch nach Hause fahren?«, wendet sich Lawrenzo an mich und ignoriert Ricas Aussage.

Ein kurzer Blick auf meine Uhr zeigt mir, dass ich es nicht mehr rechtzeitig schaffen würde, bis die Sonne aufgeht. *Verdammt!* »Ich schreibe schnell meinem Bruder, der wird uns abholen«, lehne ich dankend ab.

»Es wäre wirklich kein Problem.«

»Das ist sehr nett von dir, Lawrenzo, aber mein Bruder wird gleich hier sein.« Ich hole mein Handy aus der Hosentasche hervor und tippe eine schnelle Nachricht an Melvin. Hoffentlich behalte ich recht und er wird wirklich zügig hier sein. Mir ist bewusst, dass ich ohne seine Hilfe nicht mehr entkommen kann. Wie konnte ich die Zeit nur so aus den Augen verlieren?

»Dann lass sie uns wenigstens oben in mein Büro legen. Dann kann sie ihren Rausch ausschlafen.«

»Moment, dein Büro?«, schießt es verblüfft aus mir heraus. Jetzt weiß ich zumindest, wie er an meine Handynummer gelangen konnte. Er ist der Boss vom Boss. Denis muss ihm meine Nummer gegeben haben. *Dieser Verräter!*

Lawrenzo nickt nur knapp und greift nach Ricas anderem Arm, um sich diesen über die Schulter zu legen. Ein kurzes Genuschel verlässt ihre Lippen, bevor sie endgültig nach vorne kippt. Ihr Gewicht liegt schwer auf meinen Schultern, als sie selbst nicht mehr stehen kann und wir sie abfangen müssen.

»Ok«, willige ich schließlich ein.

Mit einem schnellen Griff hebt er Rica auf seine Arme und trägt sie davon. Eilig folge ich ihm. Elegant trägt er sie eine lange Wendeltreppe hinauf in den zweiten Stock. Dort läuft er an den VIP-Räumen vorbei, einen längeren Flur entlang, bis wir vor einer Tür zum Stehen kommen. An der Seite der Tür erkenne ich ein Zahlenfeld, auf dem offensichtlich ein Code eingegeben werden muss, damit die Tür sich öffnet. Belustigt ziehe ich eine Augenbraue hoch und werfe Lawrenzo einen amüsierten Blick zu.

»Was?«, entfährt es ihm, während er mit Rica auf dem Arm umständlich diesen Code eingibt.

»Nichts.« Ich lege meine Hand auf den Mund, um mein leichtes Lächeln auf den Lippen zu verbergen. Diese Szene erinnert mich an einen schlechten Film, in dem der Böse all seine Geheimnisse hinter einer Tür versteckt, die mit einem simplen Code geöffnet werden kann. Es wirkt einfach seltsam, in einem Nachtclub solche Maßnahmen zu ergreifen. Ein einfaches Schloss hätte es ebenfalls getan. Beides ist einfach zu knacken, also wieso sollte man sich die Mühe machen, jedes Mal so einen Code eingeben zu müssen?

Ein grünes Licht leuchtet auf, bevor die Tür sich mit einem leisen Klicken öffnet. Lawrenzo bugsiert Rica, die schlaff in seinen Armen hängt, mit dem Kopf voran in das weitläufige Büro. Vor mir eröffnet sich eine riesige Fensterfront. Zwei schwarze Ledersessel umsäumen einen ausladenden Schreibtisch, der genau vor der Front steht. Lawrenzo legt Rica vorsichtig auf einem gemütlich wirkenden Sofa ab, das zu meiner linken Seite platziert ist. Er schiebt ihr noch ein flauschiges Kissen unter den Kopf und greift nach einer Decke, die er aus dem kleinen Schrank neben dem Sofa zieht.

»Ich wusste gar nicht, dass du so fürsorglich sein kannst.«

»Du weißt so vieles nicht von mir, principessa.« In

seinen Iriden blitzt etwas Gefährliches auf, als er seine dunklen Augen zu Schlitzen verengt. Ohne unser stilles Duell zu unterbrechen, kommt er langsam auf mich zu.

Auch wenn ich mich kaum von diesem einnehmenden Blick lösen kann, fallen mir seine angespannten Muskeln in den Unterarmen auf. Unfähig mich zu bewegen, halte ich stand, als er so nah bei mir stehen bleibt, dass ich die ausstrahlende Wärme seines Körpers fühlen kann. Mit seiner Hand streicht er mir sanft eine Strähne aus dem Gesicht hinters Ohr. »Aber ich weiß auch nichts von dir«, haucht er.

»Es gibt nicht viel über mich zu wissen«, bringe ich hervor und wende mich abrupt von ihm ab. Ich weiche seinem durchdringenden Blick aus und prüfe, wie es Rica geht.

»Ich glaube, es gibt eine ganze Menge über dich zu wissen.«

Wieder einmal kann ich dem Drang, ihn anzusehen, nicht entkommen. Neugierde und eine angedeutete Gefahr schimmern in seinen dunkelblauen Iriden. Für einen kurzen Moment versinke ich in ihnen, als mir am Boden bereits der erste Sonnenstrahl auffällt.

»Kannst du vielleicht die Vorhänge zuziehen?« Meine Stimme zittert leicht.

»Wenn du mir einen guten Grund verrätst«, antwortet Lawrenzo selbstsicher. In seiner Hand befindet sich mittlerweile ein Glas mit einer braunen Flüssigkeit darin, aus dem er sich einen kleinen Schluck gönnt.

»Rica soll doch ihren Rausch ausschlafen?«, antworte ich ihm wenig überzeugend.

»Zweiter Versuch.«

Wieso noch mal dachte ich, dass ich ihm irgendwas

verschweigen kann? »Brauche ich nicht, ich habe dir meinen Grund gesagt.« Plötzlich finde ich meine khakifarbigen Converse extrem interessant. Zu spät bemerke ich seine Präsenz direkt vor mir. Sanft hebt er mein Gesicht an.

»Dritter Versuch«, haucht er leise. Sein Blick hält meinen gefangen.

»Es würde alles verändern.« Schwach, wie ich mich selbst nicht kenne, weiche ich auf wackligen Beinen einen Schritt zurück. »Ich will nicht, dass sich irgendwas ändert oder du plötzlich Mitleid für mich empfindest. Denn das brauche ich nicht! Außerdem würdest du in deiner beschränkten Skyline-Welt, in der es sowieso nur um Frauen und Geld geht, nicht verstehen, was das alles eigentlich bedeutet«, zische ich ihm entgegen. Verzweifelt versuche ich das Zittern meiner Hände und dieses Schwächegefühl zu verdrängen.

»Glaub mir, Mitleid ist das Letzte, was ich für dich empfinden würde«, brummt er. Geflissentlich ignoriert er den Rest.

›Was würde er denn für mich empfinden?‹, frage ich mich gedanklich. Allein für diesen Gedanken würde ich mir gerade selbst gerne eine reinhauen. Es ist egal, was er für mich empfinden würde!

»Könntest du jetzt bitte die Vorhänge zuziehen?«, dränge ich ihn weiter. Der Sonnenstrahl fällt frontal zur Tür. Somit wäre diese nicht mehr für mich erreichbar.

»Wenn du mir sagst, wieso«, beharrt er weiter auf einer Antwort. *Arschloch!*

Ich versuche, mich an ihm vorbeizuschieben, um die Vorhänge selbst zuzuziehen. Hoffentlich kommt kein Strahl durch sie hindurch. Bevor ich jedoch einen Schritt an Lawrenzo vorbeigehen kann, hat er nach meiner Hand gegriffen. Eisern umschließt er sie.

Auffordernd blickt er mich düster an. »Es interessiert mich, was in deinem hübschen Kopf vorgeht und noch mehr, weshalb ich das Gefühl habe, diese Vorhänge bedeuten dir gerade die Welt.«

»Verdammt, weil ich keine UV-Strahlung abbekommen darf!«, schreie ich ihm entgegen. Dabei entreiße ich ihm meine Hand. Die Arme verschränke ich schützend vor meinen Körper.

»Wieso?«, hakt er weiter nach. Seine Stimmlage verrät jedoch nicht, was er wohl gerade denkt. Nur in seinem Blick liegt ein seltsamer Ausdruck. Als würde er sich gerade ernsthaft Gedanken machen.

»Gott! Wieso musst du nur so viele Fragen stellen?«, rege ich mich auf.

»Weil es mich interessiert. Du interessierst mich.« Wie beiläufig, stellt er sein Glas auf dem Schreibtisch ab. »Für jede Antwort ziehe ich einen der vier Vorhänge zu.«

»Das ist Erpressung!«

Arrogant zieht er eine Augenbraue hoch und verschränkt ebenfalls die Arme vor der Brust. »Das klingt ziemlich ätzend, wie du es ausdrückst.«

»Ist es ja auch! Ich meine es todernst und du machst daraus ein Spiel.«

»Vielleicht liebe ich ja Spiele über Tod oder Leben.« Schulterzuckend wendet er sich ab. Es fühlt sich in dem Moment so an, als wäre es wirklich nur ein Spiel für ihn. Aber wieso habe ich das Gefühl, dass dem nicht so ist?

»Also spielen wir jetzt um mein Leben? Woher willst du überhaupt wissen, wann ich die Wahrheit sage?«

»Ich erkenne Lügner sofort. Außerdem würdest du es nicht riskieren zu lügen, principessa.«

Auf dem Schrank, aus dem Lawrenzo vorhin die Decke hervorgeholt hat, stehen ein paar Whiskygläser. Ich schnappe mir eines und deute Lawrenzo an, mir einen Schluck – von was auch immer er da trinkt – einzuschütten.

»Das ist kein leichtes Zeug«, kommentiert er lediglich, kommt aber meiner Aufforderung nach.

»Wenn du mir Fragen stellst, darf ich dir auch welche stellen«, fordere ich und trinke einen ordentlichen Schluck. Sofort brennt meine Kehle, als würde ich pures Feuer hinunterschlucken. Lawrenzo entlockt mein Gehuste ein schmales Lächeln. Aus meinem Mund läuft etwas von dem Alkohol heraus und bahnt sich einen Weg von meinen Lippen zu meinem Kinn.

Blitzschnell greift er nach meiner Hand, bevor ich es wegwischen kann. Stattdessen kommt er mir wieder verdächtig nah. Mit dem Daumen der anderen Hand fährt er mein Kinn nach und wischt damit den Alkohol ab. Mit seiner Zunge leckt er die Flüssigkeit auf und schaut mir dabei tief in die Augen. In seinen Iriden erkenne ich irgendetwas aufblitzen. »Du darfst mir auch bei jedem anderen Spiel all deine Fragen stellen.« *Perversling!* Zum Glück lässt er mich darauf hin los und nimmt wieder einen gesunden Abstand zu mir ein.

Geräuschvoll atme ich aus. »Dann leg mal los mit all deinen Fragen.« Auch wenn ich meine Nervosität zu verstecken versuche, kann ich bei dem Anblick der Sonnenstrahlen meine zitternden Hände nicht verbergen. Ein Strahl auf meiner Haut und das Leben wird nie mehr dasselbe sein. Ich werfe einen schnellen Blick auf mein

Handy. Leider ist mein Bruder nicht so gnädig und erweist sich heute als mein Retter. Keine neuen Nachrichten. Das bedeutet, weder Rica noch ich kommen hier weg. Allerdings wäre ich sowieso nicht davongekommen. Also Augen zu und durch.

»Warum darfst du nicht ins Sonnenlicht?«, fragt er seine erste Frage und wendet sich dem ersten Vorhang zu. Es verwundert mich jedoch nicht, dass er zuerst den zuziehen möchte, der mir aktuell noch überhaupt nichts bringt.

»Ich leide an einer seltenen Krankheit. Kurz XP.«

Lawrenzo zieht den ersten Vorhang zu. »Was passiert, wenn du damit in Berührung kommst?«

»Mit hoher Wahrscheinlichkeit werde ich sterben, da dann der Krebs ausbrechen wird«, antworte ich wahrheitsgemäß. Der zweite Vorhang schließt sich. Zu meiner Verwunderung wirft er mir keinen mitleidigen Blick zu, wie es meine Geschwister damals taten. Unser angeblicher Vater hat mir immer damit gedroht, mich in die Sonne zu setzen, damit ich endlich sterbe, wenn ich nicht das tat, was er wollte.

»Wissen viele Menschen von deiner Krankheit?«

Irritiert blicke ich ihn an. Wieso will er das wissen? »Nur Rica und mein Bruder. Damals wusste meine Familie davon, aber die denken, ich wäre schon längst daran krepiert.«

Der dritte Vorhang schließt sich. Langsam beruhigen sich meine Nerven. Der Großteil der Sonne ist nun ausgesperrt. Nur noch eine Frage.

»Die letzte Frage spare ich mir fürs nächste Mal auf. Du bist mir noch eine Antwort schuldig.« Lawrenzos Grinsen verrät mir nichts Gutes und doch bin ich froh, ihm aktuell nicht noch eine weitere Antwort schuldig zu sein.

»Warum nennst du mich andauernd principessa?«, frage ich ihn.

»Soll das wirklich deine erste Frage sein?« Verwundert zieht er eine Augenbraue in die Höhe, bevor er wieder auf mich zukommt. Dieses leichte Ziepen an seinem Mundwinkel erreicht nicht seine blauen Iriden.

Ich habe das Gefühl, irgendetwas zu übersehen.

»Ja«, antworte ich nach einer gefühlten halben Ewigkeit. Ich spüre, wie mir die Luft zum Atmen fehlt. Dass ich die Luft angehalten habe, bemerke ich erst jetzt.

»Darauf bekommst du noch eine Antwort.« Er zwinkert mir spielerisch zu. »Komm mit, wir lassen Rica in Ruhe ihren Rausch ausschlafen. Dein Bruder wird wohl nicht mehr kommen?« Seine Frage klingt eher wie eine Feststellung. »Im Nebenraum gibt es keine Fenster. Ich weiß nicht, ob diese Vorhänge wirklich alle UV-Strahlungen abhalten.«

Mein Gefühl schreit ganz laut: *Geh nicht!* Aber wann habe ich je auf meine innere Stimme gehört? Außerdem ist mir mein Leben mehr wert, als es so leichtfertig aufs Spiel zu setzen. Wenn er es darauf anlegt, weiß ich mich schließlich auch zu verteidigen. Also, was soll schon passieren?

ACHT

LAWRENZO

Folgsam wie ein Lamm betritt sie den angrenzenden Raum. Neugierde und gleichzeitige Angst schimmern in ihren eisblauen Augen. Ihre Krankheit dürfte mich eigentlich nicht so sehr belasten, wie sie es aktuell tut. Meine Gedanken kreisen gerade nur darum, dass ich sie nicht vor irgendjemandem beschützen muss, sondern vor der Sonne selbst. Einem Stern, den ich nicht einfach abdecken oder erledigen kann.

Aber warum will ich sie überhaupt beschützen? Bisher gingen meine Gefühle nie über den Sex hinaus. Das wird es sein! Eine heiße Nacht mit ihr und schon wird mein Gehirn wieder normal arbeiten können. Außerdem sollte ich mich hiernach um Wichtigeres kümmern. Mein Plan, Huntress zu finden, wird definitiv nicht funktionieren. Sie kann nicht gefunden werden. Also muss ich mir etwas ausdenken, um sie in eine Falle zu locken. Doch das kann warten, bis ich endlich wieder klar denken kann und bei Alenia mein Versprechen eingelöst habe, sie zum Schreien zu bringen. Vorfreude breitet sich in mir aus. Niemals wird sie diesen Morgen vergessen. Ich dafür hoffentlich umso schneller.

Interessiert blickt Alenia sich in meinem Schlafzimmer um. Bis hierhin ist noch nie eine Frau vor ihr gekommen.

Der Club ist ein Familienerbstück, das Denis für mich leitet. Wenn ich jedoch selbst vor Ort bin oder meine Geschäfte hier abwickele, kommt mir das Schlafzimmer nach einem langen Tag ganz gelegen. Die VIP-Räume sind normalerweise die Orte, an die ich die Frauen mitnehme. Dafür habe ich sie ja auch entwerfen und bauen lassen. Mein Reich hingegen kennt keine. Wieder eine Premiere mit ihr.

»Wenn du müde bist, kannst du dich gerne hinlegen. Du bist vermutlich um die Uhrzeit immer am Schlafen, wenn du dir die Nächte um die Ohren haust.«

»So zuvorkommend«, neckt sie mich. Auf ihren vollen Lippen liegt ein selbstsicheres Lächeln.

Dieses fucking freche Mundwerk treibt mich noch in den Wahnsinn! Bevor sie sich versieht, bin ich mit schnellen Schritten bei ihr. Ihr Körper reagiert umgehend auf mich. Ihr Atem wird flacher. Meine Hand wandert zu ihrem Hals. Sofort spüre ich ihren rasenden Puls. Ich übe leichten Druck aus, sodass sie noch normal atmen, sich mir aber nicht entziehen kann. Aus weit aufgerissenen Augen blickt sie mir entgegen. Ihre Hand greift nach meiner. Je näher ich ihr komme, umso mehr weicht sie mir nach hinten aus. Bis sie die harte Wand in ihrem Rücken spürt. Es könnte so leicht sein. Ein fester Druck und ihr freches Mundwerk würde nie wieder ein Ton verlassen. Diese Macht, so leicht ein Leben nehmen zu können, pumpt pures Adrenalin durch meinen Körper.

»Kein Entkommen mehr, principessa«, hauche ich ihr ins Ohr und knabbere sanft daran. Sofort reagiert mein Schwanz auf ihren Geschmack. Sie riecht nicht nur nach Vanille und Sommer, ihre seidige Haut schmeckt auch danach.

»Wenn ich wollte, würdest du schon längst am Boden liegen.«

»Selbstsicher wie immer, Kleines. Aber siehst du das noch immer so, wenn du stöhnend unter mir liegst und um Gnade bettelst?«, necke ich sie weiter und setze meinen Weg von ihrem Ohr, über ihre Wange bis hin zu ihrem Mund fort. Bevor noch ein weiteres Wort ihre vollen Lippen verlässt, nehme ich sie in Beschlag. Erst sanft, dann fordernder bewegen sich unsere Münder im Einklang. Ihr Griff um mein Handgelenk wird sanfter. Hart fordere ich mit meiner Zunge Einlass, den sie fast sofort gewährt. Unsere Zungen umspielen einander. Rhythmisch wie ein Tanz und dennoch kraftvoll, als würde es am Ende einen Gewinner geben. Vertieft in den Kuss spüre ich nur nebenbei, wie ihre Hände meinen Oberkörper erkunden. Ehe ich mich's versehe, liegt ihre Hand ebenfalls an meinem Hals und übt leichten Druck aus. *Dieses Biest!*

Mit meinen Händen erkunde ich ihren Körper. Eine vergrabe ich in ihrem vollen, silbernen Haar, während die andere an ihrer Seite entlangstreift. Von der Taille aus wandert meine Hand zu ihrem Rückgrat. Fordernd presse ich sie näher an meinen Oberkörper. Sie stöhnt in meinem Mund. Bei dem Klang ziehen sich meine Hoden merklich zusammen. Ein fast schon unangenehmer Druck breitet sich in mir aus. Unsere Lippen knallen immer härter aufeinander. Wilder und leidenschaftlicher als noch zuvor.

Sie unterbricht den Kuss erst, als sie mir das Shirt über den Kopf zieht. Verblüfft blicke ich in ihr Gesicht. Die geschwollenen Lippen, das feurige Glänzen in ihren Augen und die Tatsache, dass sie sich ihr weißes Shirt ebenfalls kurz darauf selbst auszieht, geben mir den Rest. Mein Schwanz drückt unangenehm gegen sein Gefängnis. Natürlich trägt sie keinen BH. Ihre perfekten Brüste springen mir sofort ins Auge. Ohne weiter darüber nachzudenken, warum sie sich nun doch so schnell auf mich einlässt, werfe ich sie über die Schulter und setze sie mit Schwung auf meinem Bett ab.

»Du bist mir übrigens auch noch ein paar Antworten schuldig«, antwortet sie lächelnd und greift dabei nach meiner Hose.

Unsanft stoße ich sie an den Schultern weg. Auf dem Rücken liegend sieht sie mir entgegen. Keinerlei Scheu oder Angst liegen in ihrem Blick. Eher Neugierde.

»Und die willst du genau jetzt haben?«, knurre ich und lege mich über sie. Mit meinen Händen stütze ich mich links und rechts neben ihr ab, damit ich sie mit meinem Gewicht nicht erdrücke. An ihrem Hals knabbernd wandere ich hinab zu ihren Brüsten. Noch bevor sie zur Antwort ansetzen kann, verlässt bereits ein erregtes Stöhnen ihren Mund. Dieser Klang geht mir sofort unter die Haut. Meine Lippen umschließen ihre Brustwarze. Ich lasse sie leicht meine Zähne spüren. Abwechselnd kümmere ich mich um ihre perfekten Brüste, die genau in meine Hände passen, und massiere sie. Ihr sinnliches Stöhnen erregt mich nur noch mehr. Mit einem Blick zu ihr stelle ich fest, dass sie ihre Augen genüsslich geschlossen hat und sich mir voll und ganz hingibt. Ihr Körper reagiert auf jede noch so kleine Berührung.

Gott! Wo ist sie nur die ganz Zeit über gewesen?

Ich greife nach dem Bund ihrer Hose und ziehe ihr diese inklusive Unterwäsche aus. Ihr nacktes linkes Bein bedecke ich mit Küssen, bevor ich an ihrer empfindlichsten Stelle ankomme. Ein leises Wimmern ertönt. Ihre Augen sind noch immer geschlossen. Die Hände liegen seitlich neben ihrem Kopf. Sie macht keine Anstalten, mich zu berühren, sondern genießt das, was ich mit ihr mache. Zum Glück. Es ist so, als würde sie instinktiv wissen, dass ich Berührungen hasse. Wobei ich mir vorstellen kann, dass es bei ihr etwas anders sein könnte. Aber ich muss es nicht unbedingt herausfinden. Nicht hier und nicht jetzt.

In meiner Hose wird es immer enger, während ich sie mit dem Mund verwöhne. Und verdammt – sie schmeckt einfach unvergleichbar gut. Mit der Zunge umkreise ich ihre Klit, bevor ich flink mit einem Finger in sie eindringe. Sie ist so verdammt feucht und eng! Der zweite folgt sogleich. Gleichmäßig schneller werdend, stoße ich in sie. Sie gibt sich dem Rhythmus hin und bewegt sich mit mir im Einklang.

»Verdammt, Lawrenzo«, stöhnt sie meinen Namen.

Zufrieden kann ich mir ein kleines Grinsen nicht verkneifen. Ihre Reaktionen auf mich sind einmalig.

»Nimm mich endlich«, spricht sie weiter.

»Geduld, principessa.« Mit den Fingern dringe ich noch tiefer in sie ein und übe gleichzeitig mit dem Daumen Druck auf ihre Klit aus. Ungeduldig windet sie sich unter mir. Fuck, wenn ich sie nicht endlich ficke, komme ich allein bei dem Anblick in meine Hose! Sie ist einfach perfekt. Eilig entledige ich mich meiner Jeans, streife ein Kondom über und beuge mich über sie. Ihre Lippen nehme ich erneut in Beschlag, bevor ich mit meiner Eichel durch ihre Spalte gleite. Nur um kurz darauf vollends in sie einzudringen. »Verdammt, du bist so unglaublich eng!«, bringe ich keuchend über die Lippen. Es kostet mich jegliche Anstrengung, nicht sofort in ihr zu kommen. Sie fühlt sich einfach so verflucht gut an. Meine Stöße werden energischer und tiefer.

Mit ihrem Becken kommt sie mir entgegen, spreizt ihre Beine immer weiter und nimmt mich noch tiefer auf. Mit jedem Stoß werden ihre Schreie lauter und ihre Pussy feuchter. Der Anblick, wie sie sich gehen lässt, gibt mir fast den Rest. Abrupt entziehe ich ihr meinen Schwanz.

»Was ...«, bringt sie sichtlich verwirrt hervor und blickt mich aus ihren eisblauen Augen, die förmlich vor Lust in Flammen stehen, an.

Ich erwidere nichts. Stattdessen greife ich nach ihren Füßen und drehe sie mit Schwung auf den Bauch. Ein leiser, erregter Schrei verlässt ihre Lippen. Mit einem geräuschvollen Klatschen landet meine Hand auf ihrem Arsch. Sie japst. Eine leichte Röte ist nun auf ihrer Pobacke zu erkennen. Alenia weiß scheinbar, was ich vorhabe, und kniet sich bereits hin. Streckt mir ihren prallen Arsch entgegen und stöhnt erneut auf, als ich ihre Pobacken beginne zu kneten. Ich hauche einen Kuss auf ihr Steißbein, nachdem ich nochmals zuschlage. Meine Hand wandert weiter ihren Rücken hinauf. Lange Striemen zieren diesen. *Verdammte Scheiße!* Woher hat sie diese feinen Narben? Kurz halte ich inne. Sanft küsse ich mich an ihnen hinauf, bis ich mich wieder aufrichte.

Für mich macht es sie nur noch perfekter. Sie ist auf ihre eigene Art perfekt und daran ändern auch die zarten, länglichen Narben entlang ihrer Wirbelsäule nichts. Innerlich mache ich mir trotzdem eine Notiz, dass ich sie darauf ansprechen muss.

Ich drücke sie weiter hinunter, sodass sie ein Hohlkreuz machen muss. Zugleich greife ich in ihr volles Haar. Seidig weich gleitet es durch meine Finger. So wie ihr Körper. Erneut dringe ich tief in sie ein. Enger als noch zuvor begrüßt mich ihre Pussy. »Fuck!«, knurre ich erregt. Mit fester werdenden Stößen vögle ich sie schneller.

»Lawrenzo!«, dringt mein Name keuchend aus ihrem Mund. Eng zieht sich ihre Pussy rhythmisch um meinen Schwanz zusammen.

»Komm für mich, principessa«, stöhne ich und komme nach wenigen tiefen Stößen kurz darauf in ihr.

Für einen Moment verharren wir in dieser Position. Keiner von uns sagt etwas. Ich muss zugeben, dass ich eine Frau noch nie so sanft behandelt habe wie Alenia gerade. Keine Ahnung, warum. Es gibt einfach keine Erklärung dafür. Ich dachte immer, ich brauche den harten Sex. Brauche ihn, um überhaupt etwas fühlen zu können. Die Macht. Die Dominanz.

Nichts davon hatte ich gerade in dem Ausmaß wie sonst bei ihr, und doch kann ich sagen, dass es der beste Sex war, den ich bisher je gehabt habe. Ich gleite aus ihr heraus, werfe das Kondom in den Mülleimer neben dem Kleiderschrank und greife nach meiner Hose, die noch immer am Boden liegt. Während ich mir meine Kleidung überziehe, macht Alenia es sich bereits auf meinem Bett gemütlich. In einer rekordverdächtigen Zeit hat sie sich meine Decke über den Körper gelegt und sich in das weiche Kissen gekuschelt. Zufrieden lächelt sie mich an.

»Du erwartest jetzt aber nicht, dass ich mich zu dir lege, oder?«, frage ich sie. Meine Stimme klingt härter als gewollt. Allerdings möchte ich von Anfang an klarstellen, dass es nicht mehr als Sex ist. Auf diesen Beziehungsmist habe ich absolut keinen Bock. Auch wenn ein kleiner Teil in mir diesen Gedanken gar nicht so abstoßend findet. Mit ihr könnte es anders sein. Über diesen Gedanken schüttle ich innerlich den Kopf. Seit wann denke ich eigentlich so einen Mist?

»Keine Sorge, Lawrenzo«, murmelt sie bitter. »Ich nehme nur dein Angebot an, dass ich hier schlafen kann. Wie du weißt, kann ich gerade nirgends hin. Oder willst du mich nach dem Sex so dringend loswerden, dass du mich zum Sterben rausschickst?«

Mit dieser Reaktion hatte ich nicht gerechnet. Aber auch nicht damit, dass sie fucking noch mal recht hat! Wo soll sie hin? Sie muss hierbleiben. Der Gedanke gefällt mir leider zu gut. Ihr Blick hingegen trifft mich härter, als jeder Schlag es tun könnte. Verdammt, was ist bloß los mit mir? Ich will sie nicht länger als nötig in meiner Nähe haben, und doch kann ich sie nicht gehen lassen. Ich dachte, nach dem Sex würde dieses komische Gefühl in mir verschwinden, aber es ist stärker als zuvor. Am liebsten würde ich meine Hand in ihren Haaren vergraben, ihre Lippen auf meinen spüren, während ich sie erneut vögle. Nur mit dem Endergebnis, dass ich sie danach nie wieder loslassen muss. »Natürlich nicht!«, antworte ich ihr empört.

Sie nickt lediglich leicht und dreht sich mit dem Gesicht von mir weg. Wieso nur stört es mich so, dass sie offensichtlich sehr gut damit klarkommt, dass es hier nur um Sex ging? Innerlich ermahne ich mich selbst. Meine Gedanken sind so verwirrend und idiotisch, dass ich dringend hier abhauen muss. Leise, da sich Alenias Körper bereits gleichmäßig hebt und senkt, verlasse ich den Raum.

In meinem Büro ertönt das Schnarchen ihrer Freundin, die friedlich auf dem Sofa vor sich hin schlummert. Da ich offensichtlich nicht mehr überprüfen muss, ob diese Rica noch lebt, verlasse ich das Büro.

Auf dem Weg zum Ausgang erkenne ich Denis, der an der Theke steht. Er scheint die letzten Aufräumarbeiten zu erledigen.

»Oben sind noch Alenia und Rica in meinem Büro«, wende ich mich an ihn. Verblüfft sieht er mich an. Bevor er mir zuvorkommt, rede ich bereits weiter. »Sorg dafür, dass Getränke und Kopfschmerztabletten bereit liegen, wenn sie aufwachen. Außerdem ein Schlüssel, damit sie gehen können.« Meine Anweisungen sind klar, daher warte ich nicht auf eine Antwort von ihm. Mit eiligen Schritten verlasse ich das Skyline. Draußen erwartet mich bereits Rico. Er hält mir die Tür des schwarzen SUVs auf.

»Guten Morgen, Lawrenzo«, begrüßt er mich und schließt hinter mir die Autotür. Er umrundet den Wagen und steigt auf dem Fahrersitz ein. Nachdem ich ihm gesagt habe, wo es hingeht, startet er den Motor und fädelt sich in den regen Verkehr von L.A. ein.

NEUN

ALENIA

»Wach auf, Lia.« Unsanft rüttelt jemand an meiner Schulter, bevor mir die Decke weggezogen wird.

»Was soll der Mist?«, beschwere ich mich murrend. Müde blicke ich in die braunen Augen meiner besten Freundin.

»Ich wollte dir nur sagen, dass Melvin auf uns wartet.«

»Was will er denn?« Ich reiße Rica die Decke aus der Hand und wickle mich wieder darin ein.

»Uns abholen oder willst du weiterhin hier im Club bleiben und warten bis dein heißer Bad Boy wiederkommt?« Ihre Stimme trieft nur so vor Überheblichkeit. Vermutlich freut sie sich gerade, dass ich auf das Teufelchen und nicht auf das Engelchen auf meiner Schulter gehört habe. Dass sie mich bereits beim ersten Blick durchschaut hat, ist mir definitiv klar. Rica könnte theoretisch für mich sprechen. Jede kleine Regung in meinem Gesicht, verrät ihr meine gesamte Gedankenwelt. Ein Talent, für das ich sie beneide. Für meinen Job wäre das jedenfalls ziemlich wertvoll.

In dem Moment, als ich an die vergangenen Stunden denke, fällt mir auch der Rest wieder ein. Vor allem das Ende.

»Gib mir ne Sekunde«, bitte ich sie und strample mich wieder aus der Decke frei. Wehmütig blicke ich das nun leere, warme Bett an, als ich mich daraus erhebe und meine Sachen zusammensuche.

»Ich will alles wissen.« Rica greift nach dem Glas und der Wasserflasche auf der Kommode neben dem Bett und schüttet sich etwas ein.

»Da gibt es nicht viel zu erzählen. Er ist ein Arschloch. Wir hatten unseren Spaß und werden uns sowieso niemals wiedersehen.«

»Das kaufe ich dir nicht ab.«

»Erklär du mir mal lieber, wieso du dich gestern so betrunken hast«, lenke ich das Thema auf sie.

»Erinnerst du dich an Ryan? Den Typen, von dem ich dir mal erzählt habe?«

Leider erinnere ich mich nur zu gut daran. Ryan und Rica haben sich zufällig in einer Bar kennengelernt. Ausgerechnet in der Black Bar. Wie Rica da hineingeraten ist, keine Ahnung, aber es ist die Bar der Saviors. So hat sie Ryan kennengelernt, der nur an einer schnellen Nummer und nicht an ihr interessiert ist. Ich mag Ryan, aber er wechselt seine Frauen öfter als seine Unterwäsche.

»Ja, da klingelt etwas bei mir. Was ist mit ihm?« Auch wenn ich es hasse, Rica weiß nicht, dass ich Ryan kenne, und so soll es auch bleiben. Ich hätte keine passende Antwort auf die Frage, woher ich ihn kenne und wieso er auf meiner Kurzwahlliste gespeichert ist.

»Er hat eine andere. Er hat mich einfach fallen gelassen wie eine heiße Kartoffel und wollte mir noch nicht mal erklären wieso!«, beschwert sie sich lautstark.

»Und woher weißt du dann, dass er eine andere hat?« Ich nehme ihr das Glas Wasser aus der Hand und trinke einige Schlucke daraus.

»Ich habe die beiden gesehen. Sie arbeitet seit Neuestem in seiner Bar.«

»Seiner Bar?«, hake ich irritiert nach.

»Ja, sie gehört ihm und seiner Geschäftspartnerin. Ich habe den Namen vergessen. Jedenfalls dachte ich, dass er der erste Typ ist, der es mal wirklich ernst mit mir meint.« Schmollend blickt sie mich an.

»Wegen einem Typen betrinkst du dich, schwänzt die Arbeit und wir sitzen in diesem doofen Club fest?«

Rica nickt lediglich. Beschämt senkt sie den Blick.

»Mensch, Rica. Wieso hast du nie erzählt, dass du ihn auf diese Art und Weise magst? Ich dachte, er wäre für dich auch nur irgendein Typ.« Sanft ziehe ich sie in eine Umarmung. Meine anfängliche Wut ist wie verpufft.

»War er auch. Bis zu dem Moment, als ich ihn mit dieser Bitch gesehen habe. Ich dachte, es wäre mir egal. Er hat schließlich nie gesagt, dass wir ein Paar wären oder uns nicht mehr mit anderen treffen dürfen«, beginnt sie zu erzählen. Ein Klopfen an der Tür erregt unsere Aufmerksamkeit, bevor Rica weitererzählen kann.

»Mädels, kommt schon. Ich habe nicht ewig Zeit für euch«, ertönt Melvins Stimme aus dem Nebenraum.

»Kommen«, rufe ich ihm zu. »Wir quatschen nachher, ok?« Ich ziehe sie in eine schnelle Umarmung, bevor ich mir meine Jacke überstreife und in meine Schuhe schlüpfe.

»Ok, dann lass uns gehen. Glaub aber nicht, ich würde meine Fragen an dich vergessen.« Rica stellt das leere Glas wieder auf der Kommode ab und öffnet die Tür.

»Danke fürs Abholen, Melv«, bedanke ich mich bei ihm und verlasse das Schlafzimmer. Ich will diese vier Wände einfach nur noch so schnell wie möglich hinter mir lassen.

»Nachdem ich Rica endlich erreichen konnte, gern geschehen.« *Oh Mist.* Er ist auf jeden Fall angepisst.

»Wie lange hast du vor dem Club auf uns gewartet?«, frage ich kleinlaut nach.

»Da ich tief und fest am Schlafen war, als du mir geschrieben hast, nicht allzu lang. Allerdings wäre ich fast durch ein Fenster eingebrochen, wenn Rica sich nicht doch noch gemeldet hätte. Du hättest ja wenigstens mal Bescheid geben können, dass ihr nicht mehr abgeholt werden müsst.« Angesäuert blickt er mich beim Vorbeigehen an. Er hat recht. Ich habe ihn völlig vergessen.

»Tut mir leid.«

»Ich habe so nah wie möglich am Eingang geparkt. Hier, anziehen.« Er wirft mir einen Sack zu, den ich leider sehr gut kenne. Unser Notfallsack. Ich ziehe die dicke Jacke und die viel zu große Hose an. Danach setze ich eine Sonnenbrille und einen Hut auf, an dem ein langes Tuch befestigt ist, das UV-Strahlung abweist und rundherum bis zu meinen Schultern reicht.

Wie ein Alien gekleidet verlasse ich den Club kurz hinter Melvin. Dieser hält vorsichtshalber noch einen

Schirm über mich. Allerdings ist meine gesamte Haut mit irgendeinem Stoff bedeckt. Eigentlich sollte keine Gefahr bestehen, dass ich mit UV-Strahlung in Kontakt komme. Melvin geht aber wie immer lieber auf Nummer sicher. Auch wenn seine Autoscheiben mit einer speziellen Folie beklebt sind, darf ich die Kleidung erst wieder ausziehen, als der Wagen in der Tiefgarage meines Appartements zum Stehen kommt.

Die Fahrt war lang und ruhig. Weder Rica noch ich haben uns getraut, Melvin anzusprechen. Dieser sah nur hin und wieder mit einem angesäuerten Gesichtsausdruck zu uns. Ein Gefühl wie früher. Oft genug musste Melvin uns von irgendwo abholen, da wir die Zeit außer Acht gelassen haben. Leider hatten wir beide gedacht, dass diese Zeiten eigentlich vorbei sein müssten. Seit einer Ewigkeit musste Melvin mich nirgends mehr einsammeln und schon gar nicht tagsüber.

»Danke fürs Fahren«, bedanke ich mich vorsichtig und gebe ihm einen schnellen Kuss auf die Wange.

»Beim nächsten Mal passt du besser auf, Lia. Du spielst da mit deinem Leben!«, herrscht er mich an.

»Ich weiß«, gebe ich zu. »Aber es wird kein nächstes Mal geben«, verspreche ich ihm und steige nach Rica aus seinem Wagen. Wenn er so mit mir spricht, habe ich sofort das Gefühl, wieder sechzehn zu sein. Als wäre ich nicht erwachsen und würde nicht so oder so jeden Tag mit meinem Leben spielen. Ich werfe noch einen kurzen Blick in seinen Wagen. Dass er wohl an dasselbe gedacht haben muss, zeigt das leichte Grinsen auf seinem Gesicht und das kurze Kopfschütteln, bevor er das Auto geschickt wendet und wieder zurückfährt.

»Fühlt sich an wie früher«, grinse ich und knuffe Rica spielerisch in den Arm.

»Da sagst du was. Dein Bruder ist wirklich ein Heiliger, dass er das all die Jahre mitgemacht hat und nun schon wieder auf der Matte stand«, behauptet sie lachend. Wie recht sie hat.

Gemeinsam laufen wir die Treppen hoch zu meinem Appartement. Dort angekommen springen wir nacheinander unter die Dusche, nur um dann todmüde in mein Bett zu fallen. Über die Nacht im Club verlieren wir beide keinen Ton mehr. Als würden wir instinktiv wissen, dass der jeweils andere sich erst mal selbst darüber Gedanken machen muss, bevor wir weiter darüber sprechen können.

Unruhig rutsche ich auf dem Sofa hin und her. Rica ist bereits vor wenigen Stunden heimgefahren, bevor es wieder zu spät wird. Mittlerweile ist es kurz vor elf Uhr abends. Was in der vergangenen Nacht der Auslöser für sie war, um wieder in den Club zu fahren, habe ich Rica nicht mehr gefragt. Wenn sie sich bereit fühlt, wird sie mir bestimmt weiter erzählen, wieso sie sich so betrunken hat. Ich kann mir nicht vorstellen, dass es nur an Ryan lag. Liebeskummer allein hätte Rica niemals dazu bewogen, sich so dermaßen gehen zu lassen. So lange werde ich warten und ihr immer wieder anbieten, dass sie jederzeit mit mir über alles sprechen kann.

Nun sitze ich hier und studiere die Unterlagen, die mir Melvin zugesendet hat. Bald ist es so weit und ich muss mich noch komplett auf die Übergabe vorbereiten.

Eigentlich wollte ich David oder Ryan noch fragen, ob wir gemeinsam trainieren können. Aber jetzt muss ich wohl allein ins Studio fahren. Zum Glück hat unseres vierundzwanzig Stunden am Tag geöffnet. Früher wäre es nicht so leicht für mich gewesen, in einem Studio trainieren zu können.

Damals, als Melvin mich mit sechzehn aus dem Kellerloch unseres Vaters gerettet hat, musste er mit mir zu Hause trainieren. Wir konnten am späten Abend oder in der Nacht in kein Studio. Er hat tagsüber von einem Kampflehrer gelernt und es mir dann in der Nacht ebenfalls beigebracht. Erst als wir anfingen mit den Saviors zusammenzuarbeiten, also mit David und Ryan, wurde es leichter für uns. Jetzt kennen wir ein privates Studio, das nur exklusive Mitglieder betreten können. Wie genau David es angestellt hat, dass wir ebenfalls dort trainieren können, ist mir bis heute ein Rätsel. Viele zwielichtige Gestalten, zum Beispiel aus verfeindeten Familien-Clans oder Gangs, halten sich dort auf. Dennoch gibt es keinen Streit. Erst nach Monaten habe ich durch Ryan erfahren, dass es ein vertragliches Abkommen gibt. Waffen und Drogen sind strengstens verboten, genauso wie geschäftliche Gespräche. In diesem Studio geht es ausschließlich ums Trainieren und Kämpfen. Um nichts anderes.

Kurz spiele ich mit dem Gedanken, wirklich hinzufahren. Eine Trainingseinheit wäre kurz vor dem Auftrag eigentlich nicht schlecht. Ich kenne den Hafen ja bereits in- und auswendig und muss mich nicht mehr großartig damit befassen. Dort, wo die Übergabe vermutlich stattfinden soll, war ich schon oft und ich kenne die Verstecke und auch die Abläufe solcher Treffen. Eine Trainingseinheit wäre definitiv sinnvoller, als mir immer wieder Informationen durchzulesen, die ich bereits kenne.

Mit etwas Glück ist Ryan ebenfalls im Studio oder kommt nach, um zu trainieren. Er hasst zwar die Menschen dort, aber sein Trainer ist der Beste. Leider bin ich nie in den Genuss gekommen, ebenfalls mal bei ihm zu trainieren. Seufzend nehme ich mein Handy vom Tisch, schlage die Unterlagen zu und sende Ryan eine Nachricht, dass ich noch ins Studio fahre. Vielleicht habe ich ja Glück und er kommt ebenfalls. Bevor ich losfahre, schlüpfe ich noch in eine bequeme Sportleggings, tausche den BH durch einen Sport-BH aus und ziehe darüber ein schwarzes kurzes Top. Aus dem Schrank hole ich eine Sporttasche hervor, in die ich meine restlichen Sachen einpacke. Aus dem Badezimmer krame ich ein Handtuch und packe am Ende noch eine Wasserflasche in die Tasche. Das silberne Haar binde ich mir zu einem hohen Pferdeschwanz, bevor ich mir meine Lederjacke und Sportschuhe überstreife. Aus dem Safe im Schlafzimmer hole ich meine Glock und stecke diese in den Hosenbund am Rücken. Verdeckt von der Lederjacke ist diese für andere nicht mehr sichtbar. Ohne sie verlasse ich nur selten das Haus. Auch wenn es bedeutet, dass ich sie später bei Dark abgeben muss. Ich hasse es, wenn andere Leute sie anfassen. Aber Sicherheit geht leider vor.

Beim Rausgehen schalte ich alle Lichter aus und schnappe mir von der Ablage im Flur die Schlüssel meiner Kawasaki. In meiner Hand vibriert mein Handy, sodass ich im Flur kurz stehen bleibe.

Sehe dich dort. Pack dich warm ein, Babe, lese ich die Zeilen auf meinem Display, die mir Ryan gesendet hat.

Na, das werden wir ja noch sehen, lache ich innerlich

darüber und steige die Treppen hinab zur Tiefgarage. Von Weitem erkenne ich mein Baby bereits einsam auf dem Parkplatz stehen. Freudig laufe ich auf das schwarze Motorrad zu. Beim Starten des Motors ertönt ein kurzes, lautes Aufheulen, bevor ich in schnellem Tempo die Tiefgarage verlasse.

ZEHN

LAWRENZO

»Tut mir leid, Mann. Ich kann dir da nicht weiterhelfen.« Dark zuckt unbeteiligt mit den Schultern und widmet sich wieder dem PC vor sich.

»Weil du nicht willst oder wirklich nicht kannst?«, hake ich zähneknirschend nach.

Dark ist jemand, der normalerweise Gott und die Welt kennt. Über jeden weiß er fast alles. Er streicht sich fahrig über den kahl rasierten Kopf und blickt mich aus seinen grünen Augen an. »Law, glaubst du wirklich, dass ich so eine Frau in dieses Studio lasse? Die Hälfte meiner Kunden würde dann auf die Regeln hier scheißen und die Kleine kaltmachen.«

Spöttisch ziehe ich eine Augenbraue in die Höhe. »Das glaubt dir niemand, Dark. Wenn sich jemand nicht an deine Regeln hält, würdest du ihm den Kopf abreißen.«

Kurz erscheint ein angedeutetes Grinsen auf seinem Gesicht, bevor er mich wieder ernst anblickt. »Mag sein. Dennoch kenne ich die Kleine nicht und die Frau auf diesem Bild da, könnte ja wirklich jede sein.« Er deutet auf das Bild von Huntress, das auf der Theke zwischen uns liegt. Genervt greife ich danach und stecke es wieder in meine Hosentasche.

Dark war eigentlich der Mann, zu dem ich immer gehen konnte. Wenn selbst *er* keine Infos hat, zieht sich die Schnur um meinen Hals immer enger zu. Huntress lässt sich garantiert nicht so viel Zeit, bis ich herausgefunden habe, wer sie ist, bis sie mir einen Besuch abstattet.

»Ryan, du hier. Ich glaub's ja nicht.« Darks Gerede holt mich aus meinen Gedanken zurück. Mein Blick fällt nach rechts, Richtung Eingang. Dort kommt ein stämmiger, großer Kerl herein. Sein rechter Arm ruht auf der Schulter einer Frau, die in ihr Handy vertieft zu sein scheint. Mein Atem gerät ins Stocken. Ich muss zweimal hinsehen, um mir ganz sicher zu sein, dass sie es auch wirklich ist. Was zum Teufel macht sie hier?

»Ich bin nur hier, um der Kleinen zu zeigen, wo der Hammer hängt«, behauptet der Fremde lachend. Dabei knufft er Alenia in die Seite, die ein protestierenden Laut von sich gibt.

»Das werden wir ja sehen«, antwortet sie vorlaut. Kurz stelle ich mir gedanklich vor, wie sie einen so stämmigen Typen tatsächlich flach auf die Matte legt. Niemals kann sie einen Mann von dem Kaliber umhauen. Alenia wirft ihm einen schnellen Seitenblick zu, bevor sie in unsere Richtung schaut.

»Sei vorsichtig bei der Kleinen, Ryan! Sie ist eine Raubkatze im sexy Hasenkostüm«, meint Dark und grinst dabei anzüglich.

Im selben Moment treffen sich unsere Blicke. Augenblicklich bleibt sie stehen. Verwirrung spiegelt sich in ihrem Gesichtsausdruck wider. Kurz schüttelt sie mit dem Kopf, bevor sie sich lächelnd an Dark wendet. »Wann hast du denn jetzt mal Zeit für mich? Ich dachte, du wärst im Urlaub und jetzt sehe ich dich doch hier.« Sie lacht leise, würdigt mich dabei aber keines Blickes mehr. Kurz frage ich mich, ob der Kerl wohl ihr Freund ist und sie mich deswegen ignoriert. Als sie im Club sagte, dass sie einen hat, dachte ich, es wäre eine Lüge. Aber vielleicht hat sie doch die Wahrheit gesagt? Ob er weiß, dass sie sich nachts mit anderen Männern vergnügt?

»Nein, ich hatte noch etwas zu erledigen. Ab morgen bin ich erst mal für ein paar Tage raus. Danach können wir nach einem Termin schauen«, antwortet Dark ihr.

»Der wird dir auch nicht mehr helfen können, Engelchen«, zieht dieser Ryan sie lachend auf und zieht sie dabei in seine Arme. Innerlich spüre ich so ein fieses, kleines Stechen. Eines, das ich bisher noch nie gespürt habe und mir auch überhaupt nicht gefällt. Zumindest kann ich mir sicher sein, dass sie ihn nicht liebt. Sonst würde sie ihn wohl kaum mit anderen betrügen. Oder?

Ich wende meinen Blick von ihnen ab und begebe mich in die Umkleiden. Eigentlich hatte ich nicht vor heute zu trainieren. In mir hat sich gerade jedoch so viel Aggression und Wut angestaut, dass ich diesen Moment einfach nutzen muss, um jene Gefühle loszuwerden. Ich muss einfach den Kopf klar bekommen und diese Frau ein für alle Mal vergessen. Alenia wird wohl kaum Zutritt zu den hinteren Boxbereichen des Studios haben. Somit sollte ich ihr nicht mehr über den Weg laufen. Wenn ich sie dennoch antreffe, werde ich sie mir schnappen und sie mir aus dem Kopf vögeln. Wenn sie schon offensichtlich rumhurt, dann doch bitte mit mehr Risiko!

Aus dem Spind entnehme ich meine Sportkleidung. Die Jeans und den Pullover tausche ich durch eine schwarze Jogginghose und ein graues T-Shirt aus. Mit den Boxhandschuhen unterm Arm gehe ich den kurzen Gang entlang, der zum hinteren Teil des Studios führt. Dort trainieren bereits einige Muskelpakete an den Geräten. Sie werfen mir nur einen kurzen Blick zu und wenden sich danach aber wieder ihrem Training zu. In der Mitte des Raumes ist ein Boxring aufgebaut, in dem sich gerade zwei Männer befinden. Meistens werden dort private Kämpfe ausgetragen. Aber auch Unstimmigkeiten zwischen den Banden können auf Wunsch ausgefochten werden. Jedoch sind die Regeln dann ganz anders. Nur einer verlässt den Ring lebend. Außer den üblichen Boxregeln gibt es keine weiteren. Abklopfen kann man nicht. Also sollte man sich durchaus bewusst sein, dass man dieses Studio gegebenenfalls niemals wieder lebend verlässt.

Ich laufe an dem Boxring vorbei, um mich im hinteren Teil erst mal aufzuwärmen und mir einen Überblick über die Leute hier zu schaffen. Die meisten wissen, wer ich bin, und meiden daher meinen Blick oder verziehen sich sofort in eine andere Ecke. Gut so! Heute wäre kein guter Tag, um mir auf den Sack zu gehen. Mein Blick bleibt an dem Arsch einer Frau hängen, den sie mir bei ihren Dehnübungen entgegenstreckt. Ihre langen Beine stecken in einer verdammt engen Trainingsleggings, während sie obenrum nur ein Sporttop trägt, das ihren Bauch und den Rücken freilässt. Ich erkenne von Weitem, dass sie verdammt gut trainiert sein muss. Leider fällt mir dann auf, dass ich diesen heißen Körper bereits sehr gut kenne und mir das Outfit von vorhin bekannt vorkommt. Die zarten Narben, die sie offen zur Schau trägt, vermindern nicht im Geringsten ihre Attraktivität. Im Gegenteil. Diese machen sie nur noch interessanter für mich. Nur die Frage, woher sie diese hat, habe ich ihr noch immer nicht gestellt.

Neben ihr steht erneut dieser Typ, der ihr immer wieder mit der Hand gegen die Schulter drückt, damit Alenia das Gleichgewicht verliert. Ihr Lachen hallt bis zu mir wider. Schon wieder kriecht dieses ekelhafte Gefühl der Eifersucht durch meinen Körper. Eine Gänsehaut bildet sich auf meinen Armen. Die Hand balle ich dabei zur Faust. Wenn mir jemals jemand gesagt hätte, dass ich irgendwann mal dieses beschissene Gefühl spüren würde, hätte ich ihn eiskalt ausgelacht. Niemals hätte ich gedacht, dass ich einmal etwas für eine Frau empfinden könnte, das über Sex hinausgeht. Und das auch noch in einer rekordverdächtigen Zeit. Ich weiß so gut wie gar nichts über sie. Doch egal, wie sehr ich mich von ihr ablenken wollte, ein kleines Stimmchen in meinem Kopf hat dennoch immer wieder ihren Namen gesummt.

Umso mehr stört es mich, dass sie hier ist. In einem Studio, das nur von Kriminellen betreten wird und garantiert nicht von der Sorte Frau, wie sie es ist. Stumm beobachte ich sie weiter. Langsam komme ich mir vor wie ein perverser Spanner, während ich sie bei ihren Übungen betrachte. In meiner Hose regt sich bereits etwas. Dass nur ihr Anblick dafür reicht, stört mich enorm.

Mein eigenes Training ist beendet, als ich sehe, wie Alenia und ihr Typ sich Handschuhe überziehen. Keine klassischen Boxhandschuhe, sondern solche, von denen nur die Knöchel bedeckt werden. ›*Der will jetzt nicht wirklich gegen Alenia kämpfen?*‹, frage ich mich gedanklich. Na, das kann ja was geben. Innerlich bereite ich mich schon darauf vor, den Typen grün und blau zu schlagen. Wenn er Alenia ernsthaft verletzt, dann war's das für ihn! Scheiß auf die Regeln, die Dark hier aufgestellt hat. Was will er schon gegen mich ausrichten? Wenn ich wollte, könnte ich seinen Laden kurz und klein hacken, ohne dafür einen großen Aufwand betreiben zu müssen.

Interessiert lehne ich mich gegen eine der Säulen, die im gesamten Raum verteilt sind. Von dort aus habe ich einen perfekten Blick auf die beiden und kann ihrer Unterhaltung folgen.

»Bist du dir wirklich sicher, Engelchen?«, gibt dieser Ryan ihr eine letzte Chance den Kampf doch noch abzusagen.

Alenia nickt energisch mit dem Kopf. »Doch Angst gegen mich zu verlieren?«, antwortet sie zuckersüß und kommt einen Schritt auf ihn zu.

Für meinen Geschmack stehen die beiden eindeutig viel zu nah beieinander. Ich muss mich wirklich zusammenreißen, um sie nicht doch noch da wegzuzerren. Die Frage, was sie hier überhaupt macht und zu welcher fucking Bande sie gehört, brennt lodernd in meinem Kopf.

»Niemals.« Selbstsicher grinst er. Beide nicken einander zu, bevor sie sich wieder voneinander entfernen.

»Tausend Dollar, dass die Kleine ihn auf die Matte legt.« Dark steht plötzlich lachend neben mir.

Unmerklich zucke ich zusammen. Erneut wird mir klar, dass ich in ihrer Gegenwart nachlässig werde und meine Umgebung nicht mehr vernünftig im Blick behalte. Noch ein Grund, sie schnellstmöglich zu vergessen!

»Warum sollte sie?«, hake ich irritiert nach. Ich sehe wieder zu den beiden, die bereits mitten in ihrem Kampf stecken. Alenia weicht gekonnt aus, als Ryan ihr einen linken Haken verpassen will. Sie duckt sich und schlägt im gleichen Augenblick auf seinen Bauch. Als sie wieder hochkommt, kassiert sie dennoch die Rechte von ihm. Er trifft sie genau am linken Auge. Alenia taumelt ein paar Schritte zurück. Ich balle meine Hand zur Faust. Ein wütendes, leises Knurren verlässt meine Kehle.

»Weil sie immer wieder versucht, ihn zu besiegen. Die Kleine ist echt nicht zu unterschätzen. Jedes Mal ist sie besser als zuvor. Der ein oder andere hat sich schon die Zähne an ihr ausgebissen«, antwortet Dark grinsend. In seiner Stimme hallt so etwas wie Stolz mit.

Ich muss zugeben, sollte stimmen, was Dark sagt, imponiert es mir ebenfalls. Niemals hätte ich sie als Kämpferin eingeschätzt. Anderseits erklingt da diese kleine Stimme in meinem Kopf. Immer wieder sagt sie, dass es nur von Vorteil für mich ist. Sie kann kämpfen und hat offensichtlich keinen Schiss vor irgendwelchen Männern der Mafia. Sonst wäre sie nicht hier. Die perfekte Frau an meiner Seite. Eine, die sich nicht von meinen Männern einschüchtern lassen würde.

»In welcher Gang ist sie?«, frage ich ihn. Offensichtlich scheint Dark sie bereits besser zu kennen.

»In keiner, soweit ich weiß. Sie ist eine Freundin von David.«

Nun bin ich noch verwirrter. Wer zum Teufel ist jetzt dieser David? »Von wem?«

»David Hold. Er und Ryan führen die Saviors an. Jetzt sag nicht, du kennst sie nicht«, grinst Dark.

»Also gehört sie zu den Saviors?«, hake ich genauer nach. Dass der Typ bei ihr einer von diesen Möchtegern-Helden ist, widerstrebt mir. Und wenn sie auch eine von denen ist, sollte ich sie mir ganz schnell aus dem Kopf schlagen. Niemals könnte sie die Frau an meiner Seite werden. *Fuck!* Moment, was denke ich da überhaupt? Sie wird niemals ein Teil meiner Welt werden können. In diese Finsternis würde ich sie nicht mit hineinziehen wollen. Niemals! Langsam zweifle ich an meinem Verstand. Bevor ich endgültig an Schizophrenie leide, muss ich dem Ganzen ein Ende setzen!

»Keine Ahnung. Der ein oder andere behauptet, sie wäre eine Auftragskillerin. Zumindest kennt sie sich verdammt gut mit Waffen aus.« Dark zuckt mit den Schultern und sieht wieder zum Ring hinüber. Die beiden scheinen sich offensichtlich nichts zu schenken. An Alenias Lippe läuft bereits Blut herunter und das Auge scheint geschwollen zu sein. Ryan sieht allerdings auch nicht besser aus. Aus seiner Nase tropft ebenfalls rote Flüssigkeit heraus und auch auf den Lippen erkenne ich eine frische Platzwunde.

Ich sage nichts mehr zu Dark. In meinem Kopf versuche ich die Informationen irgendwie zu ordnen. Wenn ich zuvor schon dachte, sie wäre rätselhaft und anders als alle Frauen, die ich kenne, dann habe ich mich getäuscht. Sie ist kein Rätsel, sondern ein riesiges Geheimnis, das bisher noch niemand lüften konnte. Nicht einmal Dark. Und der weiß fast alles über jeden.

Im selben Augenblick, als ich Dark einfach stehen lasse, um näher auf Alenia zuzugehen, treffen sich unsere

Blicke erneut. Der nächste Schlag trifft sie mit aller Kraft in den Magen. Offensichtlich hat sie ihn nicht kommen sehen, da sie mit ihren Augen bei mir war. Mit Wucht kommt ihr schlanker Körper auf der Matte auf. Diese gibt bei dem Aufprall ein dumpfes Geräusch von sich. Hörbar laut stöhnt sie auf. Jeder andere wäre an ihrer Stelle liegen geblieben. Mir wäre es tatsächlich auch lieber gewesen, sie würde einfach auf ihrem Arsch sitzen bleiben und den Kampf beenden. Alenia und ihr Sturkopf sehen das allerdings anders. Sie rappelt sich wieder auf und stürmt auf Ryan zu. Dieser sieht es nicht kommen. Binnen weniger Sekunden hat sie im Sprung ihre Beine um seine Hüften gewickelt. Durch den Schwung fallen sie gemeinsam auf die Matte. Zügig wechselt sie die Position und drückt ihr Knie fest an seinen Hals. Ryan versucht sie abzuwehren. Mit Erfolg. Wenige Sekunden später liegt er auf ihr. Seine Hände umfassen ihren Hals. Grinsend blickt er sie an.

»Engelchen, du lernst es nie.«

»Du wärst schon längst tot«, antwortet Alenia. Auf ihren Lippen liegt ein selbstsicheres, zufriedenes Lächeln. Als hätte sie geahnt, dass er sich danach sofort auf sie stürzen würde, liegt Alenias rechter Arm genau zwischen den beiden. Hätte sie ein Messer gehabt, wäre Ryan zumindest schwer verletzt worden. Mein Bild von einer klassischen Schönheit, die tagsüber irgendeinem langweiligen Job nachgeht, ist damit endgültig zerstört.

Vielleicht ist sie doch die perfekte Frau an meiner Seite. Unterkriegen lassen würde sie sich jedenfalls nicht. Von niemanden. Ich schüttle den Kopf. Dieses ständige Hin und Her macht mich noch wahnsinnig!

»Wenn du aber gerade kein Messer hast, Engelchen,

wärst du tot.« Ryan erhebt sich von ihr und hält ihr seine Hand hin. Alenia nimmt sie an und lässt sich von ihm hochziehen.

»Ich habe immer eines dabei«, zwinkert sie frech. Dabei gleitet ihr Blick wieder zu mir. Über seine Schulter hinweg schaut sie mich an. Ich kann es nicht verhindern, dass ich so etwas wie Stolz für sie empfinde.

»Komme gleich wieder«, ertönt erneut ihre Stimme. Kurz darauf kommt sie in meine Richtung. Dicht vor mir bleibt sie stehen.

»Alenia«, begrüße ich sie dunkel.

»Was machst du hier?«, fragt sie sofort. Auch sie scheint sichtlich irritiert darüber zu sein, mich hier anzutreffen.

»Trainieren«, gebe ich dunkel zurück. Mit meinem Blick versuche ich sie zu durchschauen. Stur blickt sie aus ihren eisblauen Iriden zurück.

»Dir gehört ein Club und du gehst in diesem Studio trainieren? Ich lerne ja immer mehr über dich«, antwortet sie sarkastisch über meine knappe Antwort.

Mein Blick gleitet über ihren durchtrainierten Körper. Der Anblick reicht, um sie am liebsten sofort an der Säule vögeln zu wollen. Trotz der Wunden ist sie noch immer eine klassische Schönheit.

»Die bessere Frage wäre, was *du* hier machst.«, drehe ich den Spieß um.

Sie zuckt mit den Schultern. »Trainieren«, antwortet sie lediglich.

Das reicht! Ich schnappe mir ihr Handgelenk und schleife sie hinter mir her.

»Hey! Was soll der Scheiß?«, empört sie sich.

»Das Thema hatten wir bereits«, erinnere ich sie an

unser erstes Aufeinandertreffen im Club. Leicht muss ich darüber schmunzeln.

»Du kannst mich nicht jedes Mal irgendwohin zerren, nur weil es dir gerade so passt!« Wir laufen durch den kurzen Flur zu den Ankleiden. Hinter der ersten Tür schleife ich sie in den Raum und schließe hinter mir ab. Wir befinden uns in einem der privaten Räume, die normalerweise nicht für Besucher sind. Das ist mir allerdings gerade scheißegal. Es kommt nicht selten vor, dass ich mich in den Privaträumen dieses Studios aufhalte.

»Verdammt, Lawrenzo, was soll das?«, beschwert sie sich erneut. Sie befreit sich aus meinem Griff und reibt sich über das Handgelenk. Dass ich doch so stark zugefasst haben muss, war mir nicht bewusst.

Ich trete auf sie zu. Schritt für Schritt verfolge ich sie, bis Alenia an ihren Kniekehlen die Couch spürt. Es zwingt sie, stehen zu bleiben. Herausfordernd stellt sie sich meinem finsteren Blick. Leicht reckt sie ihr Kinn.

»Wieso tauchst du hier mit so einem Typen auf und lieferst diese Show?«, knurre ich. Dabei streiche ich sanft eine Strähne aus ihrem Gesicht, die am Blut kleben geblieben ist. Ich fahre mit dem Daumen über ihre aufgeplatzte Lippe.

Ein leises Zischen verlässt ihre Kehle. »Das war keine Show«, murmelt sie heiser. Ich sehe das Verlangen in ihren Augen aufblitzen.

»Wofür trainierst du?«, hake ich mit rauer Stimme nach. Dabei komme ich ihrem Gesicht näher.

»Damit ich mich vor Männern wie dir schützen kann«, haucht sie viel zu leise, als dass ich es ernst nehmen könnte.

»Vor Männern wie mir?«

Sie nickt. Zu keiner Sekunde weicht sie meinem Blick aus. Auch wenn ich mir wünschte, sie würde demütig den Blick senken. Nur dieses eine Mal.

»Wieso solltest du dich vor mir schützen müssen?«, hake ich interessiert nach.

»Weil du dir nimmst, was du willst. Offensichtlich scheinst du auch nicht ganz ungefährlich zu sein, wenn du hier trainierst«, erwidert sie.

»Ich habe nie behauptet, ein netter Kerl zu sein, der dich auf Händen trägt.« Sie gibt ein leises Schnaufen von sich. »So eine Art von Mann brauchst du aber auch nicht«, rede ich weiter. Ihr Mundwinkel zuckt verdächtig, ehe sie die Lippen leicht öffnet. Bevor sie irgendeinen Schwachsinn antworten kann, lege ich meine Lippen hart auf ihre. Empört schnappt sie nach Luft. Das nutze ich sofort für mich aus und dringe mit meiner Zunge in ihre Mundhöhle ein. Ich spüre, wie sie sich zuerst anspannt, bevor sie ihre Arme um meinen Nacken legt. Ihre Hand greift dabei in mein Haar. Stürmisch erwidert sie den Kuss. So, als hätte sie eine halbe Ewigkeit auf diesen Moment gewartet. Unsere Zungen umspielen einander. Wir beide versuchen, die Oberhand bei diesem Kuss zu behalten. Doch kurz darauf schmiegt sie sich eng an meinen Körper und lässt sich von mir führen. Der anfänglich harte, dominante Kuss wechselt zu einem leidenschaftlicheren. Sanft knabbere ich an ihrer Lippe. Dabei schmecke ich den metallischen Geschmack von Blut in meinem Mund. Sie stöhnt leise. Dieses Geräusch lässt sofort meinen Schwanz unruhig zucken. Ich greife nach ihrem Hintern und hebe sie hoch. Automatisch schlingt sie ihre Beine um meine Hüfte. Mit ihr auf dem Arm laufe ich in das angrenzende Badezimmer und unter die

Dusche. Der Typ vorhin hat sie betatscht und wenn ich meinen Schwanz in sie stoße, will ich nicht den Duft eines anderen Mannes an ihr riechen müssen.

Ich drehe das eiskalte Wasser auf und halte sie zwischen mir und der Wand gefangen. Ein leiser Aufschrei verlässt ihre Lippen, als das kalte Nass auf ihre erhitzte Haut trifft. Gänsehaut überzieht ihren Körper. Abrupt öffnet sie die Augen. In ihren eisblauen Iriden flammt die pure Lust auf, auch wenn sie mich eher schockiert anblickt.

»Bist du irre?«, empört sie sich und greift nach der Armatur. Eilig dreht sie den Hahn für warmes Wasser auf.

»Ich hätte nicht gedacht, dass du so zimperlich bist«, necke ich sie grinsend. Sie haut mir lediglich gegen die Schulter. In ihrem Blick erkenne ich einen Hauch von plötzlicher Unsicherheit.

»Was machen wir überhaupt hier?«, haucht sie unglücklich. Der plötzliche Stimmungswechsel irritiert mich. Als hätte das kalte Wasser sie plötzlich geweckt. Sie löst ihre Beine um mein Becken.

»Was meinst du?«

»Ich meine uns. Das hier. Was soll das werden?« Sie legt ihre Hände auf meiner Brust ab und blickt mich geradewegs an.

»Sex?«, antworte ich noch immer irritiert. Ein leichtes Lächeln umspielt ihre Lippen, bevor sie mich wieder ernst anblickt.

»Und dann? Wir hatten unseren One-Night-Stand. Warum sollten wir es jetzt zerstören, indem wir es erneut riskieren?« Bedauern hallt in ihren Worten wider.

»Soll ich gehen?« Ich trete ein Stück von ihr zurück.

Schlaff fallen die Arme an ihrem Körper hinab. Wenn sie es nicht will, werde ich sie nicht bedrängen. Auch wenn mein Schwanz das ganz anders sieht.

»Nein. Ich will nur nicht erneut diesen angeblich bedeutungslosen Sex, den ich nicht vergessen kann«, murmelt sie. Ihre Ehrlichkeit trifft mich wie ein Schlag. Sofort wird mir bewusst, was diese kleinen Worte für eine Bedeutung haben könnten. Dummes Mädchen! Sie sollte diese Gedanken nicht im Zusammenhang mit mir haben. Meine Familie, mein Job, sogar ich selbst wären ihr Verderben. Sie darf keine Gefühle für mich hegen.

»Du solltest dich nicht in mich verlieben«, erwidere ich hart. Warum muss eigentlich immer alles so kompliziert werden? Als wären meine eigenen Gefühle nicht sowieso schon problematisch genug. Jetzt kommen ihre noch dazu und machen das Chaos noch perfekter.

»Du dich auch nicht in mich«, murmelt sie scharf. In ihren Augen blitzt die Erkenntnis auf.

Abwehrend verschränke ich die Arme vor der Brust.

»Das alles hätte sowieso keine Zukunft«, flüstert sie. Alenia dreht sich von mir weg und schnappt sich ein Handtuch. Das Wasser prasselt immer noch unnachgiebig auf meinen Körper, während ich sie beobachte. Wenn sie eine Frau wie jede andere wäre, hätte sie den Sex genommen und wäre dankbar gewesen, dass ich mich erneut mit ihr vergnüge. Doch sie ist nicht wie jede andere. Von Anfang an hat sie meine Gedanken manipuliert und sich wie eine Zecke eingenistet. Und jetzt habe ich zwei Möglichkeiten. Ich bin egoistisch und nehme mir dennoch, was ich will. Egal, welche Konsequenzen es mit sich bringt. Oder ich lasse sie gehen. Lasse ihr das Leben bei den Saviors, die ihr inneres Licht unterstützen und sie nicht in die Finsternis hineinziehen, so wie meine Welt es tun würde. Der Egoist in mir, kann sie aber nicht gehen lassen. Will sie einfach nicht gehen lassen.

Ich gehe auf sie zu, reiße ihr das Handtuch weg und nehme ihre Lippen erneut in Beschlag. Ich intensiviere den Kuss. Gebe ihr keine Chance, sich doch noch anders zu entscheiden. Ich unterbreche den stürmischen Kuss nur, um ihr das Oberteil vom Leib zu zerren. Mit der Zunge dringe ich in ihren Mund ein. Wir fechten erneut einen Kampf aus, den niemand gewinnen kann. Ein Stöhnen verlässt ihre Kehle. Sie leistet keinerlei Widerstand mehr. Ihr Körper spricht die gleiche Sprache wie meiner. Sie will mich genauso sehr, wie ich sie will.

Meine Hand wandert zu ihren Brüsten. Sanft knete ich sie. Ihre Brustwarzen recken sich mir bereits erregt entgegen. Mit den Fingern zwirble ich sie. Danach hebe ich sie erneut auf meine Arme und trage sie zurück zur Dusche. Sanft stelle ich sie wieder ab. Ich löse mich von ihr. Dabei ziehe ich ihr die Hose aus und werfe sie achtlos hinter mich. Mit dem Mund küsse ich mich ihren Hals entlang, bis zum Bauchnabel, hinab zu ihrer empfindlichsten Stelle. Mit einem kurzen Blick in ihr Gesicht stelle ich fest, dass sie die Augen geschlossen hat. Mit der Zunge gleite ich durch ihre Spalte. Erregt stöhnt sie auf. Ihren Geschmack auf meiner Zunge zu schmecken, ist wie eine Erlösung. Mein Schwanz zuckt dabei ungeduldig in der nassen Hose, die mittlerweile wie eine zweite Haut an meinen Beinen klebt. Ich spüre den Druck, der sich immer weiter aufbaut.

Mein Finger gleitet durch ihre feuchte Spalte, nur um dann langsam in sie einzudringen. Eng und feucht begrüßt sie mich. In einem kontinuierlichen Takt bewege ich meinen Finger. Ein zweiter folgt sogleich. Ihr Stöhnen wird lauter. Unter meinem langsamen Rhythmus windet sie sich ungeduldig. Ihre Hand greift in mein Haar und klammert sich daran fest. Ich beuge mich ihrem Druck und sauge an ihrer Pussy. Mit den Zähnen beiße ich sanft in ihre Klit, bevor ich meine Zunge darüber streichen lasse. Ich erhebe mich wieder. Dabei gleiten meine Finger aus ihr. Enttäuscht stöhnt sie auf und blickt mich erregt an. Ihr Blick geht mir sofort tief unter die Haut. Fuck! All das, was sie mir gerade von sich gibt, könnte ich mir jeden Tag ansehen und ich wäre mir ziemlich sicher, dass es niemals langweilig werden würde.

Hinter ihr greife ich nach einem Duschgel, das normalerweise für Männer gedacht ist. Ich gebe eine großzügige Portion in meine Hand und verteile es, bevor ich beginne sie damit einzureiben. Ich wasche ihr damit das getrocknete Blut und den bestialischen Gestank des anderen Mannes vom Körper.

Stumm lässt sie es geschehen. Ihr Blick folgt wachsam meinen Bewegungen. Sanft seife ich ihre Brüste ein, bevor ich mich ihrem Bauch und dem Hintern zuwende. Danach gleite ich durch ihre Spalte. Ein Seufzen verlässt ihre Kehle. Als hätte sie plötzlich keine Geduld mehr, drückt sie mich weg. Alenia zerrt an meinem Shirt. Ich ziehe es aus und werfe es hinter mich. Die Hose folgt sogleich. Fragend blickt sie mich an. Als würde sie um Erlaubnis bitten, mich anfassen zu dürfen. Dieser Blick fasziniert mich nur noch mehr an ihr. Ich nicke. Alenia greift nach meinem Schwanz, der wegen ihrer Berührung freudig zu zucken beginnt. Sie gleitet mit der Hand auf und ab. Dabei lässt sie mich einen stärker werdenden

Druck spüren. Ein Seufzen verlässt meine Kehle. Ich greife in ihr Haar und zwinge sie, sich hinzuknien. Folgsam gehorcht sie. Ihre Hand wird durch ihren Mund ersetzt. Und fuck! Sie bläst meinen Schwanz so verdammt gut, dass ich schon jetzt das Gefühl habe, kommen zu müssen. Genüsslich hat sie dabei ihre Augen geschlossen. Wassertropfen perlen ihr Gesicht entlang und bleiben kurz in ihren dichten Wimpern hängen, bevor sie auf dem Boden aufkommen. Immer tiefer nimmt sie meinen Schwanz in ihren Mund auf. Stück für Stück erhöht sie das Tempo. Sie lässt mich leicht ihre Zähne spüren. Ihre Zunge umspielt meine Eichel, bevor sie daran saugt. Knurrend greife ich fester in ihr Haar und ziehe sie wieder zu mir hoch. Unersättlich treffen unsere Lippen aufeinander. Ihr Geschmack mit meinem vermischt ist seltsam, und doch unvergleichbar.

Wäre hier ein Bett oder Ähnliches, würde ich sie sofort daran festketten und so lange nehmen, bis sie vor Erregung nicht einmal mehr ihren Namen kennen würde. Doch hier ist nichts, womit ich sie festbinden könnte. Stattdessen hebe ich sie wieder auf meine Hüften und versenke dabei meinen Schwanz tief in ihr. Ein lüsternes Wimmern verlässt ihre Lippen. Ich fülle sie bis zum Anschlag aus. Hart stoße ich in sie. Gebe ihr keine Zeit, sich an mich zu gewöhnen. Doch die braucht sie auch nicht. Ihre Pussy ist so verdammt feucht und eng. Ihren Körper presse ich gegen die Wand, während das warme Wasser auf unsere Körper herunterrieselt. Ich spüre, wie sie mit ihren Nägeln meinen Rücken zerkratzt und sich an mich klammert. Mit dem Becken leistet sie Widerstand, sodass ich mich noch tiefer in sie versenken kann. Ich fühle, wie ich immer wieder gegen ihre empfindlichste Stelle stoße.

So lange, bis ihre Augen sich erregt nach hinten rollen und sie die Lider schließt. Ihren Kopf lässt sie dabei gegen die Wand fallen. Abgehakt ringt sie nach Luft, bevor sie endgültig loslässt. Mit einem tiefen Stöhnen kommt sie. Ihre Pussy zieht sich eng um mich zusammen. Ich folge ihr sogleich. Mit einem dunklen Knurren ergieße ich mich in ihr. Dabei nehmen meine Lippen ihre in Beschlag. Unerbittlich und fordernd bewegen sie sich aufeinander, während wir uns dem Orgasmus voll und ganz hingeben.

Erschöpft legt sie ihren Kopf auf meiner Schulter ab. Überfordert mit der Situation stehen wir da. Nach Atem ringend und völlig planlos. Was nun? Gehen oder bleiben? Reden oder schweigen? Zum ersten Mal in meinem Leben, weiß ich nichts mit der Frau in meinen Armen anzufangen.

Alenia nimmt mir die Entscheidung ab, als sie sich vorsichtig von mir löst. Wortlos läuft sie auf zittrigen Beinen an mir vorbei. Dadurch hinterlässt sie eine plötzliche unbekannte Leere in mir. Ein komisches Gefühl, das ich einfach nicht zu deuten weiß. Sollte ich nicht eigentlich glücklich darüber sein, dass sie mir die Entscheidung abgenommen hat? Müsste ich nicht eine gewisse Dankbarkeit verspüren? Stattdessen wünsche ich mir nichts sehnlicher, als sie wieder an mich zu ziehen und ihren Mund mit meinen Lippen zu versiegeln.

Sie nimmt das Handtuch vom Boden und wickelt ihren schlanken Körper darin ein.

»Also ein Two-Night-Stand?«, hakt sie nach. Ihre Stimme klingt kratzig und verletzbar. Aus den eisblauen Augen blickt sie mich an. In ihnen erkenne ich einen tosenden Sturm, der auszubrechen droht.

»Nein.« Mit langsamen Schritten gehe ich auf sie zu. Ich streiche ihr eine verirrte, nasse Strähne hinters Ohr und gebe ihr einen Kuss auf den Mund.

»Nein?«, erwidert sie verwirrt. So, als hätte sie sich verhört.

Ich schüttle mit dem Kopf. »Nein. Zieh dich um und wir treffen uns dann vorm Eingang«, antworte ich ihr grinsend. Sie soll selbst entscheiden, ob sie in meine Welt gehören will. Mehr als ihr diese zu zeigen und sie dann entscheiden zu lassen, kann ich nicht. Meine einzige Sorge dabei: Wäre ich bereit, sie gehen zu lassen, wenn sie es wirklich möchte?

Alenias Lippen umspielt ein schüchternes Lächeln, das ich bei ihr noch nie zuvor gesehen habe. Es zaubert mir ebenfalls ein Grinsen ins Gesicht. Ich drücke ihr noch einen Kuss auf die Stirn und verlasse das Badezimmer, nachdem ich mir ein Handtuch geschnappt und es um meine Hüften gewickelt habe. Die Sportkleidung lasse ich achtlos liegen. Dark wird sie schon wegräumen und mir irgendwann wiedergeben.

Vollständig und wieder in Alltagskleidung angezogen, stehe ich mitten in der Nacht vor dem Studio und warte auf Alenia. Neben mir wartet Rico und raucht genüsslich seine Zigarette.

»Du weißt, dass deine Familie das nicht akzeptieren wird?«, ertönt nach einer Weile seine Stimme.

»Werden sie aber müssen«, antworte ich lediglich und greife nach meinem Handy, das in meiner Jackentasche zu vibrieren begonnen hat. Eine Nachricht von Ray.

»Wir müssen sofort los«, bringe ich wütend hervor.

»Was ist mit der Kleinen?«, hakt Rico nach.

»Ich schreibe ihr eine Nachricht. Sie wird es verstehen, wenn ich es ihr später genauer erkläre.« Damit ist jegliche Diskussion vom Tisch. Rico hält mir die Wagentür des SUVs auf und nimmt im Anschluss auf dem Fahrersitz Platz. Während er den Wagen auf die Straße lenkt, schreibe ich Alenia eine schnelle Nachricht, dass ich ihr später alles erklären werde. Jetzt muss ich mich erst mal um das Problem mit Huntress kümmern.

Raymond wartet bereits in meiner Villa auf mich. Völlig zugedröhnt und mit einer angeblichen Idee. Ersteres ist ein offensichtliches Problem, da er mit einer Waffe vor den anderen hantiert. Zweiteres wäre wünschenswert, vor allem dann, wenn ich eine längere Zukunft mit Alenia planen möchte. Jedoch in seinem aktuellen Zustand eher unwahrscheinlich. Sollte Huntress sich allerdings wegen mir an Alenia vergreifen, würde ich die Welt auseinandernehmen bis von nichts und niemandem mehr etwas übrig ist!

ELF

ALENIA

Im Schatten der Dunkelheit beobachte ich das wilde Durcheinander. Ich habe nicht das Gefühl, als wüssten die Kerle, was sie da eigentlich treiben. Sie sehen so unkoordiniert aus. Zu meiner Verwunderung entdecke ich weder einen Container noch die dazugehörigen Kinder, die heute weiterverkauft werden sollten. Ich zähle nur um die zwanzig vollbewaffnete Männer. Der maskierte Anführer steht gelangweilt angelehnt an dem Range Rover, den ich die Tage zuvor schon gesehen habe. Die anderen Männer laufen weiterhin planlos durch die Gegend. Nichts an diesem Treffen wirkt wie eine klassische Übergabe. Auch wenn mir durch den Vorfall mit Rica und der Sache im Studio weniger Zeit zum Planen blieb, kann ich mir nicht vorstellen, dass mir etwas so Wichtiges, wie das richtige Datum entgangen sein kann. Andererseits war meine Wut auf Lawrenzo dauerhaft präsent, sodass ich noch immer das Adrenalin durch meinen Körper fließen spüre. Und das nicht nur, wegen des Auftrags. Mich mit einer billigen Nachricht abzuspeisen, ist tausend Mal armseliger, als mir einfach ins Gesicht zu sagen, dass es eben doch nur Sex war. Für einen kurzen Moment wollte mein Herz offenbar glauben, dass er es vielleicht doch ernst meinen könnte. Ich hoffte so sehr, dass in seinen Worten ein Funke Wahrheit steckt, aber dem war leider nicht so.

Seufzend verdränge ich die Erinnerung an ihn und den Sex vor wenigen Tagen. Ich sehe auf die Uhr an meinem Handgelenk. Zwei Uhr nachts. Bereits vor einer Stunde hätte es losgehen sollen. Doch nichts passiert. Vorsichtig ziehe ich mich wieder in die Dunkelheit zurück. Auch wenn ich den Maskierten heute endgültig aus dem Verkehr ziehen wollte, scheitert mein Plan. Ihn jetzt anzugreifen, wäre reiner Selbstmord. *Verdammt!* Ich hasse es, wenn meine Pläne scheitern und ich nichts dagegen tun kann.

»Kein Mucks oder ich puste dir das Hirn weg«, ertönt eine dunkle, kräftige Stimme plötzlich hinter mir.

Erschrocken zucke ich unmerklich zusammen. Im nächsten Moment spüre ich etwas Hartes gegen meinen Hinterkopf drücken. Vermutlich der Lauf seiner Waffe.

»Also echt! Lad mich doch wenigstens erst mal auf ein Date ein, bevor du mir so nah kommst«, zische ich. Bevor der Typ weiß, wie ihm geschieht, habe ich mich bereits geduckt und ihm im nächsten Zug mit einem gezielten Tritt in die Kniekehlen die Beine weggerissen. Zügig erhebe ich mich wieder und trete ihm die Waffe aus der Hand. Danach richte ich den Lauf meiner Glock auf ihn und drücke ihm meinen Fuß fest gegen die Kehle, um ihm am Boden zu fixieren.

»Waffe weg.« E*rnsthaft?* Mit einer schnellen Drehung zur Seite schieße ich in die Richtung, aus der ich die Stimme kommen vermute.

»Miststück!«, brüllt der zweite Unbekannte schmerzerfüllt auf. *Treffer!*, freue ich mich für eine kurze Sekunde. Ich kann in der Dunkelheit nicht erkennen, wo ich ihn getroffen oder ob ich ihn ernsthaft verletzt habe. Aber eigentlich interessiert es mich gerade auch nicht wirklich.

Ich nehme meine Beine in die Hand und sprinte so schnell wie möglich den langen Kiesweg entlang, zurück zu meinem Motorrad. Schüsse hinter mir lassen mich jedes Mal zusammenzucken. Schutzsuchend sehe ich mich um. Weit und breit ist nichts, hinter dem ich mich verstecken könnte.

Ich renne einfach weiter in der Hoffnung, dass diese Bastarde genauso wenig erkennen können wie ich und dementsprechend nicht richtig zielen. Von Weitem erkenne ich schon die Laternen und den von ihnen beleuchteten Parkplatz. Ich beschleunige nochmals und krame bereits die Schlüssel meiner Kawasaki aus der Jacke. Kurz bevor ich an der Maschine angekommen bin, werden die Schüsse bereits eingestellt.

Erneut schrillen innerlich meine Alarmglocken. Die plötzliche Stille irritiert mich. Keine Stimmen, keine Schüsse. *Wieso geben sie auf einmal auf?*

Die Antwort darauf erhalte ich wenige Sekunden später. Ich spüre bereits den Ledersitz des Motorrads unter mir, als ein lautes, dunkles Lachen die Stille durchbricht.

»Netter Versuch«, grinst der Unbekannte. Mein Blick fällt hinter mich. Dort steht ein großer, muskulöser Mann mit intensiven grünen Augen und gezogener Waffe. Den Lauf direkt auf mich gerichtet.

Langsam werden diese Typen echt lästig.

»Versuch?«, frage ich. Dabei verziehen sich meine Lippen zu einem leichten Grinsen und ich hoffe, man merkt mir meine aufkommende Nervosität nicht an. Wie hoch ist die Chance, dass ich den Motor angelassen habe und weggefahren bin, bevor er den Abzug gedrückt hat und mich dabei trifft? Vermutlich gegen Null.

Meinen fieberhaften Überlegungen wird ein jähes Ende gesetzt, als ich etwas Hartes an meinem Hinterkopf spüren kann. »Fuck«, rufe ich frustriert aus. Ich muss den anderen Typen völlig übersehen haben! Seit wann bin ich so nachlässig?

Von der Seite greift der andere nach meiner Glock, zieht mich gewaltsam von meinem Motorrad und zwingt mich an den Schultern auf die Knie. Angestrengt suche ich nach einer schnellen Lösung für mein Problem.

»Letzte Worte, Schlampe?«, verhöhnt er mich. Ein Klicken verrät mir, dass er seine Waffe entsichert hat.

»Du wärst nicht mal einen Satz wert«, keife ich wütend. Mein letzter Gedanke gilt meinem Bruder Melvin. Ich hoffe, er weiß, dass ihn keine Schuld trifft und dass ich ihn über alles liebe.

»Halblang, Chico. Der Boss will sie sehen«, rettet mich der Typ mit den intensiven grünen Augen. Für einen kurzen Augenblick sehe ich zu ihm hoch. Seine Stimme kommt mir so seltsam bekannt vor. Kurz danach bereue ich es sofort wieder. Jetzt, da er direkt unter dem Schein einer Laterne steht, erkenne ich ihn sofort.

Verdammt, Ray! Was machst du hier!, schreie ich ihn gedanklich an. Am liebsten würde ich ihn jetzt am Kragen packen und fragen, was Sarina wohl davon halten würde, dass er mit Kinderhändlern zusammenarbeitet.

Sie würde ihn umbringen, wiederbeleben und erneut kaltmachen!

»Auf geht's!« Nun weiß ich auch, wer der andere ist. Offensichtlich habe ich jemand anderen erwischt, als ich eben vermutet hatte, ihn getroffen zu haben.

»Freut mich, dass meine Kugel dich nicht durchlöchert hat.« Selbstgefällig grinse ich ihn an.

»Das könnte dir so passen, was?« Er greift schmerzhaft in meinen Nacken und zieht mich daran wieder auf die Beine, nachdem er meine Hände hinter dem Rücken mit einer Art Seil befestigt hat. *Raymond nannte ihn doch Chico, oder?*

»Wäre jedenfalls amüsant gewesen, Chico«, quatsche ich einfach weiter, als würde er mich nicht gerade bedrohen und mein Leben am seidenen Faden hängen.

Empört schnauft er auf. »Gleich hast du nichts mehr zu lachen. Du wirst generell nie wieder irgendetwas machen können, Miststück. Aber ich freue mich darauf, wenigstens deine Visage vorher vollständig sehen zu dürfen und das Geheimnis um die tödliche Huntress gelüftet zu haben.«

»Wenigstens hast du dann mal etwas Hübsches gesehen. Dein Spiegelbild ist ja kaum zu ertragen. Gönn mir doch bitte die Gnade und halt dich so weit wie möglich aus meinem Sichtfeld«, zische ich. Sein Griff um meinen Nacken verstärkt sich dadurch nur noch mehr. Zudem drückt er seine Waffe schmerzhaft in meinen Rücken. *Arschloch!*

»Noch ein Wort und ich drück ab, Schlampe«, zischt er viel zu nah an meinem Ohr. Spucke landet dabei auf meiner Wange.

Angewidert verziehe ich das Gesicht. »Du musst ja

nicht gleich zum Lama werden.« Im nächsten Augenblick stoppt er abrupt und ich spüre eine Hand, die hart auf meine Wange trifft. Schockiert und zugleich stocksauer winde ich mich unter dem Griff dieses Bastards. »Offenbar hat dir wirklich niemand beigebracht, wie man vernünftig mit Frauen umgeht!« Ich habe mir schon Schlimmeres als eine simple Ohrfeige eingehandelt. Da muss er sich etwas Besseres einfallen lassen als das, um mich zum Schweigen zu bringen. Ein metallischer Geschmack breitet sich in meinem Mund aus. Etwas Feuchtes läuft an meinem Kinn entlang und tropft auf meinen Ausschnitt. Meine aufgesprungene Lippe pocht bestialisch. Und doch bin ich viel Schlimmeres gewohnt.

»Fängst du jetzt an zu heulen, oder was?« Er lacht dreckig auf, mit einem Blick auf das Blut in meinen Ausschnitt.

»Mach mich los und wir werden ja sehen, wer in einem fairen Kampf wirklich zu heulen beginnt«, fauche ich angepisst zurück. Grinsend ignoriert er meine Aufforderung und schleift mich weiter.

Wir laufen den Kiesweg entlang, bis zu dem kleinen Abschnitt des Hafengeländes, an dem eben noch die ganzen Männer planlos durch die Gegend gelaufen sind. Mittendrin steht der Maskierte mit einem abfälligen Grinsen im Gesicht.

Seine tiefblauen Augen starren mich geradewegs durch seine schwarze Maske hinweg an. Lässig in zerrissener Bluejeans und einem Hoodie steht er mir gegenüber. Von Nahem sieht er noch muskulöser, größer und einschüchternder aus. Seine Leute um uns herum starren uns an, als wären wir Zootiere, die kurz vor einem Kampf stehen. Als wären wir eine Attraktion. Der Typ hinter mir schubst mich in die Richtung des Maskierten. Fast wäre ich gestolpert, kann mich aber noch rechtzeitig abfangen. »Bastard!«, rufe ich wütend aus, während Chico lässig an mir vorbeigeht. Dieser streckt mir nur den Mittelfinger entgegen, bevor er meine Waffe an den Maskierten übergibt. Bei dem Anblick der vielen Männer frage ich mich, wie mein Plan so derartig schiefgehen konnte. Es war alles perfekt getimt. Perfekt geplant. Und doch sind nun mehr Waffen auf mich gerichtet, als in meinem gesamten Leben zusammen. Fast so, als wäre es eine Falle gewesen.

Sofort fällt es mir wie Schuppen von den Augen. Sie wussten, wo und wann ich hier sein würde. Einer aus dem Saviors Quartier muss mich verpfiffen haben.

»Nette Falle«, lobe ich den Maskierten sarkastisch.

»Danke«, erwidert dieser in einer rauen, finsteren Stimme. Gänsehaut überzieht meinen Körper.

Damn! Denk nach, Alenia! Ich versuche die Umgebung zu scannen. Irgendwie einen Ausweg aus dieser Situation zu finden. Doch seine Leute haben mich in ihrer Mitte eingekesselt und scheinen offensichtlich nicht gewillt zu sein, mir einen Ausweg zu bieten.

Starr sehe ich wieder zu dem maskierten Fremden. Nur wenige Schritte entfernen uns noch voneinander. Keiner von uns beiden rührt sich. Der Wind peitscht wild um uns und wirbelt immer wieder rosafarbige Strähnen in mein Gesicht. Nur die Maske über meinen Augen schützt mein Gesicht ein wenig vor der Kälte. Zum Glück ist meine Lederjacke durch die Sicherungen dicker als eine gewöhnliche, sodass ich nicht sofort friere.

»Wer hätte gedacht, dass so eine zierliche Person Huntress ist«, flötet seine gut gelaunte Stimme in meine

Richtung. Natürlich ist er bester Laune. Es kommt nicht oft vor – eigentlich ist es noch nie vorgekommen –, dass mich jemand in eine Falle locken konnte.

Der Lauf seiner Waffe ist geradewegs auf mich gerichtet.

Na gut, so lange er ebenfalls stirbt, hat mein Tod wenigstens einen Sinn, durchfährt mich der Gedanke. Nur ein gezielter Handgriff! Ich habe mich schon lange damit abgefunden, irgendwann bei einem Auftrag draufzugehen. Für mich ist es in Ordnung, für die gute Sache zu sterben. Nur für Melvin tut es mir leid. Er wird wissen, dass es nicht seine Schuld war, und doch bin ich mir sicher, dass er sich Vorwürfe machen wird. Schließlich hat sein Informant mich in die Falle gelockt. Mit Glück wird er dieses Detail niemals erfahren. Bevor ich mit meinen Gedanken noch weiter abdrifte, versuche ich mich wieder auf das Wesentliche zu konzentrieren.

»Drück ab und quatsch nicht so viel Scheiße daher«, fordere ich den Maskierten provokant heraus. Ich trete von einem Fuß auf den anderen. Was eine Ironie, dass er mit meiner Neun-Millimeter-Glock auf mich zielt, obwohl die Patronen für ihn bestimmt waren und nicht für mich. Scheint, als hätte dieser Typ Sinn für schwarzen Humor.

»Ich wusste ja schon, dass du einen gehörigen Knall haben musst und gleichzeitig leichtsinnig mutig bist. Aber glaubst du wirklich, ich werde dich hier mitten auf dem Hafengelände erledigen?«, hakt er lachend nach.

Am liebsten würde ich ihm seine Visage polieren und das lästige Grinsen aus seinem Gesicht wischen. »Und ich wusste, dass ein Kinderhändler wie du niemals die

Eier dazu haben wird, sich mit jemandem in seiner Größe anzulegen«, erwidere ich.

Er senkt die Glock und kommt ein paar Schritte näher auf mich zu. Die Kapuze seines Hoodies zieht er dabei tiefer ins Gesicht. »Was weiß ein kleines Mädchen wie du schon? Bist du deswegen hier?«

»Irgendjemand muss euch Kerlen ja mal zeigen, dass ihr nicht mit allem davonkommt. Ihr alle werdet in der Hölle schmoren und die Schreie der hilflosen Kinder werden euch bis in die Verdammnis folgen.« Wütend trete ich ebenfalls einen Schritt auf ihn zu. Sofort entsichern seine Männer ihre Waffen. Bereit, mir eine Kugel durch den Kopf zu schießen, wenn ich auch nur einen weiteren Schritt wage.

Der Maskierte hebt beschwichtigend die Hand und die Männer lassen ihre Waffen wieder sinken. Irritierte Blicke treffen uns.

»Da muss ich dich leider enttäuschen. Wir handeln nicht mit Kindern. Wenn du nur deshalb hier wärst, würde ich dich gehen lassen. Leider hast du zuvor schon den Fehler gemacht und Emanuel ...«, tief atmet er ein, bevor er weiterspricht, »nennen wir es mal einen Besuch abgestattet.« Wie er redet, seine Stimme. Wieso nur kommt er mir so bekannt vor? Gänsehaut überzieht meinen Körper. Allerdings nicht wegen der Kälte.

»Er hat es nicht anders verdient. Wenn ihr nicht mit Kindern handelt, wieso habe ich fünf Kinder aus seinem Keller befreien können?« Ich kann meine innere Wut kaum noch bändigen. Emanuel war einer von seinen Leuten. Er trägt also in meinen Augen genauso die Verantwortung für das Trauma der Kinder wie Emanuel selbst. »Fünf fucking unschuldige Kinder waren am Verhungern und am Verdursten!«, schreie ich ihm ins Gesicht. Auch wenn ich seine Gesichtsregungen durch die Maske nicht erkennen kann, bemerke ich den verwunderten Ausdruck in seinen Augen. »Wenn ihr nur eure ekelhaften Drogen verkaufen würdet, wärt ihr mir scheißegal. Aber keine unschuldigen Kinder! Ihr seid ekelhafte, respektlose Bastarde, die kein Ehrgefühl oder Mitleid besitzen. Du siehst doch nur das Geld, das du für sie bekommen hättest, aber nicht die zerstörten Leben!« Die gefährliche Situation, in der ich mich befinde, ist mir durchaus bewusst. Aber deswegen werde ich noch lange nicht heulend und winselnd vor ihm knien und um mein Leben betteln. Sie bringen mich doch sowieso um. Warum also sollte ich ihnen nicht vorher noch meine Meinung sagen?

»Und du denkst wirklich, dass ich dir diese Scheiße abkaufe?«, ertönt seine dunkle Stimme näher als noch zuvor.

Angespannt überlege ich noch immer, woher ich ihn kennen könnte. Dabei lasse ich ihn keine Sekunde aus den Augen. Das Kribbeln in meinem Bauch und die Gänsehaut auf meinem Körper ignoriere ich geflissentlich. Adrenalin pumpt durch meine Adern und ich spüre mein Herz viel zu kräftig gegen die Brust schlagen.

»Ist nicht mein Problem, ob du mir glaubst oder nicht. Wenn du wirklich nichts damit zu tun hast, solltest du deine Männer besser im Blick behalten, Lorentino.« Bei seinem Namen zuckt er kurz zusammen. Als könne er nicht glauben, dass ich weiß, dass er das Oberhaupt des Lorentino-Clans ist. Niemand kennt sein wahres Gesicht und Aufnahmen von ihm existieren nicht. Und die, die es kennen, halten dicht, als würde ihr Leben davon abhängen. Vermutlich tut es das auch. Er macht ein Riesengeheimnis aus seiner Person. Wieso, weiß keiner so genau. Niemand anders aus dem Lorentino-Clan macht ein Geheimnis aus seiner Identität. Nur das Oberhaupt. Vermutlich will er dadurch interessanter und unantastbarer wirken. Dadurch war das Rätsel um den maskierten Mann allerdings wesentlich leichter für mich zu knacken.

»Woher –«, beginnt er, bricht aber sofort wieder ab.

Ein kleines, triumphierendes Grinsen schleicht sich in mein Gesicht. »Du dachtest wirklich, ich wäre ein kleines Dummchen, oder?«

»Das habe ich nie behauptet. Aber –«, entgegnet er.

»Aber was? Hast du wirklich geglaubt, ich stürze mich jedes Mal ins Unbekannte?«, fahre ich ihm dazwischen.

Er schüttelt lediglich mit dem Kopf. »Elias, einpacken!«, ruft er plötzlich wie aus dem Nichts.

Nun verstehe ich gar nichts mehr. Ich habe das Gefühl, irgendetwas Wichtiges verpasst zu haben. Bevor ich zu Wort komme, spüre ich bereits einen dumpfen Schmerz auf meinem Hinterkopf.

Danach nur noch wohltuende Stille.

Die altbekannte Finsternis umhüllt mich. Beschützend und wärmend legt sie sich um mich und lässt mich all den Schmerz und das Leid dieser Welt für einen Moment vergessen.

So lange, bis ich mit dröhnenden Kopfschmerzen in einem schwach beleuchteten Raum erwache.

»Willkommen zurück.«

ZWÖLF

LAWRENZO

Regungslos liegt sie da. Auf dem kalten Boden meines Kellers, der nur dürftig beleuchtet ist. An der gleichen Stelle, an der Elias sie achtlos hingeschmissen hat. Würde ihr Körper sich nicht fast unmerklich heben und senken, würde ich denken, sie wäre tot. Keiner durfte sie anrühren, als wir sie in meine Villa gebracht haben. Ich will derjenige sein, der die berüchtigte Jägerin enttarnt. Niemand anders!

Meine Jungs müssen zudem auch nicht alles wissen. Sie wären die Ersten, die sich damit brüsten würden. Allein die Tatsache, dass sie es abgrundtief gefeiert haben, dass wir Huntress tatsächlich reinlegen und fangen konnten, beweist meine Vermutung. Dass es überhaupt so weit kommt, dass andere von der Gefangenschaft erfahren, versuche ich zu verhindern. Keiner der Jungs darf irgendetwas sagen. Ich will verstehen, wieso Huntress tut, was sie eben tut. Will verstehen, warum und wie so ein kleines Mädchen haufenweise Muskelprotze zur Strecke bringt. Außerdem will ich wissen, wieso ich dieses seltsame Gefühl in ihrer Gegenwart gespürt habe. Wieso sie mir so verflucht bekannt vorkommt und auch irgendwie wieder fremd.

Aber all das ist Nebensache, auch wenn diese Dinge mein Interesse geweckt haben. Mich interessiert an erster Stelle nur, woher sie die Informationen bekommt und wieso sie in dem Glauben ist, dass wir mit Kindern handeln. Man kann über uns sagen, was man will, aber so etwas Ekelhaftes würden wir niemals tun.

Drogen, Waffen, Medikamente. All das ist mein tägliches Geschäft, das ich übernehmen musste. Ich hatte keine Wahl. Bei Kindern hört jedoch der Spaß auf, das würde ich niemals dulden. Ich hoffe, dass ihre Aussage über Emanuel nicht stimmt. Es wäre ein Skandal, wenn meine Familie mich so derartig hintergangen und ich dies noch nicht einmal gemerkt hätte. Sollte also irgendetwas an Huntress Behauptungen dran sein, wäre meine Familie jetzt gewarnt. Alle anwesenden Männer haben bei dem Treffen mitbekommen, wie Huntress darüber sprach und explizit auf den Kinderhandel hingewiesen hat. Ein weiterer Punkt, weshalb ich nicht möchte, dass publik wird, dass wir sie haben. Der andere wäre, dass die Männer dann sofort ihren Tod wollen würden. Mir nützt ihr sofortiger Tod jedoch nichts.

Plötzlich regt Huntress sich und reißt mich aus meinen Gedanken. Ein leises, schmerzerfülltes Stöhnen verlässt ihre Lippen, bevor sie leicht ihren Kopf hebt.

»Willkommen zurück!« Ich setze mich auf den Stuhl, den Ray für mich bereitgestellt hat, nachdem ich die Tür hinter mir vorsorglich abgeschlossen habe.

Dass sie flüchtet, ist allerdings in ihrem Zustand relativ unwahrscheinlich. Dennoch sollte man nicht den Fehler machen, sie zu unterschätzen.

»Wo bin ich?«, wispert sie leise. Ich hole die Wasserflasche unter meinem Stuhl hervor und kicke sie zu ihr hinüber. Mittlerweile hat sie sich teilweise aufgerafft und schaut mir kniend entgegen. Ihre Hände habe ich bereits vorhin losgebunden.

»Du glaubst nicht wirklich, dass ich euer Giftzeug trinken werde!«, zischt sie mit kratziger Stimme.

»Dann lass es«, winke ich locker ab und beobachte sie weiter.

Mit der Hand tastet sie vorsichtig ihren Kopf ab. Ein leises Aufstöhnen ertönt, als sie anscheinend ihre verletzte Stelle gefunden hat. »Was ein mieses Sternehotel, wenn ihr nicht mal meine Wunde versorgen könnt, die im Übrigen ihr verursacht habt.« *Freches Biest!* Offensichtlich scheint ihr die Situation weitaus weniger auszumachen, als ich dachte. Ansonsten würde sie wimmernd und weinend am Boden liegen und mich nicht mit diesem frechen Blick und der großen Klappe belästigen.

»Fünf Sterne, ja? Wer glaubst du, bist du, dass du so einen Luxus verdient hättest?«, frage ich sie belustigt.

»Von fünf war nie die Rede.« Spöttisch zieht sie eine Augenbraue in die Höhe und sieht mir geradewegs ins Gesicht. Angst sieht definitiv anders aus. Leider muss ich eingestehen, dass ihre Art mir imponiert. Eine Frau, die sich definitiv nicht unterkriegen lässt. Warum erinnert mich alles an ihr nur so extrem an Alenia?

»Lass uns zur Sache kommen«, redet sie weiter, während sie sich zur gegenüberliegenden Wand schleift, um sich dort anzulehnen. Ihr Blick ruht weiter auf mir.

»Doch kein längerer Aufenthalt in meiner Residenz?«, hake ich ironisch nach.

»Nein, danke. Selbst Ratten würden sich hier unwohl

fühlen.« Sie lacht dabei bitter auf. »Aber glaub nicht, das liegt am Raum.« Huntress zieht ihre Beine nah an ihren Körper und stützt ihren Kopf auf den Beinen ab. Bei jedem anderen würde diese Geste ängstlich wirken. Als würde sie sich kleinmachen wollen. Bei ihr hingegen wirkt es gelangweilt. Als würde sie nur die Zeit absitzen und danach wieder nach Hause gehen.

»Lass uns reden«, lenke ich ein, ohne auf ihre vorherige Aussage einzugehen.

»Offensichtlich habe ich noch meine Maske auf. Wieso?«, beginnt sie mit ihrer ersten Frage.

»Süß, du denkst wirklich, dass du die Fragen stellst?« Dunkel lachend gehe ich einige Schritte auf sie zu. Ich komme ihr dabei bedrohlich nah. »Lass mich dir die Regeln erklären, Kleines.« Ich streife ihr eine lose Haarsträhne hinters Ohr.

Verärgert dreht sie den Kopf weg.

»Du redest, wenn ich es dir erlaube. Du wirst mir ehrlich antworten, denn ich durchschaue deine Lügen sofort. Außerdem, versuch gar nicht erst irgendetwas. Ich werde dir das Genick brechen, bevor du überhaupt deinen Plan zu Ende gedacht hast.« Spöttisch lacht sie auf. Meine Hand zuckt verdächtig in ihre Richtung. Doch ich kann mich noch rechtzeitig beherrschen und halte kurz vor ihrem Gesicht inne. Sie zuckt nicht einmal mit der Wimper. Als würde sie wissen, wie sich eine Ohrfeige anfühlt, und es würde ihr absolut nichts mehr ausmachen.

Wie krank bist du wirklich, kleine Huntress? Dass sie nicht normal sein kann, war mir bewusst. Mehr als bewusst. Aber so kalt und unnahbar? Damit hatte ich nicht gerechnet.

»Wenn ich keine Antworten bekomme, dann du auch

nicht.« Herausfordernd blickt sie mich aus ihren violetten Augen an. Nur allzu gern wüsste ich, welche Augenfarbe sich in Wirklichkeit hinter den Kontaktlinsen versteckt.

»Du pokerst ziemlich hoch, dafür, dass du nicht weißt, ob ich überhaupt irgendeine Antwort von dir brauche.«

»Wenn du diese nicht brauchen würdest, wäre ich schon längst tot. Außerdem trägst du noch deine Maske und die Kapuze sitzt so tief, dass ich dir noch nicht mal richtig in die Augen sehen kann. All das spricht für sich. Du brauchst Antworten von mir und willst nicht, dass ich dich richtig sehen kann. Könnte ja sein, dass ich irgendeine Gefühlsregung in deinem Gesicht erkennen kann«, schlussfolgert sie selbstsicher. Und verdammt – sie ist wirklich nicht auf den Kopf gefallen.

»Dann beantworte mir eine Frage und ich beantworte dir deine«, schlage ich ihr vor. Sofort muss ich erneut an Alenia denken. Das gleiche Spiel habe ich vor wenigen Tagen mit ihr ebenfalls gespielt. Ironischerweise ging es da auch um ein Menschenleben. Seit unserer letzten Begegnung hat sie sich allerdings nicht mehr zurückgemeldet.

»Na dann, ich höre.« Entspannt, obwohl ich eher glaube, dass sie noch Schmerzen haben muss, verschränkt Huntress ihre Beine zum Schneidersitz und lehnt ihren Kopf nun seitlich an der Wand an.

»Nimm die Kontaktlinsen heraus«, fordere ich sie auf. Wenn sie lügt, erkenne ich es in ihren Augen. Niemand kann mit den Augen lügen. Nicht einmal der beste Lügner der Welt.

»Nein«, lehnt sie ab.

»Doch, oder soll ich sie dir herausholen?« Ich hocke

mich neben sie und reiße ihren Kopf an den Haaren in meine Richtung.

Schmerzerfüllt zischt sie leise auf. »Bastard!«, beschimpft sie mich, gibt aber nicht nach. Stattdessen greift sie blitzschnell nach meinem Hals und drückt leicht zu. Sie sieht mir dabei tief in die Augen, die sie nun durch die Nähe erkennen müsste.

Mit dieser schnellen Reaktion hatte ich nicht gerechnet. Vor allem nicht, da sie dadurch noch mehr Schmerzen haben muss. Ich spüre, wie mein Griff durch die Drehung in meine Richtung fester geworden ist. Die Spannung auf ihrer Kopfhaut muss unerträglich sein. Allein durch die Wunde an ihrem Hinterkopf und das Ziehen an der Perücke.

»Du kannst mir keine Schmerzen zufügen, Lorentino. Nichts, was du tun kannst, würde annähernd reichen, um an das heranzukommen, was ich bereits durchgemacht habe. Deine Folter ist der reinste Kindergarten dagegen. Das schwöre ich dir«, haucht sie leise, aber klar. Der Nachdruck in ihrer Stimme sagt mir sofort – sie sagt die Wahrheit.

Abrupt lasse ich sie los. Was muss einem Menschen Schlimmes widerfahren sein, dass er jegliche Folter aushalten kann? Ich weiß, dass sie noch niemals gefasst worden ist. Also war es definitiv keiner aus dem Underground, der sie gequält hat. »Scheint, als hättest du bereits eine Menge mitgemacht. Bist du deswegen so hinter den Kinderhändlern her? Bist du selbst ein Opfer dieser Typen geworden und wurdest als schwaches, kleines Ding abgeschoben?« Gegen Ende wird meine Stimme härter. Ich darf sie nicht wissen lassen, was in meinem

Kopf vorgeht. Sie würde es nicht als Menschlichkeit, sondern als Schwäche ansehen.

»Geht dich nichts an.« Auch sie lässt mich nun los, als wüsste sie, dass es sowieso kein Entkommen gibt.

»Also ja«, schlussfolgere ich einfach. »Tut mir leid, dass dir so etwas widerfahren ist, aber wir haben weder etwas mit den Händlern zu tun, noch handeln wir selbst mit Kindern.«

Verbittert lacht sie auf. »Erzähl das den Kindern, die ich befreit habe.« Herausfordernd reckt sie ihr Kinn leicht hoch und sieht mich mit einem messerscharfen Blick an. Ihre Nähe wird mir erst dann richtig bewusst.

»Glaub, was du willst«, antworte ich lediglich und fasse nach ihrer Maske. Sofort schnellen ihre Hände zu meinen. Nur diese kleine Berührung reicht aus, um mir eine Gänsehaut über den Körper zu jagen.

»Wenn du sie mir abnimmst, gibt es kein Zurück mehr. Selbst wenn du unschuldig bist, was du definitiv nicht bist, müsste ich dich töten«, haucht sie leise. Fast schon so, als würde sie es bedauern, mich dann töten zu müssen.

Ein schmales Grinsen legt sich auf meine Lippen. »Das würde ich sehr gerne sehen, wie du versuchst, mich umzubringen.«

»Es wäre kein Versuch«, erwidert sie und lässt von meinen Händen ab. In jede ihrer Gesten und in jedem Wort von ihr liegt so viel Selbstsicherheit, dass ich mich selbst frage, ob sie es tatsächlich schaffen könnte, wenn sie es ernsthaft versucht. Keine Sekunde später spüre ich etwas kaltes Metallisches an meinem Hals.

»Es gibt dann kein Zurück mehr«, flüstert Huntress

erneut. An meinem Hals fühle ich ein leichtes Brennen, als sie das kühle Metallstück härter dagegen drückt. Eine warme Flüssigkeit bahnt sich ihren Weg über meinen Hals.

Woher zum Teufel hat sie das Messer?, rege ich mich innerlich auf. Mein Frust gehört weniger ihr, sondern eigentlich der Tatsache, dass meine Männer sie nicht kontrolliert haben. »Du würdest dieses Anwesen niemals lebend verlassen«, weise ich sie darauf hin, dass hier überall meine Männer rumlaufen.

»Das Risiko gehe ich ein.« Selbstsicher wie eh und je.

Gott! Diese Frau raubt mir gerade schon mehr Nerven, als jeder andere Mensch vor ihr. Und das bedeutet etwas bei dem Vater, den ich hatte. Vorsichtig, damit sie nicht doch noch auf dumme Ideen kommt, entferne ich meine Hände von ihrer Maske. Sie tut es mir gleich und nimmt das Messer von meiner Kehle.

»Dir ist aber schon bewusst, dass ich dir jederzeit die Maske inklusive Messer abnehmen könnte?«

»Ja, dann würdest du aber keine Antworten mehr erhalten. Diese sind dir aber gerade mehr wert, als der Drang, zu wissen, wer ich eigentlich bin.« *Volltreffer.* Sie liest in den Menschen wie in einem Buch, so wie sie es auch gerade bei mir tut.

»Warum du jahrelang davongekommen bist, erschließt sich mir jetzt. Du hast eine erstaunliche Auffassungsgabe, die dir ermöglicht zu wissen, wer dir wirklich gefährlich wird. Stimmt's?«

Huntress nickt lediglich. »Es ist kein Geheimnis, dass die meisten Menschen nicht tiefer graben. Dass niemand sich wirklich fragt, was der andere wohl gerade denkt oder was seine Absichten sind«, antwortet sie und lässt das Messer in ihren Schoß fallen. Bevor ich ihr antworten kann, klopft es an der Tür.

Im nächsten Moment ertönt das Klicken des Schlosses und die Tür wird geöffnet. Grinsend kommt Raymond in den Raum geschlendert.

»Na, ihr zwei Turteltäubchen«, begrüßt er uns und lässt sich auf den Stuhl neben der Tür fallen.

Genervt aufstöhnend erhebe ich mich und weiche ein Stück von Huntress zurück.

»Raymond«, begrüßt Huntress ihn. »Seltsam, dich hätte ich als Letztes in einem Clan erwartet.«

Verblüfft sehe ich sie an. Die beiden kennen sich? Scheint, als würde Raymond das Gleiche denken. Seinem Blick nach zu urteilen, ist er gerade genauso verwirrt wie ich.

»Was weißt du schon. Für wen hältst du dich überhaupt?«, antwortet er schnippisch. Huntress greift nach dem Messer in ihrem Schoß und erhebt sich. Reflexartig greife ich nach ihrer Hand.

»Keine Sorge, ich ersteche schon keinen«, grinst sie, lässt aber dabei das Messer wieder fallen.

Sofort schnappe ich es mir. Auch wenn sich mir die Frage nach dem *Wieso* stellt, versuche ich erst gar nicht, sie zu verstehen. Sie hat nun ihre letzte Waffe einfach so kampflos aufgegeben. Mit kleinen Schritten geht sie auf Ray zu. Nur daran erkennt man, wie erschöpft sie noch immer sein muss. Raymond erhebt sich und blickt ihr feindselig entgegen.

»Ich weiß eine Menge. Seit ich dich am Hafen gesehen habe, wollte ich dich schon fragen, was in deinem Kopf eigentlich schiefgegangen sein muss! Wie kannst du solche Menschen in dein Leben lassen? Wie kannst du Sarina nur so dermaßen enttäuschen?«, wirft sie ihm vor.

Moment! Woher weiß sie von Sarina?, schießt mir sofort der Gedanke durch den Kopf. Zudem frage ich mich, wieso sie so maßlos enttäuscht klingt.

Sie versucht nicht einmal, ihre Enttäuschung zu verbergen. Raymond hingegen ignoriert ihren Vorwurf geflissentlich. Stattdessen kommt er ihr entgegen, packt sie am Hals und drückt sie zurück gegen die Wand. »Woher kennst du Sarina?«, brüllt er sie wütend an.

»Ist das nicht ... egal«, röchelt sie nach Luft ringend. Er scheint ziemlich heftig zuzudrücken.

»Spuck es aus, Miststück, oder ich werde dich eigenhändig umbringen!« Seine Drohung scheint an ihr vorbeizugehen. Sie lässt die Hände sinken und wehrt sich nicht mal mehr gegen seinen Griff.

»Tu ... es!«, fordert sie ihn auf.

Raymond drückt noch für einen Moment zu, bevor er sie nach vorne zieht und mit Schwung wieder gegen die Mauer stößt. Dabei lässt er sie los. Mit Wucht knallt ihr Kopf gegen die Wand. Wenn ich es richtig erkannt habe, ist sie mit der Wunde als Erstes aufgekommen.

Scharf zieht sie die Luft ein, lässt sich jedoch sonst nichts anmerken.

»Ich wusste, dass du es nicht kannst. Du bist nicht so ein Mensch, Ray. Also, was machst du hier?«, ertönt ihre kratzige Stimme.

»Das geht dich einen Scheiß an. Ich kann dich vielleicht nicht töten, da ich nicht so abgefuckt bin wie du, aber dafür habe ich Leute, die es sofort machen würden. Mit Freude würden sie genießen, wie jegliches Leben aus deinem Körper weicht«, faucht Ray ihr angepisst entgegen.

Ich bin mir noch nicht ganz sicher, was ich von den beiden halten soll. Interessiert an ihrem Gespräch ziehe ich mich in den Hintergrund zurück und beobachte die beiden. Es könnte durchaus noch sehr interessant werden. Vor allem, da Ray sie tatsächlich das erste Mal wirklich aus der Fassung zu bringen scheint. Wobei es seltsamerweise aussieht, als würde es ihm ähnlich ergehen. Auch wenn ich noch keine Ahnung habe, wieso.

DREIZEHN

ALENIA

Mein Kopf dröhnt, als hätte jemand mit dem Hammer mehrfach fest dagegen geschlagen. Trotzdem versuche ich, mir nichts anmerken zu lassen. Ich muss einfach wissen, warum Ray hier ist. Was er mit diesen Bastarden zu tun hat. Innerlich kämpfe ich gegen den Schwindel und die Übelkeit an. ›*Bloß nicht schwach werden, Lia!*‹, ermahne ich mich selbst. »Du kannst mir so oft drohen, wie du willst. Es beeindruckt mich nicht mehr. Wenn du mir keine Antwort geben willst, dann hoffe ich für dich, dass du dir eine gute Antwort für Sarina überlegt hast«, antworte ich wie beiläufig. Ich meine jedes Wort ernst, aber ich weiß auch, wie ich Ray aus seiner Komfortzone locken kann. Je größer seine Wut, desto höher die Chance auf eine Antwort. Allerdings habe ich nicht mit dem nächsten Augenblick gerechnet. Wie ein Irrer stürmt Ray erneut auf mich zu. Schneller als ich reagieren kann, hat er die Maske von meinem Gesicht gezerrt. *Game over, Lia!*

»Was glaubst du, wer du bist?«, keift er mich erneut an. Mit Wucht knallt er meine Maske auf den Boden und tritt mehrfach darauf. »Wer bist du ohne deine Maske, die dir Schutz bietet? Du bist ein Nichts, Mädchen! Kapier endlich, dass dich Sarina nichts angeht und du nur irgendwelchen Gerüchten glauben ...« Abrupt hört er auf zu sprechen. Erst jetzt sieht er mir mitten ins Gesicht. Seine Augen werden größer, bevor er von mir zurück stolpert. Hysterisch beginnt er zu lachen. Sprachlos schaue ich von Ray zu dem Maskierten. Dieser schaut mich ebenfalls an, als hätte er einen Außerirdischen gesehen.

»Nimm die Kontaktlinsen raus«, fordert der Maskierte mich erneut auf.

Eigentlich dachte ich, wir hätten dieses Thema bereits gehabt. Unmerklich schüttle ich den Kopf. Mit großen Schritten kommt er auf mich zu und bleibt dicht vor mir stehen. Meine innere Stimme warnt mich, von ihm wegzugehen, doch mein Stolz schreit dagegen an. *Bleib stehen, Lia! Du bist nicht schwach und stellst dich diesem Bastard!* Tief atme ich ein. Gegen jede Erwartung zieht er sich plötzlich selbst die Maske ab. Ungläubig blicke ich den Mann vor mir an. Kopfschüttelnd senke ich den Blick. Nun bin ich diejenige, die erschrocken Abstand gewinnen will.

»Lawrenzo«, hauche ich überrumpelt. Nein, verdammt! Das darf einfach nicht wahr sein. Er kann kein Kinderhändler sein. Er darf keiner sein!

»Nimm diese verdammten Kontaktlinsen raus!«, knurrt er mich an und hält auffordernd seine Hand in meine Richtung.

Ich komme seiner Aufforderung nach. Es gibt keinen Grund mehr, mich zu verstecken. Er weiß, wer ich bin. Raymond hat sich währenddessen schockiert auf den

Stuhl gesetzt und kann seinen Blick nicht von uns abwenden.

»War das alles von dir geplant? Wusstest du schon vorher, wer ich bin, und hast nur versucht mich auszuspionieren, damit du freie Bahn hast, mich umzubringen?«, blafft er mich an.

»Das ist jetzt nicht dein Ernst? Du bist auf mich zugekommen und nicht andersherum. Außerdem bist du mit einer fucking Ausrede abgehauen und hast mich stehen lassen, statt mir einfach zu sagen, dass ich nur ein schneller Fick für dich gewesen bin!«, wehre ich seine Vorwürfe ab. Der spinnt doch!

»Beantworte mir nur eine Frage: Ist es die Wahrheit gewesen, dass du aus Emanuels Villa Kinder befreit hast?«

Ich nicke lediglich und ignoriere die Tatsache, dass er sofort das Thema gewechselt hat. Offenbar interessiert es ihn gar nicht, was da zwischen uns war, oder eben auch nicht war. Ich wusste, er ist ein Arschloch, und mehr als nur zwei Nächte bin ich ihm nicht wert gewesen. Seine billigen Ausreden haben ihn sofort verraten. Die Wahrheit hätte uns beiden einiges erspart! Gut, dass ich mich nicht direkt in ein Gefühlschaos gestürzt und auf mein Bauchgefühl gehört habe. Auch wenn das warme Kribbeln in meiner Magengegend durch diese Erkenntnis noch immer nicht verschwunden ist.

»Ich wusste, dass mir diese Stimme bekannt vorkommt, als ich dich am Hafen eingesammelt habe. Wie konnte ich dich nicht sofort erkennen? Wieso hast du dich nie gemeldet, Alenia?«, ertönt nun die leise Stimme von Ray. Er scheint noch immer nicht vollends begriffen zu haben, dass ich hinter Huntress stecke.

»Weil ich wusste, dass du mich hasst. Mir war klar, dass du mich nicht sehen willst«, erkläre ich ihm kleinlaut. Schuldgefühle plagen mich seit dem Tag, als es geschah.

»Ich hasse dich nicht. Anfangs schon, aber irgendwann habe ich es begriffen.« Ray streicht sich durch sein braunes Haar und blickt mich geradewegs an. »Du konntest nichts dafür. Ich habe lange gebraucht, um zu verstehen, wieso Sarina zu dir gefahren ist. Wieso sie meine Bitte, zu bleiben, ignoriert hat«, redet er weiter. Ich erkenne die pure Verzweiflung in seinem traurigen Blick.

»Ich konnte Melvin damals nicht erreichen und es tut mir so unendlich leid, dass ich Sarina angerufen habe.« Ich spüre, wie sich meine Augen mit Tränen füllen.

Dieser eine Augenblick hat plötzlich alles verändert. Ich sehe in Gedanken die Bilder von damals. Höre den Klang ihrer Stimme. So, als würde ich in diesem Moment alles noch mal erleben.

»Danke, dass du mich gerettet hast. Hättest du es nicht rechtzeitig geschafft, wäre ich jetzt wirklich am Arsch.« Dankbar knuffe ich sie in die Seite.

»Hey, ich fahre doch gerade und du weißt genau, wie kitzelig ich bin«, wirft sie lachend ein. »Immer wieder, Lia. Ich hätte es doch niemals zugelassen, dass dein Vater dich so lange draußen stehen lässt, bis die Sonne dich trifft.« Zum Schluss wird ihre Stimme trauriger. Der Gedanke, dass ich allein auf dem riesigen Feld vor der Villa meines Vaters stehe und nicht weiß, ob meine Krankheit nun endgültig ausbrechen wird, weil ich niemanden erreichen konnte, um mich von dort wegzuholen, bereitet ihr

jedes Mal Kummer. Es ist schließlich nicht das erste Mal, dass er mich einfach draußen stehen lässt. Um die Villa herum ist nur Feld. Bis zum nächsten Haus bräuchte ich zu Fuß mehrere Stunden und das hätte ich bis zum Sonnenaufgang niemals geschafft. Sie ist mit dem Auto immer sehr zügig bei mir. Ich bin mir sicher, dass sie bereits einige Strafzettel wegen mir bezahlen musste, weil sie viel zu schnell gefahren ist. Ich hasse mich dafür, dass ich sie in rasendem Tempo zu mir fahren lassen muss. Jedes Mal habe ich die Sorge, es könnte etwas passieren.

»Er ist ein widerliches Arschloch. Was anderes bin ich nicht gewohnt von ihm«, erwidere ich, nachdem ich den Gedanken an einen Unfall sofort wieder verdränge. Als ich klein war, wollte ich meinem Vater unbedingt gefallen. Ich habe wirklich alles getan, um ihm zu zeigen, dass ich es wert bin, geliebt zu werden. Nichts hat funktioniert. Er blieb das Arschloch, das er auch heute noch ist.

Nur einen Unterschied zu damals gibt es. Ich wusste nicht, dass er mich gekauft hat und ich, so wie alle anderen Kinder, gar nicht sein leibliches Kind bin. Ich habe mich immer gefragt, was aus meinen älteren Geschwistern geworden ist, selbst wenn sie in Wahrheit gar nicht meine leiblichen Geschwister sind. Plötzlich waren sie alle weg. Einer nach dem anderen, bis nur noch Melvin und ich übrig waren.

»Denkst du wieder über ihn nach?«, fragt Sarina vorsichtig nach. Ihrem wachsamen Blick entgeht auch gar nichts.

»Eigentlich ist er keinen einzigen Gedanken wert, aber ich kann es auch nicht abstellen. Ich würde ihm so gerne zeigen, dass es ein großer Fehler war, mit Kindern zu handeln. Uns zu kaufen und zu verkaufen, wann auch

immer es ihm passt.« Wütend starre ich auf die Straße. Wir fahren den Highway entlang in Richtung Los Angeles. Dort lebt Sarina mit ihrem Freund Raymond.

Seit Neustem steckt an Sarinas Finger ein wunderschöner Ring. Ich bin schon gespannt, wann endlich die Hochzeit sein wird. Ray und sie lieben sich abgöttisch. Auch dann, wenn sie sich gegenseitig am liebsten erwürgen würden.

»Ich habe mit Melvin gesprochen«, beginnt sie, stockt dann aber und verfällt in Schweigen. Fragend sehe ich von der Straße zu ihr. Nervös streicht sie sich durch das kupferfarbene lange Haar.

»Worüber?«

»Wir wollen deinen Vater hinter Gittern bringen. Du weißt, ich bin selbst damals fast von ihm gekauft worden. Wäre nicht rechtzeitig die Polizei gekommen, wäre es mir genauso ergangen wie euch.«

»Wenn die Polizei wirklich so hilfreich wäre, wäre mein Vater schon längst hinter Gittern«, spotte ich. »Sie haben ihn entkommen lassen. Absichtlich. Schließlich bezahlt er sie verdammt gut dafür.«

»Nicht alle Cops sind bestechlich«, erwidert Sarina und wirft mir einen kurzen Seitenblick zu.

»Wenn ihr ihm wirklich das Handwerk legen wollt, bin ich dabei, aber wir machen es auf unsere Weise. Scheiß auf die Cops«, bestehe ich auf einem anderen Plan.

»Ich glaube nicht, dass Melvin damit einverstanden ist. Eigentlich sollte ich dir gar nichts davon erzählen. Du weißt, ich verrate meinen besten Freund nur ungern an seine Schwester, aber du hast ein Recht, es zu erfahren. Belassen wir es dabei, Lia«, versucht sie das Gespräch zu beenden.

Mein Plan sieht allerdings anders aus.

»Du willst mir also sagen, dass er trotz der Misshandlungen, Folter, Vergewaltigungen und der physischen Gewalt an mir und all den anderen Kindern einfach so davon kommen soll? Die Cops werden nichts tun!«, beharre ich. Schnell streiche ich mir die aufkommenden Tränen mit dem Handrücken fort. Noch immer schmerzt es, wenn ich an den kleinen Raum im Keller denke. Das Zimmer, in dem all meine schlimmsten Erinnerungen wohnen.

»Nein, Lia. Du hältst dich da raus. Melvin und ich werden das schon regeln. Du bist einfach zu jung, um dich mit solchen Menschen anzulegen. Außerdem würde Melvin es sich niemals verzeihen, wenn dir etwas geschieht.« Sarina greift nach meiner Hand und drückt sie zart. »Ich werde ihm aber vorschlagen, dass wir es anders angehen, versprochen.«

Ich nicke. Vorerst gebe ich mich mit dem zufrieden, was sie mir verspricht. Ich weiß, wenn Sarina etwas verspricht, dann hält sie es auch. Noch nie hat sie mich enttäuscht. Mittlerweile kenne ich sie schon ein paar Jahre. Damals war Melvin kurz mit ihr zusammen, bis sich beide dazu entschieden haben, als Freunde besser zu funktionieren. Wie das Schicksal es so will, kam nach ein paar Monaten die Wahrheit ans Licht. Sarina wäre es fast so ergangen wie mir. Nur durch pures Glück konnte die Polizei sie damals aus einem Container befreien. Leider konnten sie angeblich nicht ermitteln, wem dieser Container gehörte. Wer's glaubt!

»Jetzt mach nicht so ein Gesicht, Lia. Schmollen steht dir nicht«, grinst Sarina.

Ich habe sie schon immer dafür bewundert, dass sie von jetzt auf gleich wieder strahlen kann. Von der Seite *blicke ich sie an. Auf ihren vollen Lippen liegt ein leichtes Lächeln. Die grünbraunen Augen, die von dichten Wimpern umrahmt werden, blicken konzentriert auf den Highway. Auf ihrer geraden Nase erkenne ich Sommersprossen, die sie gerne versucht zu überschminken. Ich hingegen finde, dass sie perfekt zu ihr passen, wobei ich meine eigenen ja auch nicht wirklich mag. In dem Punkt sind wir uns wohl genauso einig wie in vielen anderen auch. Einen so wundervollen, lieben Menschen wie sie habe ich zuvor noch nie kennengelernt.*

Ich erkenne, dass wir gerade vom Highway abfahren, als mir eines bewusst wird. »Ich habe dir nie richtig gedankt, Sarina«, seufze ich. »Du bist bedingungslos und immer für mich da. Für mich und Melvin.«

Sarina dreht ihr Gesicht in meine Richtung. Ihr Mund öffnet sich leicht, doch es kommt kein Ton heraus. Stattdessen macht sie riesige Augen, lässt das Lenkrad los und greift nach mir. Fast schon schmerzhaft drückt sie meinen Körper an ihren und zerrt mich mit dem Kopf voran in Richtung Tiefe.

Ein lauter Knall ertönt.

Ich höre Sarinas verzweifelte Schreie, bevor ich einen heftigen Schmerz spüre. Danach fühle und höre ich nichts mehr.

Die Dunkelheit zieht mich mit sich und lässt alles andere um mich herum verblassen.

Erst, als sich der Morgen, den ich wahrscheinlich niemals in meinem Leben vergessen werde, bis ins letzte Detail in meinem Kopf abgespielt hat, bemerke ich die starken Arme um mich. Wie mechanisch drücke ich Rays be-

benden Körper fester an meinen. »Es tut mir so leid«, schluchze ich. Erst dann wird mir bewusst, dass sich aus meinen Augen eine Träne nach der anderen ihren Weg hinab bahnt.

»Sie hat dich geliebt, Lia!«, antwortet er gedämpft. Ich spüre, wie auch er mit der Trauer kämpft.

»Ich hätte an dem Tag sterben müssen, Ray. Nicht sie!« Immer wieder werden die Worte durch mein Schluchzen unterbrochen. Der Gedanke an sie zerreißt mich innerlich. Der riesige Kloß in meinem Hals und die enorme Last auf meinem Herzen zwingen mich fast in die Knie. Sanft schiebt Ray mich von sich. Aus seinen warmen, stechend grünen Augen blickt er mich an. Ich erkenne keinerlei Wut oder Hass in ihnen. Nur Trauer.

»Selbst wenn sie gewusst hätte, dass ihr diesen Unfall haben werdet, wäre sie losgefahren. Sie hätte dich geholt und immer wieder beschützt. Es tut mir leid, dass ich dir am Anfang die Schuld gegeben habe.« Seine Entschuldigung treibt mir immer mehr Tränen in die Augen. Dankbar ziehe ich ihn wieder in meine Arme. Für einen Augenblick lässt der Druck auf meinem Herzen nach und ich atme erleichtert aus.

Er verzeiht mir!, wiederhole ich gedanklich immer wieder wie ein Mantra. Ein Räuspern erinnert mich daran, dass Lawrenzo noch immer hier ist und dass ich eigentlich noch immer die Gefangene der Lorentinos bin. Vorsichtig löse ich mich von Ray und stelle mich leicht vor ihn. Wenn Lawrenzo jetzt auf den dummen Gedanken kommt, Ray ebenfalls schaden zu wollen, weil er mich kennt, dann nur über meine Leiche! Mit meinen letzten Kräften werde ich ihn beschützen, auch wenn ich das Gefühl habe, mein Kopf zerspringe gleich vor

Schmerzen, und ich mich kaum noch auf den Beinen halten kann.

»Auch wenn ich brennend an einer Erklärung interessiert bin, bleibt uns dafür keine Zeit. Ray kann es mir später erzählen.« Lawrenzo kommt aus dem Schatten hervor und blickt mich aus seinen intensiven dunkelblauen Augen an. Nun schiebe ich mich vollständig vor Ray. Dieser scheint es gar nicht zu bemerken. Lawrenzo hingegen erkennt sofort, was ich vorhabe.

»Keine Sorge, Alenia. Ich werde ihm nicht den Hals umdrehen, nur weil er dich kennt. Seit deinem Besuch in meinem Bett kenne ich dich ja schließlich auch.« Ein leichtes Grinsen umspielt seine Lippen, bevor er mich wieder ernst anblickt. »Du musst mir aber sagen, was du weißt. Wenn du mir nicht glaubst, dann Ray. Er kann bezeugen, dass wir nichts mit dem Scheiß zu tun haben.«

Raymond legt sanft seinen Arm um meine Taille und zieht mich wieder zu sich. »Du kannst ihm glauben, Lia. Er hat wirklich keine Ahnung von diesem Mist. Außerdem erwarte ich noch eine Erklärung von dir, wie du es geschafft hast, so weit zu kommen.« Stolz spiegelt sich in seinem Ausdruck wider, der mich zum Lächeln bringt. »Und du, Law, hast mir gar nicht erzählt, dass du deine heimliche Bekanntschaft tatsächlich flachgelegt hast!«, wirft er seinem offensichtlich besten Freund vor.

Diese seltsame Situation überfordert mich zunehmend. Wieso hat Lawrenzo überhaupt von mir erzählt?

Die Anwesenheit der beiden und zudem meine Verletzung machen mir mehr zu schaffen, als ich es zugeben mag. Tapfer versuche ich mich bei Bewusstsein zu halten.

»Ich kann euch nicht sagen, woher ich meine Informationen bekomme, aber ich war auf dem Anwesen von

Emanuel. Diese Kinder waren wirklich dort und ich habe sie da rausgeholt. Wann genau er die Kinder bekommen hat und wann er sie weiterverkaufen wollte, weiß ich nicht. Fest steht nur, dass er meinen Brief erhalten hat und wusste, dass er noch eine Chance hat«, erwidere ich erschöpft. Mit langsamen Schritten laufe ich auf den Stuhl neben der Tür zu.

Es scheint, als wolle Lawrenzo mir sofort nachkommen. Doch ihm wird offensichtlich bewusst, dass ich nicht zur Tür, sondern zum Stuhl möchte. Lawrenzos nachdenklicher Blick trifft meinen. Für einen Moment empfinde ich Mitleid für ihn. Ich weiß, dass Emanuel zu seiner Familie gehörte. Das wiederum bedeutet, dass er Lawrenzo hintergangen haben muss.

»Ein Name ist noch in der Akte gewesen, mit dem ich nichts anfangen konnte«, murmle ich leise. Auch wenn ich seine Hilfe nicht nötig habe, ist es doch leichter, wenn ich Lawrenzo auf meine Seite ziehen kann. Miteinander werden wir meinem Ziel näher kommen. Schneller, als wenn wir weiterhin gegeneinander arbeiten würden. Wer weiß, wer von seiner Familie noch alles mit in diese Sache verstrickt ist.

»Welcher?«

»Zero. Keine Ahnung, ob das ein echter Name ist oder ein Spitzname. Vermutlich Zweiteres. Jedenfalls wurde er als ein Kontaktmann von Emanuel angegeben«, wispere ich immer leiser werdend. Meinen Kopf lehne ich an die Wand hinter dem Stuhl. Immer wieder fallen mir die Augen zu. Mühsam versuche ich sie offenzuhalten.

»Fuck, Law! Sie …« Rays Stimme dringt wie durch Watte an meine Ohren.

Die Müdigkeit gewinnt die Oberhand und ich schaffe es nicht mehr, meine Augen geöffnet zu halten. Stattdessen gebe ich dem Drang nach.

Plötzlich ist mir alles egal.

Ich begebe mich in die Hände der Finsternis, die mich mit wohltuender Stille empfängt und mich für den Moment einfach vergessen lässt.

VIERZEHN

LAWRENZO

»Fuck!«, rufe ich wütend aus. Rechtzeitig fange ich Alenia noch ab, bevor sie rechts vom Stuhl kippt und erneut hart auf den Boden aufkommt. Dieses Miststück! Wieso hat sie nichts gesagt? Musste sie wirklich unbedingt einen auf stark machen, statt uns auf ihren beschissenen Zustand aufmerksam zu machen?

»Sag mir, dass du ihr nicht irgendetwas in die Flasche getan hast!«, brüllt mich mein bester Freund an und zeigt auf die volle Flasche am Boden.

»Verdammt, nein! Was denkst du von mir? Sie wird vermutlich eine Gehirnerschütterung von dem Schlag auf ihren Kopf haben. Außerdem hast du sie doch mit voller Wucht gegen die Wand geknallt!«, werfe ich ihm vor. Ich wusste, ich hätte dazwischengehen müssen. Aber woher hätte ich wissen sollen, dass diese verdammte Möchtegern-Heldin Alenia ist?

»Wir müssen sie sofort zu einem Arzt bringen.«

Kurz lache ich bitter auf. »Es ist mitten am Tag. Wie willst du sie hier rausbekommen, ohne dass sie mit der

Sonne in Kontakt kommt?«, frage ich ihn. Uns muss etwas anderes einfallen.

»Du weißt davon?«, fragt Ray verblüfft nach.

»Ja, aber das sollten wir vielleicht alles ein anderes Mal klären, oder?« Ich werfe einen besorgten Blick auf die Frau in meinen Armen. Ihr Anblick schmerzt mich mehr, als ich es je zugeben würde.

Nach der gemeinsamen Nacht hatte ich sie abgeschrieben. Wollte sie niemals mehr bei mir haben und hatte damit abgeschlossen, sie nicht mehr wiederzusehen. Danach die Sache im Studio. Sie war fucking perfekt und ich konnte mir wirklich mehr vorstellen. Ich wollte es zumindest versuchen. Und jetzt liegt sie in meinen Armen und kämpft um ihr verdammtes Leben.

»Ruf Sylvian an. Er hat doch irgendwann mal irgendetwas mit Medizin gemacht«, befehle ich Ray, der sofort den Raum verlässt und meiner Aufforderung nachkommt. »Halt durch, principessa. Ich muss dir doch noch den Kopf waschen, was du dir bei alldem hier gedacht hast!«, flüstere ich ihr vorsichtig ins Ohr. An ihrem Hals überprüfe ich den Puls. Schwach, aber er ist wenigstens da. Erleichtert atme ich aus.

Mehr, als regelmäßig ihren Puls zu fühlen, kann ich nicht tun, bis Sylvian endlich durch die Tür kommt.

»Immer etwas Neues bei dir, Law. Dass du irgendwann eine Frau bewusstlos vögelst, war mir klar, aber so«, kommentiert Sylvian lachend.

»Halt's Maul und kümmere dich um sie!«, knurre ich ihn wütend an. Seine Späße sind gerade definitiv fehl am Platz.

»Ist ja gut. Raymond hat mir auf halbem Weg erklärt, was sie hat. Ich tippe auch auf eine Gehirnerschütterung. Dafür muss sie aber ins Krankenhaus. Mehr, als ihre Kopfwunde zu behandeln, kann ich auch nicht tun.« Vorsichtig nimmt er die Perücke ab. Das stellt sich als leichte Herausforderung dar, da diese mit speziellen Klammern gesondert befestigt wurde. Unter dieser erscheint eine heftige Platzwunde. Er sucht ihren Kopf nach weiteren Wunden ab, bevor er einen sterilen Druckverband darauf macht. Das Ganze fixiert er zusätzlich noch mal mit einem Verband, den er aus dem mitgebrachten Verbandskasten nimmt. »Ray, sag Rico Bescheid! Er soll den Jeep vorfahren und die Rücksitze umklappen.«

Raymond wirft noch einen besorgten Blick auf Alenia, bevor er sich auf den Weg macht.

»Wir müssen darauf achten, dass ihr Kopf so wenig wie möglich bewegt wird. Außerdem sollte sie in der stabilen Seitenlage liegen und kontrollier regelmäßig ihre Atmung. Notfalls musst du sie wiederbeleben, wenn sie nicht gleichmäßig atmet«, erklärt mir Sylvian.

Ich höre genau auf seine Anweisungen. Bei dem Wort ›Wiederbelebung‹ ziehe ich einmal scharf die Luft ein.

Den Gedanken, sie könnte hier sterben, habe ich bis gerade verdammt gut verdrängt.

»Sie wird uns hier aber jetzt nicht wegsterben, oder?«, hake ich nach. Dabei versuche ich meine Stimme so neutral wie möglich klingen zu lassen.

»Keine Ahnung, Law. Ich kann nicht in ihren Körper reingucken und schauen, ob sie innere Hirnblutungen oder Sonstiges hat«, erwidert er. »Aber sag mal, bist du verliebt in die Kleine?« Skeptisch blickt Sylvian mich an.

»Bist du bescheuert? Ich brauche noch jede Menge

Antworten von ihr! Es war nicht geplant, dass sie jetzt schon abkratzt«, wehre ich seine Behauptung ab.

Das ist es! Ich mache mir Sorgen um sie, weil ich noch nicht all meine Antworten bekommen habe und nicht wegen ihr selbst. Nickend stimme ich mir selbst zu. So muss es sein.

Im nächsten Augenblick kommt Raymond zurück ins Zimmer. Unter seinem Arm trägt er eine Bahre. Wo er diese so schnell her hat, will ich vermutlich gar nicht wissen.

»Hebt sie vorsichtig hier drauf.« Ray legt die Bahre neben ihr ab. Sylvian hält behutsam ihren Kopf, während Ray und ich sie darauf ablegen.

»Ich habe Rico angewiesen die Fenster vollständig abzudecken und den hinteren Bereich abzugrenzen, sodass auch von vorne kein Licht hereinscheinen dürfte«, erklärt Ray uns, während wir Alenia zur Tiefgarage befördern.

Kaum haben wir sie in den Wagen verfrachtet, erscheint plötzlich Zero hinter uns.

»Was macht ihr da?«, fragt er sofort neugierig nach.

»Nichts«, winke ich ab und versuche dabei, Alenia mit meinem Körper abzuschirmen.

»Ich habe gehört, ihr habt tatsächlich die berüchtigte Huntress gefangen genommen?«

Wütend balle ich meine Hand zur Faust. Welches Arschloch hat meine Anweisung mal wieder nicht verstanden?! Äußerlich versuche ich jedoch, mir nichts anmerken zu lassen. »Da hat dich wohl jemand verarscht, lieber Cousin.« Nachdem Ray die Kofferraumtür hinter mir geschlossen hat, gehe ich auf Zero zu. Meinen Arm lege ich um seine Schulter und drehe ihn dabei vom Auto weg in Richtung Eingang.

»Law, fährst du mit?«, ruft mir Ray hinterher.

»Nein, fahr du. Ich habe anderes zu tun.« Dass Zero gerade jetzt aufgetaucht ist, erleichtert mir die Entscheidung. Die ganze Zeit über habe ich innerlich mit mir gehadert, ob ich wirklich mit ins Krankenhaus fahren sollte.

Das erste Mal bin ich bei einer Frau im Zwiespalt. Einerseits will ich sie nicht in meiner Nähe haben und anderseits kann ich den Gedanken, dass sie vielleicht sterben könnte, nicht ertragen.

»Dann bis später.« An Rays Stimmlage erkenne ich sofort, dass er angepisst ist. Das interessiert mich jedoch gerade reichlich wenig. Ich kann Zero nicht allein mit den Männern lassen. Wenn doch jemand plaudert, wäre ich so was von am Arsch. Ich muss mir sowieso noch eine Ausrede einfallen lassen, wieso die Frau, die wir gefangen genommen haben, nicht Huntress ist.

»Wo fahren die beiden denn hin?«, hakt Zero neugierig nach.

»Ware kontrollieren«, antworte ich lediglich. An seinem Gesichtsausdruck erkenne ich jedoch, dass er mir kein Wort glaubt. Dennoch nickt er.

»Eigentlich wollte ich mir die berüchtigte Huntress ansehen, aber das hat sich wohl erledigt. Ich fahre zurück zu meinem Vater und berichte ihm die nicht vorhandenen Neuigkeiten.« Zero klopft mir kurz zum Abschied auf die Schulter, bevor er kehrtmacht und zurück zu seinem Auto geht.

So eine verdammte Scheiße! Mir muss dringend etwas einfallen, bevor sich George einmischt, weil Zero ihm irgendeine Scheiße erzählt hat.

Nachdenklich betrete ich meine Villa, in der mich sofort einige Augenpaare anblicken.

»Und, wer ist diese Hure?«, ertönt die belustigte Stimme von einem meiner Männer.

»Keine Ahnung, sie war es nicht. Wir haben die Falsche erwischt.«

»Das kann nicht sein, Boss. Sie hat es ja mehr oder weniger zugegeben, als Raymond und ich sie erwischt haben«, funkt Chico dazwischen. Ihm würde ich zutrauen, dass er Zero Bescheid gegeben hat. Er befolgt zwar meine Befehle, aber trotzdem weiß ich, dass er mir gegenüber nicht immer loyal ist. Daher würde ich ihn auch nie in den engeren Kreis aufnehmen. Auch wenn er es sich noch so sehr wünscht.

»Tja, dann hat sie wohl gelogen oder du sie mal wieder falsch verstanden. Wäre ja auch nicht das erste Mal, dass du nicht richtig zuhörst.« Ich widme mich meinem Handy, das in meiner Hosentasche zu vibrieren begonnen hat, ohne weiter auf Chico zu achten.

»Ja?«, nehme ich das Telefonat an und begebe mich in die erste Etage, in der mein Büro ist.

»Du kannst mich nicht verarschen. Wenn ich sie gefunden habe, wird diese Hure sterben und du wirst deine gerechte Strafe erhalten. Du bist kein Anführer, Lawrenzo! Warst du nie und wirst du nie sein«, knurrt mein Onkel in den Hörer. *Zero!*

»Du willst mir ernsthaft drohen?«, antworte ich bitter, bemüht, dabei mein Lachen zu verbergen.

»Ich drohe dir nicht, lieber Neffe. Ich sage dir lediglich die Wahrheit und egal, wie sehr du versuchst, dieses Miststück zu beschützen. Am Ende bekomme ich immer, was ich will.«

»Pass auf, wie du mit mir redest! Mach mit Huntress, was du willst. Es ist mir egal. Aber sollte ich merken, dass du irgendetwas planst, das der Familie schadet, wirst du es bitter bereuen«, knurre ich in den Hörer und lege anschließend auf. Das Gespräch hat mich jedoch auf eine Idee gebracht. Sagte Alenia nicht, dass Zero in den Kinderhandel verstrickt sei?

Sofort rufe ich meinen wichtigsten Kontakt in seinen Reihen an.

»Mal sehen, ob ihr nicht bereits einen Fehler gemacht habt!«, murmle ich zu mir selbst, während ich dem Freizeichen lausche.

FÜNFZEHN

ALENIA

Wimmernd liege ich zwischen den Männern. Meinen Körper spüre ich schon nicht mehr.

»Verdammt fickt diese Hure sich geil!«, stöhnt hinter mir einer von Dads Männern. Der andere lacht nur, bevor es ebenfalls in einem Stöhnen untergeht.

Ich hasse sie. Ich hasse ihn, dass er es zulässt.

»Komm schon, Baby, verwöhne meinen Schwanz mit deinem Mund.«

Ekel breitet sich allein bei dem Gedanken in mir aus. Ich drücke meinen Kopf fest ins Kissen, um ihnen irgendwie zu entkommen. Dass mir dabei die Luft zum Atmen fehlt, ist mir völlig egal. Sterben wäre nicht die schlimmere Option.

»Komm schon, Kleine.«

Ich spüre einen Griff in meinen Haaren, bevor ich schmerzerfüllt aufschreie. Mit Schwung reißt er meinen Kopf nach oben, sodass sich mein Hals qualvoll überstreckt. Träne für Träne bahnt sich ihren Weg hinab über mein Gesicht.

Der andere Mann hinter mir hilft ihm. Ich kenne

nicht mal seinen Namen. Seine Hände spüre ich an meinen Hüften. Gemeinsam zwingen sie mich in eine neue Position. Auf allen vieren vor ihnen kniend, fühle ich mich noch schutzloser. Noch gedemütigter.

Die Zeit, zu der ich mich noch mit Händen und Füßen gewehrt habe, ist schon lange vorbei. Sie würden mich sowieso früher oder später dazu bringen, das zu tun, was sie wollen. Nur ist der Weg dorthin um einiges schmerzfreier, wenn ich mich nicht zu penetrant gegen sie auflehne.

Manchmal glaube ich, dass sie mich mit voller Absicht zu irgendwelchen Dingen zwingen wollen, von denen sie wissen, dass ich es hassen werde. Sie wollen mich provozieren. Es geilt sie auf, wenn ich mich wehre, und spornt sie nur noch mehr an. Jedenfalls denke ich das.

Die Hand aus meinen Haaren verschwindet. Auch die von meinen Hüften. Stattdessen legt sich eine auf meinen Rücken und zwingt mich dazu, ein Hohlkreuz zu machen. Ein enormer Schmerz dringt durch meinen Körper, als einer der Männer von hinten in mich eindringt. Fest beiße ich mir auf die Lippe. Bloß nicht schreien, Lia! Sie werden es noch mehr genießen, wenn du ihnen deinen Schmerz zeigst.

»Ich werde deinem Vater berichten, wie willig du heute warst, du kleine, geile Schlampe«, haucht mir einer der Männer in mein Ohr. Angeekelt verziehe ich das Gesicht. Eine Gänsehaut aus purem Ekel überzieht meinen Körper.

»Sie steht voll darauf«, behauptet einer der beiden hinter mir lachend. Plötzlich betritt ein weiterer Mann das kleine Zimmer.

»George, was machst du denn hier?« Der Mann vor

mir lässt von mir ab, während der andere sich weiterhin gewaltsam in mich schiebt.

»Nettes Spielzeug«, ertönt die raue Stimme des Neuankömmlings. Er klingt, als würde er eine Zigarette nach der anderen rauchen.

»Wenn wir mit ihr fertig sind, kannst du sie gerne haben«, bietet das perverse Schwein meinen Körper einem Fremden an.

Genauer betrachtet sind sie eigentlich alle fremd für mich. Die Gesichter erkenne ich meistens, da ich sie manchmal mit meinem Vater zusammen sehe, aber ich kenne von keinem den Namen, noch weiß ich irgendetwas über sie.

»Mein Sohn soll sich endlich die Hörner abstoßen, nicht ich«, antwortet dieser George lachend. »Ich habe gehört, sie ist eine echte Schönheit und willig. Außerdem kostet sie nichts und mein Sohn soll sich austoben können. Die Edelnutten würden doch nur zu ihrem Chef rennen, wenn er ihnen mal eine knallt.«

Mein Blick schnellt zu ihm. Während mein Körper noch immer ruckartig vor- und zurückgestoßen wird und das Stöhnen hinter mir abartig lauter wird, riskiere ich einen Blick auf den Unbekannten.

Ein mittelgroßer, rundlicher Mann steht im Rahmen der Tür. Auf seiner Stirn erkenne ich den Glanz von Schweiß, während in seinen finsteren Augen die reine Gier zu erkennen ist.

Würgend wende ich meine Augen wieder dem Bett zu.

»Da wird sich dein Sohn aber freuen. Wir waren sowieso gerade fertig mit ihr.« Laut stöhnend ergießt er sich

in mir. Ich spüre, wie sein Saft an meinem Hintern hinab läuft und seinen Weg über meine Oberschenkel findet.

Wenn ich irgendetwas in meinem Magen hätte, wäre jetzt der Zeitpunkt gewesen, an dem ich es auskotzen würde. Wie, als wäre ich nur ein Stück Dreck, klatscht der Mann mir noch auf den Hintern und schupst mich dann an der Seite meiner Hüfte gegen die Lehne des Bettes. Ein kurzer Schmerz macht sich auf meinem Rücken breit. Dort, wo noch immer die Striemen des Gürtels meines Vaters heilen.

»Mach dich sauber, Alenia, und dann komm nach oben in diesem Kleid.« George tritt auf mich zu, greift nach meinem Kinn und zwingt mich, ihn anzusehen. »Und überschmink diese hässlichen blauen Flecken. Mein Sohn soll doch nicht glauben, du wärst ein defektes Spielzeug«, verhöhnt er mich. Vor dem Bett lässt er eine große Tragetasche fallen.

Mit einem lauten Knall schließt er die Tür hinter sich und ich bin zum ersten Mal seit Langem wieder allein.

Erschrocken öffne ich die Augen auf. Mein Herz schlägt mir bis zum Hals. Der Albtraum sitzt mir noch im Nacken. Grelles Licht blendet in meinen Augen und doch zwinge ich mich, dagegen anzublinzeln, bis ich die Umrisse der Lampen an der Decke erkenne. In meinen Ohren hallt der Knall der Kellertür noch immer nach. Desorientiert blicke ich mich in dem sterilen Zimmer um. Augenscheinlich bin ich im Krankenhaus. Aber wie bin ich hierhergekommen?

Mein Blick fällt auf Melvin, der schlafend in einem Sessel sitzt. Innerlich beruhige ich mich wieder leicht.

Wenn er hier ist, bedeutet es, dass ich nicht mehr beim Lorentino-Clan bin. Aber wieso haben sie mich in ein Krankenhaus gebracht? Eilig suche ich das Zimmer nach Fenstern ab. Zu meinem Glück kann ich keine sehen. Scheint, als hätte Melvin ihnen von meiner Krankheit berichtet. Oder war es Lawrenzo? Hat er wirklich daran gedacht?

Kopfschüttelnd muss ich über meinen eigenen Gedanken lachen. Niemals hat er das.

Erst jetzt bemerke ich den Schlauch in meiner Nase, den ich direkt herausziehe. An meinem Handgelenk befindet sich ein Zugang, der durch einen Schlauch mit einem Beutel voll mit irgendeiner Flüssigkeit verbunden ist. Auch diesen entferne ich mir, bevor ich versuche mich aufrecht hinzusetzen. Meine Glieder fühlen sich steif an, sodass mein Körper nur schwerfällig auf den Befehl hört, sich aufzusetzen.

»Alenia«, ertönt Melvins besorgte Stimme plötzlich. Offensichtlich habe ich ihn durch meine Bewegungen geweckt.

»Melv«, bringe ich kratzig heraus. Meine Kehle fühlt sich staubtrocken an, als hätte ich seit Jahren keinen Tropfen mehr getrunken. Wie aufs Stichwort reicht mir Melvin ein Glas Wasser, das er von dem Tisch neben seinem Sessel nimmt. Langsam trinke ich wenige Schlucke daraus.

»Was ist passiert?«, frage ich ihn. Melvin streicht sich durch das braune kurze Haar, bevor er sich einen Stuhl schnappt und diesen neben meinem Bett abstellt. Erst als er sich zu mir gesetzt hat, beginnt er mir von den vergangen Tagen zu erzählen.

Offensichtlich habe ich fast achtundvierzig Stunden

geschlafen. Raymond hat mich mit einem Typen namens Sylvian hergebracht. Seitdem hat Melvin allerdings nichts mehr von Ray gehört.

»Es tut mir leid, Lia. Ich hätte dich niemals alleine auf den Boss der Lorentinos losgehen lassen dürfen. Er ist ein Phantom und das wusste ich. War doch klar, dass er sich nicht so leicht fassen lässt«, wirft Melvin sich vor.

Beruhigend fasse ich nach seiner Hand. »Dich trifft keine Schuld. Außerdem ist doch noch mal alles gut gegangen.« Zumindest hoffe ich, dass alles wieder wie vorher wird.

»Doch, die habe ich! Es ist meine Schuld, dass du jetzt verschwinden musst, Lia. Sie werden dich jagen und töten, wenn du hierbleibst.« Seine Stimme wird zunehmend leiser. Traurig blickt er mich an.

»Nein, ich muss nicht gehen. Lawrenzo wird mich nicht jagen. Er will meine Hilfe«, antworte ich unsicher. Wollte er doch, oder? Das habe ich mir nicht eingebildet.

»Er vielleicht nicht, aber seine Familie. Glaubst du wirklich, er setzt sein Leben für deines aufs Spiel?«, seufzt er. »Du kennst dich doch in der Branche aus, Lia. Es ist egal, was er will. Es gibt Regeln und an die muss er sich halten. Wenn niemand von dir gewusst hätte, dann könnten wir noch abwarten. Aber viele seiner Männer waren da, als sie dich geschnappt haben. Dieser Lawrenzo wird aus der Nummer nicht mehr herauskommen.«

Ich nicke vorsichtig. Er hat ja recht. Innerlich weigere ich mich aber dagegen. Ich will nicht gehen. Ich will Melvin nicht allein zurücklassen und meine Nichte oder meinen Neffen vielleicht erst in zehn Jahren kennenlernen. Wenn überhaupt. »Woher weißt du das alles eigentlich?«, hake ich nachdenklich nach. Ob Ray ihm all die kleinen Details von dieser Nacht und dem anschließenden Verhör erzählt hat?

»Es war seltsam, Raymond nach all der Zeit wiederzusehen. Sein Schmerz durch den Verlust von Sarina ist immer noch deutlich spürbar. Aber trotzdem hat er sich gefreut, uns zu begegnen. Die Sorge um dich habe ich ihm deutlich angemerkt. Eigentlich hatte ich mit Vorwürfen oder Ähnlichem gerechnet, doch da kam nichts. Stattdessen hat er mir alles erzählt, was da im Keller passiert ist. Dich muss es wohl ganz schön erwischt haben. Zum Glück keine Gehirnerschütterung. Dein Körper brauchte einfach mal eine gute Portion Ruhe von dem ganzen Stress«, bringt er mich auf den neusten Stand. »Dir wird es schnell wieder gut gehen.« Leicht lächelt er mich an. Mit seiner Hand greift er nach meiner und drückt sie aufmunternd.

»Du weißt doch, was mich nicht umbringt, macht mich stärker«, grinse ich ihn an.

Er verdreht nur die Augen bei meinem lahmen Spruch. »Es ändert aber nichts daran, dass wir dich erst einmal aus der Schusslinie bringen müssen. Mir ist egal, was dieser Lawrenzo von dir will oder eben auch nicht. Wichtig ist erst mal, dass du hier rauskommst.« Ich will ihm schon widersprechen, als die Tür des Zimmers zaghaft geöffnet wird. Ein verschlafen schauender Ray blickt durch den schmalen Spalt zwischen Tür und Zimmer. »Alenia!«, ruft er freudig aus, als er sieht, dass ich wach bin.

»Raymond!«, erwidere ich ebenso freudig.

Er kommt auf mich zugestürmt und zieht mich in

eine feste Umarmung. Kurz zuckt dabei ein leichter Schmerz durch meinen Körper.

»Sachte, Ray«, ermahnt ihn mein Bruder.

Er quittiert das Ganze mit einem kurzen Lächeln. »Wie geht's dir? Was macht dein Kopf?«, fragt Ray auch sofort drauf los.

»Alles prima. Ich bin bereit dieses sterile, langweilige Zimmer wieder zu verlassen.«

»Du bist gerade erst wach geworden, Lia«, meckert Melv, der lediglich mit dem Kopf schüttelt.

»Ich weiß«, murmle ich. »Aber –«

»Gott, kein Aber, Lia. Du bleibst mindestens noch bis morgen Abend hier. Der Arzt muss dich noch untersuchen und erst, wenn er dir sagt, dass du gehen darfst, kannst du gehen«, funkt Melvin mir dazwischen.

»Ihr habt euch wirklich nicht verändert«, schlussfolgert Ray lachend. Fragend blicken Melvin und ich ihn an.

»Was meinst du?«, hake ich nach. Ich bin allerdings noch nicht sicher, ob ich die Antwort wirklich wissen möchte.

»Melvin spielt den Erwachsenen und sorgt sich um dich, während du wieder die tapfere Heldin sein willst. Am Ende missachtest du doch sowieso Melvins Wunsch, dass du dich schonen sollst, und haust von hier ab. Zum Schluss sieht Melvin ein, dass er keine Chance gegen dich hat, und knickt ein. Er wird dir helfen, aus diesem Kasten unbeschadet herauszukommen, nur damit er einerseits Ruhe hat und du ihm auf der anderen Seite nicht wieder abhaust«, erklärt er uns lachend.

Zu meiner Schande muss ich ihm recht geben. Es war schon immer so, dass Melvin sich ein kleines bisschen zu sehr sorgt und ich mir über vieles zu wenig Gedanken mache. Ich blicke reuevoll zu meinem großen Bruder. »Wir bleiben unserem Ritual aber treu, oder?«, hake ich bei ihm nach. Nervös beiße ich mir auf die Unterlippe.

»Natürlich«, seufzt er und steht dabei auf. Er holt die kleine Reisetasche unter meinem Bett hervor.

»Du hast ja gar nicht ausgepackt«, werfe ich ihm grinsend vor.

Melvin winkt mit einer Hand ab und reagiert nicht weiter auf mich. Stattdessen legt er vereinzelte Kleidungsstücke auf mein Bett, die ich offensichtlich anziehen soll.

»Siehst du, ihr habt euch nicht verändert. Selbst Melvin weiß, dass er gegen dich keine Chance hat.«

»Was ist mir dir?«, frage ich ihn nach einer kurzen Stille, in der nur Melvins Gekrame zu hören war.

»Was soll mit mir sein?«

»Was machst du beim Lorentino-Clan?«, spreche ich meine Frage erneut aus.

»Law ist mein bester Freund, Lia. Er hat sich nie ausgesucht, die Lorentinos anzuführen, aber er kann es auch nicht ändern«, seufzt Raymond. Offensichtlich tut ihm sein bester Freund wirklich leid. Ich kann mir vorstellen, dass so ein Leben nicht leicht ist. Aber es ändert nichts daran, dass seine Familie anderen Schlimmes antut.

»Was macht Lawrenzo jetzt wegen seiner Familie?«

»Erst mal nichts.«

Fragend sehe ich zu ihm. Hitze der Wut steigt in mir auf. »Wie meinst du das? Er lässt seine Familie einfach weitermachen?«, presse ich die Worte möglichst freundlich hervor. Ray kann nichts dafür, dass ich bei solchen Themen sehr sensibel reagiere. Familie hin oder her. Sie haben nicht das Recht, einfach so weitermachen zu dürfen.

»Er braucht echte Beweise, Lia. Ohne die kann er nichts ausrichten. Es ist nicht wie bei den Saviors oder anderen Banden. Du baust Scheiße und der Chef setzt dich vor die Tür. Hier geht es um Familien, die füreinander über Leichen gehen würden. Lawrenzo kann seinen Cousin nicht einfach beschuldigen«, erklärt er mir. Seine Erklärungen bedeuten mir allerdings nichts. Ich weiß aus eigener Erfahrung, dass Zero und sein Vater schlechte Menschen sind. »Bin ich nicht Beweis genug?«, murmle ich. Ich spüre, wie mich beide besorgt mustern.

»Was meinst du damit?«, traut sich Melvin als Erster zu fragen.

»Ich hatte diesen Traum«, beginne ich leise zu erzählen. »Es war aber kein richtiger Traum, sondern eine Erinnerung von früher. Zero sollte zu mir kommen. Sein Vater George kam in den Keller und forderte die Männer auf, die gerade …« Ich bekomme die Worte nicht über meine Lippen. Sie wollen einfach nicht aus mir herauskommen. Melvin reagiert sofort und drückt mich an sich. Stumm fließt eine Träne meine Wange hinab.

»Er hat dich aber nicht …« Auch Ray kann es nicht aussprechen.

Ich schüttle lediglich mit dem Kopf. »Nicht an diesem Tag, da hat er mir nur seinen Sohn geschickt. Wochen später hat er mich dann besucht.« Hörbar atme ich ein und wieder aus. Innerlich versuche ich meine Nerven und Gefühle zu beruhigen. Sie drohen meine hochertbauten Mauern einzureißen, und das kann ich nicht zulassen. Sie sind es nicht wert, dass ich mich wieder so fühle wie damals.

»Ich kann verstehen, dass es dir schwerfällt, darüber zu sprechen, aber du musst es Lawrenzo sagen. Wenn er dich als lebenden Beweis vorzeigen kann, wird es auf jeden Fall eine Art Familiengericht geben, an dem alle teilnehmen und entscheiden, was aus den beiden wird.«

Bitter lache ich auf. »Natürlich werden sie mir glauben, Ray. Mach dich nicht lächerlich.«

»Sie müssen dich zumindest anhören«, beharrt er.

Ich schüttle nur den Kopf. Keine Chance, dass ich mich dem aussetze. »Warum sollte ich mir das antun? Ich kann es auch einfach selbst in die Hand nehmen. Dann wäre uns allen geholfen«, erwidere ich ernst.

»Dann gibst du Lawrenzo aber keine andere Wahl mehr, als Huntress zu jagen, bis sie tot ist«, schlussfolgert er.

»Er wird mich nicht noch mal bekommen.«

»Stimmt, du ihn aber auch nicht. Dabei bin ich mir sicher, dass ihr beide euch perfekt ergänzen würdet. Du kennst keine moralischen Grenzen, Lia. Du bist tapfer und stark. Also die perfekte Frau an der Seite eines Anführers.«

Für einen kurzen Augenblick stelle ich mir eine gemeinsame Zukunft mit Lawrenzo vor. Wir lieben, streiten und lachen zusammen. Er würde mich unterstützen in dem Kampf gegen die Händler und ich würde ihn bei seiner Wahl der Kunden helfen können. Auch wenn Drogen und Waffen nicht unbedingt etwas sein sollte, womit man handelt, ist es moralisch vertretbarer als mit Kindern oder generell mit Menschen. Es würde mich jedenfalls nicht so sehr stören. Er ist für andere ein Phantom, genauso wie ich eines bin. Wir würden also beide in zwei Welten leben. Allerdings gemeinsam und nicht getrennt und aufeinander losgehend. Erschrocken schüttle ich den Kopf.

»Das glaubst aber nur du. Wir würden uns früher oder später den Hals umdrehen«, verwerfe ich sofort Rays Zukunftspläne für Lawrenzo und mich.

Grinsend zuckt er mit den Schultern und wirft Melvin einen vielsagenden Blick zu.

»Raymond«, knurre ich leise. »Schlag dir diese Gedanken aus dem Kopf. Ich regle meine Angelegenheiten selbst.«

»Du wirst sowieso erst einmal für eine längere Zeit untertauchen müssen«, wirft Melvin ein.

»Nein.«

»Und ob, Lia.«

»Nein, werde ich nicht, Melv«, beharre ich. Es ist süß, wie er sich um mich sorgt, aber vollkommen unnötig.

»Ok, dann wirst du eben doch mit diesem Typen zusammenarbeiten«, entscheidet Melvin. Als wäre das Thema für ihn abgehakt, greift er wieder zu der Tasche und wirft sie sich über die Schulter. »Anziehen und dann fahren wir zu diesem Typen. Ray, wo müssen wir hin?«

Ich gebe einen protestierenden Laut von mir. Melvin ignoriert ihn allerdings vollkommen.

»Er ist gerade in einem Hotel. Seine Villa wurde gestern niedergebrannt«, erzählt Ray.

»Und das erzählst du erst jetzt?«, werfe ich ihm vor.

»Du hast ja nicht gefragt.«

»Was ist passiert?« Wenn Lawrenzo etwas zugestoßen wäre, hätte Ray längst etwas gesagt. Zumindest glaube ich das. Aber wieso sollte jemand seine Villa niederbrennen. Mein Blick schnellt zu Melvin.

»Das war aber nicht deine Rache, oder?«, frage ich ihn.

»Dein Ernst? Meine Rache hätte viel mehr Stil gehabt«, gibt Melvin angepisst zurück. Leider muss ich mir eingestehen, dass er recht hat. Wenn er sich wegen mir rächen würde, wäre definitiv mehr in Flammen aufgegangen als nur eine einfache Villa.

»Wir vermuten, dass es Zero war. An dem Tag, als wir dich ins Krankenhaus gebracht haben, hat Lawrenzo ihn in der Tiefgarage abgefangen. Er hätte dich fast gesehen. Allerdings wussten wir bis dato noch nicht, was er überhaupt da zu suchen hatte. Wir waren so mit dir beschäftigt, dass wir überhaupt nicht weiter über Zero nachgedacht haben«, erzählt er weiter.

»Warum sollte er das tun?«, frage ich nach.

»Er hat erfahren, dass wir dich haben. Vermutlich wollte er zwei Fliegen mit einer Klappe loswerden. Am Ende hätte niemand Fragen gestellt. Schließlich weiß jeder, dass du niemals allein arbeiten kannst. Irgendjemand würde dich wohl früher oder später rächen.« Mit hochgezogener Augenbraue blickt er Melvin an. Dieser winkt nur ab.

Ein kleines Grinsen stiehlt sich in mein Gesicht. »Ich würde dich auch rächen, Melv.«

Er rollt kurz mit den Augen und zwinkert mir danach zu. Wir sind wie Katz und Maus aber am Ende, wenn es wirklich drauf ankommt, eben doch wie Pech und Schwefel.

Raymond wirft einen Blick auf seine Uhr. Kurz darauf erhebt er sich und drückt sanft meine Schulter. »Wir sehen uns schon bald wieder, Lia. Denk bitte daran, dass Lawrenzo deine Hilfe wirklich gut gebrauchen kann.

Auch wenn er es niemals zugeben würde«, bittet er mich. Sein Mundwinkel verzieht sich zu einem aufmunternden Lächeln. Da ich nicht weiß, was ich darauf antworten soll, lächle ich ihn lediglich an und drücke kurz seine Hand. Ray verabschiedet sich noch von Melvin, bevor er mein Zimmer verlässt.

»Ganz ehrlich, Lia, ich glaube nicht, dass es eine gute Idee wäre, diesem Lawrenzo zu helfen. Seine Familie muss dir nicht glauben, und ich will nicht, dass du von ihm verletzt wirst, nur weil seine Familie dich ins Lächerliche zieht«, beginnt er, mir ehrlich seine Sorgen mitzuteilen. Offenbar wollte er das vor Ray nicht sagen oder er hat es sich doch wieder bei genauerem Nachdenken anders überlegt.

»Keine Sorge. Ich habe nicht vor, mich ihnen zu öffnen und von früher zu erzählen. Außerdem weiß Lawrenzo nichts davon, und ich habe keine Ahnung, ob er mir überhaupt glauben würde.«

»Das wiederum wäre ja leicht herauszufinden«, murmelt Melvin leise vor sich hin.

»Nicht dein Ernst.«

»Ich sage ja nicht, dass du dich seiner Familie stellen sollst, aber du könntest ihm davon erzählen. Wenn er deine Geschichte erst mal kennt, wird er bestimmt energischer nach Beweisen suchen.«

»Nein.« Ich ziehe die Decke zur Seite und krieche vorsichtig aus dem Bett. Auf wackligen Beinen schlüpfe ich in meine frische Kleidung. Dabei sieht mich Melvin mit einem nachdenklichen Blick an.

»Ich wusste nicht, wer dir diese Narben zugefügt hat. Jetzt frage ich mich, ob sie von ihm stammen.« Seine Stimme klingt traurig und wütend zugleich.

Ich nicke als Antwort. Es ist wahr. Die Narben entlang meiner Wirbelsäule sind die Überreste der Vergangenheit mit George und Zero. Die Striemen der Schläge von Zero waren so tief, dass sie diese feinen Narben zur Folge hatten. Sie sind nie vollständig verheilt. Er hat mich mitunter am härtesten geschlagen und mir diese verpasst. Sie spiegeln einen Teil meiner Seele wider.

Verheilt, aber nie wieder vollständig gesund.

»Es ist vorbei, Melvin«, beende ich das Thema. Zu sehr erinnert es mich an die Vergangenheit, als dass ich weiter darüber nachdenken möchte.

SECHZEHN

X

ZUR GLEICHEN ZEIT

»Was heißt das, sie ist weg?« Die Schreie hallen im gesamten Appartement wider.

»Sie ist abgehauen. Vermutlich zu Lawrenzo«, erwidere ich angepisst.

»Warum sollte sie bei ihm sein?« Der alte Mann neben mir fährt sich fahrig durch das grau melierte Haar. Auf seiner Stirn glänzt bereits der Schweiß. Er ist nervös und brodelt innerlich vor Wut. Genauso wie ich auch.

»Weil er sie schützt. Wieso glaubst du mir nicht, Vater?«, frustriert schlage ich hart auf die Küchentheke.

»Beruhig dich, Junge. Was hast du geplant?« Versöhnlich klopft er mir auf die Schulter. Ich hasse es, wenn er das tut. Als wäre ich ein Hund, den man brav tätscheln muss!

»Ich werde sie aufsuchen, finden und dann töten«, knurre ich. Pure Entschlossenheit rauscht durch meinen Körper, gemischt mit Adrenalin.

»Wie sicher bist du, dass die Tochter des größten Kinderhändlers in Los Angeles wirklich diese Huntress ist?«, erkundigt er sich.

»Hundertprozentig. Auch wenn sie bewusstlos war, habe ich diese kleine Schlampe sofort erkannt.« Auf der Küchentheke steht ein großes Glas mit einer braunen Flüssigkeit. Ich schnappe es mir und leere es in einem Zug. Augenblicklich breitet sich ein bitterer Geschmack durch den Cognac in meinem Mund aus. In der Kehle hinterlässt er ein scharfes Brennen.

»Gut, dann lass mich wissen, wenn du es erledigt hast. Denk nur daran, dass Zero ebenfalls mitspielt. Um deinetwillen hoffe ich, dass du schneller bist als er!«

Ich ignoriere seine Worte. Mein Vater dreht sich um und verlässt humpelnd das Appartement. Stille kehrt ein. Endlich bin ich allein. Allein mit meinen Racheplänen und mit dem Gedanken, dass ich niemals versagen darf. Versagen gibt es bei den Lorentinos nicht und wenn ich wirklich den Platz von Lawrenzo einnehmen will, dann nur wenn ich meinem Vater zeige, dass ich es draufhabe.

Dass ich keine Schande für die Familie bin so wie Zero und ich um jeden Preis die Geschäfte weiterführen kann.

Egal wie hoch dieser Preis auch sein mag, selbst wenn es ein Menschenleben ist.

SIEBZEHN

ALENIA

Zügig verlassen wir das Krankenhaus. Nun, da die Sonne untergegangen ist, kann ich endlich nach Hause. Die Ärzte wollten zwar nicht, dass ich gehe, aber gegen Anweisungen hatte ich schon immer eine Allergie.

»Ok, wir fahren jetzt in dein Appartement, packen alles zusammen und dann geht es Richtung Ausland. Schweden soll sehr schön sein. Oder möchtest du lieber in die Karibik?«, fragt Melvin und hält mir dabei die Tür seines Wagens auf.

»Ich weiß nicht genau«, erwidere ich nachdenklich. Meine Gedanken kreisen weiter um Lawrenzo. Auch wenn ich es mir vorhin selbst verboten habe, weiter darüber nachzudenken.

»Lass uns doch einfach an einem Globus drehen und irgendwann stoppen. Da, wo der Finger hängen bleibt, dahin geht die Reise«, schlägt Melv vor, nachdem er auf dem Fahrersitz Platz genommen hat. Er startet den Motor und fädelt sich in den ruhigen Verkehr ein. Nur vereinzelte Autos sind um diese Zeit noch unterwegs.

»Du wirst mich hassen, Melv«, beginne ich. Nervös knabbere ich auf meiner Lippe.

»Ich weiß schon, was du sagen willst. Auch wenn ich gehofft hatte, du würdest es nicht sagen«, antwortet er seufzend.

»Ich muss.« Ich greife nach seiner Hand. Aufmunternd drücke ich sie. »Wenn ich es nicht beende, dann bin ich mein Leben lang auf der Flucht.«

»Ich wünsche dir nur das Beste, Lia. Aber wenn du dich erneut mit diesem Clan anlegst, kann es sein, dass du da nicht mehr lebend rauskommst.«

»Aber wäre es ein Leben, wenn ich nur auf der Flucht bin?«, frage ich ihn. Seine Antwort auf diese Frage kenne ich bereits, ohne sie hören zu müssen.

»Nein, wäre es nicht. Trotzdem musst du mir einen Gefallen tun.« Fragend blicke ich ihn an. Kurz wirft er mir einen Seitenblick zu, der mehr als tausend Worte sagt. Egal, um was er mich bittet, ich werde es tun.

»Sprich mit diesem Lawrenzo. Wenn Ray recht behält, bedeutest du ihm etwas. Wenn das der Wahrheit entspricht, wird er dir glauben und gemeinsam könnt ihr mehr ausrichten.«

Verbittert lache ich auf. Wie kommt er auf den Schwachsinn, dass ich Lawrenzo irgendetwas bedeuten könnte? »

Keine Ahnung was dir Ray alles so erzählt hat, aber ich bedeute ihm rein gar nichts«, wehre ich seine Behauptung ab und konzentriere mich auf die Straße vor uns. Würde ich Melvin jetzt ansehen, würde er sofort meinen Schmerz erkennen. Es tut weh, zu wissen, dass ich Lawrenzo niemals etwas bedeuten werde. Der Zug ist längst abgefahren. Wäre es anders, hätte er sich gemeldet. Sich nach mir erkundigt. Trotz des Brandes in seiner Villa.

»Ich weiß auch jetzt, woran du denkst. Hast du mal darüber nachgedacht, dass er dich nicht in Gefahr bringen wollte? Seine Familie weiß, dass er Huntress laufen gelassen hat. Würde er dir jetzt zu nahe kommen, wüsste jeder, wer du bist.«

»Hör auf meine Gedanken zu lesen«, beschwere ich mich bei ihm. Ich hasse es, wenn er denkt zu wissen, was in mir vorgeht. Noch mehr hasse ich es, wenn er dann auch noch recht behält.

»Niemand kann Gedanken lesen«, zieht er mich neckisch auf. »Aber deine übertragen sich auf dein Gesicht und reden mit jedem, der ihnen genauer zuhören möchte.« Augenrollend drehe ich mein Gesicht weiter von ihm weg und sehe rechts aus dem Fenster. Statt weiter auf mich einzureden, stellt er das Radio an und dreht es laut. Das tut er immer, wenn einer von uns mit den eigenen Gedanken allein sein möchte. Wenn wir uns über etwas klar werden müssen.

Die Zeit vergeht wie im Flug. Doch ehe ich mich versehe, halten wir vor dem Hotel der Saviors.

»Was wollen wir hier?«, frage ich Melvin, der mittlerweile das Auto geparkt und ausgeschaltet hat.

»Nicht wir, du.« Er zeigt auf den Eingang. An den Säulen, die sich kurz davor säumen, erkenne ich Raymond.

»Was will er hier? Ist er jetzt ganz bescheuert?«, frage ich schockiert nach. Wenn David oder Ryan herausfinden, dass er hier ist und vor allem wer er ist, dann haben sie ihn schneller gefangen genommen, als wir gucken können.

»Nein, er will dir nur etwas geben. Du entscheidest, ob du es annimmst oder ob wir fahren und du dich nie wieder umdrehst.«

»Ihr seid doch beide irre. Wenn du jemals wieder sagst, dass ich mit dem Leben spiele, erinnere ich dich an diesen Moment«, warne ich ihn und steige dennoch aus dem Auto aus. Kurz blicke ich mich um. Niemand scheint sich für uns zu interessieren. Mit eiligen Schritten laufe ich auf Raymond zu.

»Was machst du hier?«, frage ich ihn.

»Dir die hier geben.« Ray hält mir eine Karte hin. Ich erkenne sofort, dass es eine Chipkarte für eines der Zimmer sein muss.

»Was soll ich damit?«, hake ich irritiert nach.

»Lawrenzo erwartet dich.« Grinsend blickt er mich aus seinen grünen Augen an. In seinen Iriden glitzert die pure Vorfreude.

»Ok, ich habe es bereits Melvin gesagt, aber du scheinst es auch hören zu müssen – seid ihr irre?«, keife ich ihn leise an. Am liebsten würde ich ihn jetzt anschreien.

»Nein, wenn du dich nicht wie eine Furie aufführst, wird auch keiner erfahren, wer wir sind.« Schulterzuckend nimmt er meine Hand und legt die Karte hinein. »Außerdem ist gerade niemand hier, der dich sehen würde. Der Typ an der Rezeption ist eben eine rauchen gegangen und sonst ist niemand da.«

»Klar, ich stolziere jetzt einfach da hoch und frage Lawrenzo, was genau denn nun sein Plan ist«, antworte ich ironisch.

»Du triffst es auf den Punkt, Lia«, antwortet er lachend und entfernt sich Richtung Wagen, wo Melvin wartet.

»Woher wusstest du, dass ich doch kommen werde?«, rufe ich ihm nach.

»Ich hatte da so ein Bauchgefühl. Es lügt mich selten an, also wusste ich, dass du kommen würdest. Zu sehr wurmt dich der Gedanke, ob Lawrenzo dich anhören würde.« Sein triumphierendes Grinsen erkenne ich im Schein der Laterne. Er liebte es schon damals, recht zu behalten.

Ohne ein weiteres Wort zu verlieren, betrete ich das Hotel. Stille umgibt mich. Niemand ist zu hören, als wäre ich in einem verlassenen Gebäude und nicht in einem Hotel. Den Weg zum Aufzug kenne ich auswendig und doch bin ich hier noch nie als Alenia entlanggelaufen. Alles hier ist mir eigentlich so vertraut, selbst in völliger Dunkelheit könnte ich mich durch die Gänge schleichen. Aber als Alenia? Es ist so, als würde mir die Maske eine gewisse Distanz gewähren, die ich als Alenia nicht halten kann. Ein eiskalter Schauer jagt mir über den Rücken hinab. Gänsehaut breitet sich auf meinen Armen aus. Nervös und unwohl zugleich trete ich von einem Fuß auf den anderen, während ich auf den Aufzug warte. Auf der Karte in meiner Hand erkenne ich die Etage und die Zimmernummer. Mit einem *Ping* öffnet der Aufzug seine Türen und kündigt seine Ankunft an.

Ich habe drei Möglichkeiten. Bleiben und mit Lawrenzo sprechen, gehen und niemals erfahren, ob er Wert auf meine Hilfe legt, oder mich umdrehen und es auf eigene Faust versuchen. Huntress weiß genau, was sie tut und was sie machen muss, um an ihr Ziel zu kommen. Aber Alenia? Ich hatte noch nie das Gefühl, dass wir so unterschiedliche Persönlichkeiten sind. Im Gegenteil. Ich dachte immer, wir wären ein und dieselbe Frau mit lediglich unterschiedlichem Aussehen. Doch jetzt fühlt sich alles so fremd an. Der Gedanke, auf Lawrenzo zu treffen, bereitet mir Bauchschmerzen und gleichzeitig verleiht es mir ein Hochgefühl.

»Ok, Lia. Du bist Huntress und nicht schizophren. Ihr seid ein und derselbe Mensch. Also los!«, ermutige ich mich leise flüsternd. Vorsichtig betrete ich den Aufzug und drücke den Knopf für die sechste Etage. Der Fahrstuhl setzt sich in Bewegung und bringt mich Stück für Stück näher zu ihm.

Der Gang des Stockwerks ist schwach beleuchtet. Wie im Obergeschoss, in dem die Besprechungsräume der Saviors liegen, gibt es verschiedene Abzweigungen, die alle in eine andere Richtung führen. Ich suche jedes Zimmerschild nach der passenden Nummer ab. Stockend bleibe ich vor dem Zimmer 642 stehen. Es ist seines.

Tief atme ich nochmals ein, bevor ich zaghaft klopfe. Einfach mit der Karte das Zimmer zu betreten, kommt für mich nicht infrage. In dem Moment, in dem ich noch auf ihn warte, fühle ich mich wie ein kleines Schulmädchen, das zum Direktor muss. Lange habe ich mich nicht mehr so verloren gefühlt. So schwach.

Die Tür schiebt sich einen kleinen Spalt auf, bevor Lawrenzo sie ganz öffnet.

»Was willst du hier?«

»Es ist auch schön, dich wiederzusehen.«

Er rollt kurz genervt mit den Augen, bevor er beiseitetritt und mich hineinlässt. »Warum bist du hier?«, blafft er mich an. Dabei kommt er mir bedrohlich nah.

Augenblicklich spüre ich die Anspannungen zwischen uns. Allerdings auch all die unausgesprochenen Fragen und Gefühle. Für wenige Sekunden versinke ich in seinen dunkelblauen Augen. So viele Gefühle spiegeln sich in ihnen wider, die er mir nicht offen zu zeigen vermag. Es ist wie damals im Club. Um uns herum nur Stille. Nichts scheint für diesen kurzen Moment wichtig zu sein. Mein Herz pocht bedrohlich schnell in der Brust.

Räuspernd wende ich den Blick ab. Statt ihm zu antworten, sehe ich mich in dem luxuriösen Zimmer um. Direkt vor mir steht ein riesiges Bett, das mit schwarzem Samt bezogen wurde. Daneben erkenne ich eine kleine Kommode, auf der eine goldene Lampe steht. Ihr Licht taucht das Zimmer in einen sanften Ton, da sonst kein anderes brennt. Mein Blick wandert weiter, um ihm noch immer nicht antworten zu müssen. Er bleibt an einem Tisch hängen, auf dem ein aufgeklappter Laptop steht und das Bild eines niedergebrannten Hauses zu erkennen ist.

»Sind das die Überreste deiner Villa?«, frage ich nach und gehe dabei näher auf den Laptop zu. Schnell reagiert Lawrenzo und läuft an mir vorbei, um den Bildschirm zu schließen.

»Ja, aber deshalb bist du bestimmt nicht hier.«

»Irgendwie schon. Ich wollte wissen, was passiert ist und ob du schon weißt, wer es war?« Erneut treffen sich unsere Blicke.

»Ich bin an der Sache dran«, antwortet er dunkel. Das beantwortet keine meiner Fragen. Ich bin mir jedoch bewusst, dass er offenbar nicht darüber sprechen möchte.

»Ich wollte dir etwas erzählen, was mir im Krankenhaus noch eingefallen ist. Vielleicht hilft es dir ja«, seufze ich enttäuscht darüber, dass er sich mir nicht anvertraut.

Zwingen kann ihn aber auch nicht. Mir bleibt also nichts anderes übrig, als die Sache mit seiner Villa erst mal auf sich beruhen zu lassen. Mein Bauchgefühl sagt mir allerdings, dass es etwas mit mir zu tun haben muss. Wenn Ray recht behält und es Zero war, würde mir kein anderer Grund einfallen. Auch wenn ich Lawrenzos Familiengeschichte nicht kenne, wäre es ein ziemlich starker Zufall, dass er ausgerechnet jetzt sein Haus verliert, nachdem er mich gefangen genommen hatte.

Ich lege meine Jacke auf dem Bett ab und drehe mich wieder zu Lawrenzo um. Ich kann sehen, wie er angestrengt über etwas nachdenkt, bevor sein Blick noch finsterer wird.

»Raymond war bei dir«, schlussfolgert er.

Ich nicke. »Er meinte, ich könnte dir vielleicht helfen. Deshalb bin ich hier.«

Lawrenzo lacht trocken auf. »Warum sollte ich deine Hilfe benötigen? Du bist nur ein kleines Mädchen, das mit einer Maske im Gesicht den Leuten auf den Sack geht«, erwidert er.

Seine Worte sind wie ein Schlag ins Gesicht. Erschrocken blicke ich ihn an. »Das kleine Mädchen weiß mehr, als du denkst, und ist schon sehr lange im Geschäft«, gebe ich angepisst zurück. »Dann guck, wie du allein klarkommst. Komm mir dabei aber nicht in die Quere. Deine Familie steht auf meiner Liste und du wirst mir da nicht zwischenfunken.«

Mit wenigen Schritten ist Lawrenzo bei mir. »Du willst mir drohen?«, grinst er.

»Glaub mir, ich habe schon ganz andere Typen so vor mir stehen gehabt.«

»Ach ja?«

Wut flammt in mir auf. Was denkt er eigentlich, wer er ist und wie er mich behandeln darf? »Es war eine dumme Idee, dem mächtigen Lawrenzo helfen zu wollen.« Die letzten Worte spreche ich verachtend aus. Dann soll er doch gucken, wie er es ohne mich schafft. Es ist ab jetzt nicht mehr mein Problem.

»Das war es wirklich. Du solltest nicht auf Männer hören, die keine Ahnung haben«, erwidert er.

»Also auch nicht auf dich?«, gebe ich spitz zurück.

»Wer sagt, dass ich keine Ahnung habe?« Er kommt mir noch einen Schritt näher, weshalb ich einen nach hinten ausweiche. Und noch einen. Und noch einen, bis ich die kalte Wand in meinem Rücken spüre. Seine muskulösen Arme keilen mich zwischen ihr und ihm ein. Mit seinem Gesicht kommt er mir immer näher. In seinen Augen funkelt etwas Gefährliches auf. Sofort spüre ich wieder diese knisternde Anspannung zwischen uns. So, als wären wir beide eine tickende Zeitbombe, die jederzeit hochgehen kann.

»Du hättest nicht herkommen dürfen«, knurrt er nah an meinem Ohr. Sein Daumen gleitet dabei über meine Lippen, die er mit seinem düsteren, lüsternen Blick betrachtet. Meine innere Stimme hat mich von Anfang an davor gewarnt, hierher zu kommen. Ich wusste, dass es keine gute Idee war. Und doch wollte ich es. Ich will es noch immer.

»Du solltest gehen.« Seine raue Stimme erklingt und doch dringen seine Worte nur wie in Watte gehüllt an meine Ohren. Mein Gehirn realisiert erst das Gesagte, als er sich von der Wand abdrückt und mir den Rücken zukehrt.

Frustriert schnaufe ich auf. »Sag mal, leidest du eigentlich unter Persönlichkeitsstörungen?«, erwidere ich genervt und schnappe mir meine Jacke von dem Kingsize-Bett. Beim Umdrehen steht Lawrenzo genau hinter mir. Aus seinen dunkelblauen Augen sieht er zu mir hinab. Seine Hand streift meinen Arm, als er mir die Jacke wieder abnimmt.

»Dein loses Mundwerk kostet dich irgendwann noch das Leben, Lia«, haucht er und greift fest in meinen Nacken, zieht mich zu sich heran und presst seine Lippen fest auf meine. Ohne Widerrede lasse ich es geschehen. Mit seiner Zunge dringt er unerbittlich in meinen Mund ein. *Eindeutig Stimmungsschwankungen!*, schießt mir der Gedanke durch den Kopf, bevor ich seine Hände an den Hüften spüre und er seine Lippen von meinen löst. Mit Schwung wirft er mich aufs Bett. Sein sinnlicher Duft nach Leder und Amber-Holz umhüllt mich. Er beugt sich über mich und nimmt meine Lippen erneut in Beschlag. Es ist so, als würden sie miteinander verschmelzen und sich gegenseitig herausfordern. Mit der Hand fahre ich durch sein dichtes Haar.

Ein Stöhnen verlässt meine Kehle, als er plötzlich meine Brustwarze durch das Shirt zwirbelt und daran zupft. Erregt recken sie sich ihm entgegen und zeichnen sich durch mein dünnes Shirt ab.

»Vielleicht bin ich aber auch diejenige, die nicht gut für dich ist und dich in Gefahr bringt«, bringe ich keuchend hervor. Dass er etwas zu verbergen versucht, ist mir durchaus bewusst. Auch wenn Lawrenzo eine bedrohliche Aura umgibt, bin ich mir sicher, dass er im Grunde gar nicht so schlimm ist wie sein Ruf als Familienoberhaupt. Sein raues Lachen erfüllt für einen Moment das Zimmer, bevor er sich an meiner Hose zu schaffen macht und diese binnen weniger Sekunden von den Hüften gezogen hat. Gleichzeitig werde ich mein lockeres Shirt los. Achtlos werfe ich es vom Bett. Hungrig betrachtet er mich, während er meinen Slip ebenfalls verschwinden lässt, um mit einem Finger durch meine Spalte zu gleiten. Erregt stöhne ich auf. Mit einem festen Stoß dringt er mit seinem Finger in mich ein.

»Gott!«, bringe ich hervor und passe mich seinem schneller werdenden Rhythmus an.

»Nein, besser«, grinst er und übt gleichzeitig festen Druck auf meine Klit mit dem Daumen aus. Mein Becken spanne ich an, um ihn noch intensiver zu spüren. Mit seinem Mund geht er auf Wanderschaft. Er beißt in meine Brustwarze und zwirbelt sie im Anschluss. Betäubt von dem berauschenden Gefühl und den energischen Stößen schließe ich meine Augen und gebe mich ihm voll und ganz hin.

»Du bist so schön, la mia principessa.« Seine Stimme erzeugt eine Gänsehaut auf meinen Körper. Mit den schneller werdenden Stößen wird mein Atem immer abgehakter, und ich habe das Gefühl, in einem Vakuum zu stecken.

Ich spüre nur noch ihn. Rieche nur noch ihn. Die Welt um uns scheint gar nicht mehr zu existieren. »Fick mich, Law«, flehe ich ihn förmlich an, mich endlich mit seinem Schwanz zu vögeln. Seine Bewegungen sind so intensiv und geschickt, dass ich schon jetzt das Gefühl habe, innerlich zu zerfließen.

Abrupt löst er sich von mir. Er entzieht mir seine Finger und hinterlässt eine plötzlich auftauchende Leere in mir. Sein Mund hingegen nimmt meinen in Beschlag und fordert meine Zunge erneut zu einem leidenschaftlichen Tanz heraus. Ich schmecke den herben Geschmack von Kaffee, den er vorhin getrunken haben muss.

»Nicht so ungeduldig, Kleines«, murmelt er lachend an meinen Mund. Als Antwort beiße ich ihm sanft in die Unterlippe. Leicht löst er sich von mir und sieht mich mit einem hungrigen, animalischen Blick an. Für Sekunden verliere ich mich in seinen dunkelblauen Augen.

Wie kann ein Mann nur so verflucht heiß sein? An meinem Bauch nehme ich bereits seine harte Erektion wahr, die nur darauf wartet, endlich freigelassen zu werden. Seine Lippen legen sich erneut auf meine.

Schon fast zu sanft, fährt er mit seinen Händen meine Arme entlang und drückt sie über meinen Kopf zusammen und verwehrt mir damit jegliche Freiheit.

Erschrocken löse ich den Kuss und blicke hinauf zu meinen Händen. »Was soll das?«, fauche ich. Verärgert versuche ich mich aus seinem eisernen Griff zu lösen. Unsicher, mit dem Hintergedanken an meine Vergangenheit, blicke ich Lawrenzo an.

»Lass dich einfach fallen, la mia principessa.« Dennoch blickt er mir kurz ins Gesicht. Es fühlt sich an, als würde er nach einer Art Bestätigung in meinen Augen suchen. Auch wenn sich mein Innerstes sträubt, kann ich nicht leugnen, dass es mir trotz aller Widersprüche gefällt. Diese bestimmende, aber auch fürsorgliche Art sorgt bei mir für Sicherheit. Er würde nichts machen, das ich ablehne. Zumindest fühlt es sich in diesem Augenblick genau so an.

»Lass die Arme oben«, weist er mich an und löst seinen Griff um meine Gelenke. Der Druck in meiner Brust nimmt spürbar ab. Auch wenn es mir auf eine seltsame, völlig befremdliche Art gefällt. Bestätigend nicke ich.

Seine Lippen wandern meinen Körper hinunter, über meinen Bauch, bis er auf meine empfindlichste Stelle trifft. Mir entfährt ein tiefes Stöhnen, das ich zurückzuhalten versuche. Es sollte mir definitiv nicht so sehr gefallen, was er da gerade mit mir anstellt. Doch das Gegenteil ist der Fall. Es fühlt sich echt an. Irgendwie gut.

Lawrenzo leckt genüsslich durch meine Spalte. »Du schmeckst einfach köstlich, principessa.« Dieser Mann weiß genau, was er da macht! Mein verräterischer Körper streckt sich ihm nur noch mehr entgegen, um ihn intensiver zu spüren, statt sich weiter zu wehren. Tief stößt Law seine Finger erneut in mich. Schneller werdend, gemischt mit seiner flinken Zunge, spüre ich den Orgasmus immer näher kommen. Mein Körper spannt sich an. Ich gebe auch das letzte bisschen Kontrolle, das ich noch besessen habe, ab. Meine Gedanken sind vollkommen verschwommen. Plötzlich ist es mir egal, dass er mit mir macht, was er will. Denn ich begehre einfach so viel mehr von ihm. Als würde er wissen, dass ich kurz davor bin, zu kommen, entzieht er mir wieder seine Finger. Diese werden jedoch sofort durch seinen dicken, harten Schwanz ersetzt. Dass er seine Hose irgendwann ausgezogen und ein Kondom übergestreift haben muss, ist mir völlig entgangen. Ich spüre nur, wie er mit einem heftigen Stoß in mich eindringt und mich vollkommen ausfüllt. Ohne darauf zu warten, dass ich mich an ihn gewöhnt habe, dringt er mit immer schneller werdenden Stößen in mich ein. Sein animalisches Stöhnen gepaart mit meinem erfüllt den Raum.

Mit seiner Hand zwirbelt er erneut meine Brustwarze

und kneift heftig hinein. Ein elektrisierender Schmerz durchfährt meinen Körper, zusammen mit purer Lust.

»Härter, Law«, bringe ich erregt hervor. Seine dunkelblauen Augen treffen meine. Die reine Begierde ist in ihnen zu erkennen. Er greift nach meinem Bein und legt es auf seiner Schulter ab. Dadurch dringt er noch tiefer in mich ein. Ein erstickter Laut ertönt aus meiner Kehle. Das Tempo wechselt er ab. Zwischen genüsslich langsamen und verdammt schnellen Stößen. Seine Hände scheinen gefühlt überall gleichzeitig zu sein. Mit fester werdendem Druck auf meine Klit wird mein Atem schwerer und der Orgasmus droht mich zu überrollen. Ungeduldig winde ich mich unter ihm. Seine Schwanzspitze reibt immer wieder über meine empfindliche und völlig überreizte Stelle und ich kann den Höhepunkt nicht mehr hinauszögern. Voller Lust schreie ich seinen Namen heraus und meine Pussy zieht sich eng um sein Glied zusammen. Kurz darauf kommt er ebenfalls tief stöhnend zum Höhepunkt. Schwer atmend liegt er über mir.

»Ich sagte doch, du wirst es genießen.« Neckend blickt er mich aus seinen dunklen Augen an.

»Arschloch«, erwidere ich ausschließlich. Trotzdem bildet sich ein leichtes Lächeln auf meinen Lippen. Meine Augen finden seine und ich ertrinke förmlich in dem dunklen Blau. So würde ich Lawrenzo auch beschreiben. Wild und unvorhersehbar wie das Meer.

Unerwartet löst er den Augenkontakt. Zerstört damit den kurzen Moment, in dem ich dachte, es würde hier um mehr als nur um den Sex gehen. Er erhebt sich von mir, wird das Kondom los und schnappt sich seine Kleidung.

»Keine Sorge, ich will nicht kuscheln«, werfe ich frustriert in den Raum und stehe ebenfalls vom Bett auf. Meine Kleidung liegt auf dem Boden des Zimmers verstreut. Stück für Stück sammle ich sie ein.

»Du bist auch nicht unbedingt der Kuscheltyp«, amüsiert sich Lawrenzo über mich und hält dabei meinen Slip in die Höhe.

Augenrollend stapfe ich auf ihn zu und reiße ihm das Stück Stoff aus der Hand. »Ach ja, was bin ich dann?«

»Eher eine Jägerin. Ruhelos wanderst du umher. Du genießt nur diesen einen Augenblick, bevor du dich wieder auf die Suche begibst.«

Fragend ziehe ich eine Augenbraue in die Höhe. »Du redest von dir selbst«, erwidere ich. Ja, ich jage. Aber nicht in meinem Privatleben. Nicht, wenn es um intimere Momente und Gefühle geht.

»Stimmt, deshalb weiß ich auch so genau, wer du eigentlich wirklich bist.« Lawrenzo streicht mir eine lose Strähne aus dem Gesicht hinters Ohr. Diese kleine Geste lässt bereits die tausend kleinen Schmetterlinge in meinem Bauch frei.

Ich brauche unbedingt Insektengift, um diese Mistviecher endlich loszuwerden, denke ich verbittert.

»Manchmal frage ich mich, was so in deinem Kopf abgeht. Wieso bist du überhaupt hier?«, will Lawrenzo von mir wissen.

Ertappt schlage ich die Augen nieder. Ich gewinne einen gesunden Abstand zu ihm und streife meine Kleidung eilig über. »Das weißt du bereits.«

»Aber wieso bist du gekommen?« Aus dem Augenwinkel nehme ich wahr, wie er mich mustert. Seine Blicke sind befremdlich auf meinem geschundenen Körper, auch wenn ich gelernt habe, mit den feinen Narben zu leben. Seltsamerweise stören mich die dezenten Striemen auf dem Rücken eigentlich nicht mehr. Sie sind ein Teil von mir. Aber sein Blick, so wie er mich betrachtet, ist anders als der Blick der anderen Menschen. Er gibt mir nicht das Gefühl, mich anzustarren, weil er es so grausam findet, sondern als wäre ich etwas Besonderes. Als würde mich dieser Teil noch interessanter für ihn machen. Eilig schlüpfe ich dennoch in mein Shirt.

»Was ist mir dir passiert, bevor du zu Huntress wurdest?«

»Wieso interessiert es dich?«, stelle ich die alles entscheidende Gegenfrage. Es gibt auf diese Frage nur zwei Antworten. Eine davon würde alles zerstören, das ich dachte, mit ihm aufbauen zu können. Die andere hingegen würde für uns beide alles verändern.

»Sagen wir, es ist reine Neugierde.«

»Neugierde?«, hake ich nach.

»Du bist ein interessanter Mensch, Alenia. Aber ich kann dir nicht die Antwort geben, die du dir erhoffst.« Kurz unterbricht er. Als würde er mit sich selbst kämpfen, zieht er hörbar die Luft ein und stößt sie wieder aus. »Ich weiß, dass du dir erhoffst, ich würde dir jetzt sagen, dass ich dich liebe und mich deine Vergangenheit deswegen interessiert. Aber das wäre gelogen. Es ist mir egal. Wenn Raymond nicht wäre, dann hätte ich dich schon längst meiner Familie ausgeliefert und ich hätte den ganzen Stress mit meinem Onkel nicht. Leider geht das nicht, also werde ich dir helfen zu fliehen.«

Jedes seiner Worte versetzt mir einen Stich mitten ins Herz. Es zerspringt in tausend kleine Splitter. »Ich brauche deine Hilfe nicht«, lehne ich ab und versuche dabei, so neutral wie möglich zu klingen.

»Das ist das Einzige, was du dazu zu sagen hast?«, hakt er mit einer seltsam belegten Stimme nach.

Ich nicke. »Was willst du sonst hören?«

»Ich dachte, da würde jetzt mehr kommen, als nur ein ›Ich brauche deine Hilfe nicht‹.«

Mittlerweile bin ich schon vollständig angezogen und streife gerade meine Jacke über, als mein Blick erneut auf seinen trifft. Würde ich ihn nicht besser kennen, könnte ich schwören, so etwas wie Bedauern in ihm erkennen zu können.

»Ich bin schon immer gut alleine klargekommen. Du willst wissen, woher die Narben kommen? Frag doch mal deine Familie«, werfe ich ihm die Tatsachen vor die Füße. Eigentlich wollte ich es ihm anders sagen, aber das wäre jetzt sowieso egal. Das Spiel ist vorbei.

»Was meinst du damit?« Er kommt mit schnellen Schritten auf mich zu. Ich strecke ihm meinen Arm entgegen, um ihm zu signalisieren, dass er mir nicht zu nahe kommen soll.

»Komm nicht näher«, bringe ich hektisch über die Lippen. Ruckartig stoppt er in seiner Bewegung.

»Ich bin hier, weil ich dir davon erzählen wollte. Als ich im Krankenhaus lag, sind mir ein paar Erinnerungen wieder hochgekommen. Dein Onkel, dieser Bastard, hat mich damals mehrfach misshandelt, vergewaltigt und an deinen Cousin zum Austoben weitergereicht! Ja, mein Vater, der mich damals gekauft hat, hat es zugelassen. Und auch er hat mich mehrfach geschlagen, aber George hat mich zerstört!«, brülle ich Lawrenzo an. Plötzlich ist da so viel Wut und Trauer in mir, dass ich am liebsten alles herausschreien möchte.

»Was hat er?« Seine Stimme klingt genauso wütend wie meine.

»Du hast schon richtig verstanden. Ich glaube dir mittlerweile, dass du nichts mit Kinderhändlern zu tun hast, aber dein Onkel schon. Genauso wie dein Cousin. Du musst dich darum kümmern, Lawrenzo, wenn ich es nicht mehr kann.« Der letzte Satz klingt eher wie eine Bitte als eine Aufforderung. Wenn er sich darum kümmert, kann ich untertauchen. Andernfalls würde ich bleiben. Aus eigener Erfahrung weiß ich, zu was diese Menschen fähig sind. Niemals würde ich es mir verzeihen, die Kinder im Stich gelassen zu haben, um meine eigene Haut zu retten.

Lawrenzo sagt kein Wort mehr. Offenbar hat er genug gehört oder nicht mal eine Antwort auf meine Bitte. Ich schnappe mir die Schuhe, die am Bettrand stehen und schlüpfe hinein. Mein Blick fällt noch mal auf ihn. Sein Gesichtsausdruck wirkt nachdenklich und zugleich wütend. Mit vorsichtigen Schritten gehe ich noch ein letztes Mal auf ihn zu.

»In einem anderen Leben unter anderen Umständen hätte das mit uns vielleicht etwas werden können«, wispere ich leise. Zumindest ein einziges Mal muss ich ihm sagen, wie es in meinem Inneren aussieht. Ich drücke ihm noch einen Kuss auf die Wange, bevor ich umdrehe und mit zügigen Schritten das Hotel durch den Hinterausgang verlasse.

ACHTZEHN

ALENIA

Tief atme ich die frische Nachtluft ein. Ich kann noch immer nicht ganz begreifen, was da gerade passiert ist.

»Die berüchtigte Huntress.« Eine dunkle, männliche Stimme ertönt rechts von mir. Bei dem Namen Huntress zucke ich unmerklich zusammen. Trotzdem riskiere ich keinen Blick aus Sorge, ich würde mich damit verraten.

Für wenige Sekunde überlege ich, woher mir die Stimme so bekannt vorkommt.

»Ignoranz steht dir nicht, Alenia. Dass du dich gut ficken lässt, wusste ich ja, aber, dass du auch eine angeblich gute Kämpferin geworden bist, war mir neu.« Hämisch beginnt er zu lachen. Ich drehe meinen Kopf in die Richtung des jungen Mannes. Mit einer Zigarette in der Hand lehnt er sich ganz locker an die Hauswand des Hotels. Ein Bein hat er dabei angewinkelt gegen die Mauer gestemmt. Das Gesicht hat er zu einer hässlichen, grinsenden Fratze verzogen, die mir fürchterlich bekannt vorkommt.

Bei seinem Anblick fühle ich mich in die Zeit zurückversetzt. Ich spüre wieder seinen widerlichen Atem in meinem Nacken, während er an meinem rechten Ohr knabbert und mir irgendwelche ekelhaften Dinge zuflüstert. Dabei zieht er mir viel zu fest am Haar, sodass ich das Gefühl habe, er würde mir jeden Moment alle einzeln aus der Kopfhaut reißen.

Angewidert schüttle ich leicht den Kopf, in der Hoffnung, damit die Bilder von ihm zu verdrängen. Eine Gänsehaut überzieht meinen gesamten Körper. Von den schlimmsten Momenten meines Lebens wird mir schlecht. »Das Kompliment kann ich wohl nicht zurückgeben. Du bist eine Schande im Bett und so wie du aussiehst ein noch schlechterer Kämpfer«, antworte ich ihm nach einer gefühlt halben Ewigkeit. So selbstsicher wie möglich stelle ich mich ihm entgegen.

»Du hast eine verdammt große Klappe dafür, dass du mir schutzlos ausgeliefert bist«, verhöhnt er mich. Er drückt sich von der Hauswand ab und kommt mit langsamen Schritten auf mich zu.

»Süß, du sorgst dich um mich? Zerbrich dir mal lieber nicht den Kopf. Ich weiß sehr gut, wie man sich verteidigen kann. Du auch?« Ich zucke mit den Schultern. Dabei lächle ich ihn ironisch an. Nicht, da mir zum Lachen zumute ist, sondern um ihm und mir selbst zu beweisen, dass ich nicht mehr das kleine Mädchen von damals bin.

»Als du noch still vor dich hin gelitten hast, warst du mir lieber«, murrt er und holt dabei aus seiner Jackentasche eine Pistole.

»Natürlich würdest du nicht fair kämpfen«, behaupte ich bitter lachend. »Die Sorge, du könntest gegen mich verlieren, ist viel zu hoch.«

Wutentbrannt starrt er mich an. Ein leises Klicken ertönt. Die Waffe in seiner Hand hat er entsichert. »Warum sollte ich es mir unnötig schwer machen? Mein Vater wird sehr erleichtert sein, wenn er von deinem Tod erfährt.« In seinen Augen erkenne ich keinerlei Gefühlsregung. Eiskalt blicken sie mir entgegen.

»Du machst wirklich alles für deinen Vater, dafür, dass er nicht viel von dir hält«, stelle ich fest. Dabei verschränke ich die Arme vor der Brust. Ich spiele ein gefährliches Spiel, aber vielleicht ist es die einzige Möglichkeit hier irgendwie lebend wieder rauszukommen.

»Halt's Maul! Was weißt du schon«, schreit er mich an. ›*Warum ist eigentlich bisher noch niemand gekommen, der von dem ganzen Geschrei auf uns aufmerksam geworden ist?*‹„ frage ich mich kurz. Dieser Idiot hat noch nie etwas im Stillen machen müssen. Da bin ich mir absolut sicher. Dennoch hat er aktuell noch verdammtes Glück, dass uns keiner bisher gesehen hat.

»Ich habe viel mitbekommen, als ich noch bei meinem Vater gelebte habe. George hat nie gut über dich gesprochen. Im Gegenteil. Er hatte Angst, du würdest ihm bei seinen Nutten Schande bereiten. Daher hat er dich zu mir geschleift!«, bringe ich verbittert über die Lippen.

Es ist wahr, dass George ihn zu mir gebracht hat, weil er ihn nicht zu irgendeiner seiner Frauen schicken wollte. Allerdings weiß ich nicht, ob er wirklich so von seinem Sohn denkt. Ich konnte den Gesprächen zwischen den Männern und George selten folgen. Und wenn, dann ging es nie um seinen Sohn.

»Du konntest gar nichts mitbekommen, Alenia! Du

warst ständig in deinem Zimmer eingesperrt oder die Männer deines Vaters haben dich in deinem Kellerloch gefickt, bis du nicht mehr klar denken konntest!«, erwidert er. Doch seine Hände zittern verdächtig nervös, was ich durch die Waffe in seiner Hand erkennen kann. So ganz scheint er seinen eigenen Worten nicht zu glauben.

»Mag sein, aber die Männer reden untereinander«, erwidere ich lediglich.

»Du lügst!«, schreit er. Es löst sich ein Schuss aus seiner Waffe, der mich nur knapp verfehlt.

»Du würdest nicht so reagieren, wenn du wirklich keine Zweifel an meiner Aussage hättest, außerdem soll ...« Weiter komme ich nicht, als wie aus dem Nichts Lawrenzo erscheint. Ein weiterer Schuss ertönt in der stillen Nacht. Kurz darauf sackt Zero einfach in sich zusammen. Sein Körper fällt leblos zu Boden. Regungslos liegt er da. Mein Blick wandert zwischen den beiden hin und her. Erst dann erkenne ich meine Glock in den Händen von Lawrenzo.

»Was ...«, bringe ich sprachlos hervor. Hat er gerade wirklich seinen eigenen Cousin erschossen?

Eilig laufe ich auf Zero zu. Reiße ihm die Waffe aus der Hand und fühle seinen Puls. Nichts.

»Bist du wahnsinnig?!«, schreie ich Lawrenzo an, der sich mittlerweile neben mich gehockt hat.

»Er ging mir schon eine ganze Weile auf den Sack. Jetzt hatte ich wenigstens einen guten Grund, ihn endlich loszuwerden«, antwortet Lawrenzo monoton, als hätte er nicht gerade ein Mitglied seiner Familie getötet.

»Komm.« Lawrenzo greift nach meiner Hand, nimmt mir die Waffe von Zero ab und zieht mich hinter sich her. Überfordert folge ich ihm einfach.

»Ray weiß Bescheid. Ihr wart ja nicht gerade leise. Zum Glück wird das Hotel gerade renoviert, sonst wären bestimmt einige schaulustige Menschen unschuldig gestorben«, knurrt Lawrenzo beim Weitergehen. Wieso weiß er, dass niemand im Hotel der Saviors ist, wenn es doch seine Feinde sind? Warum durfte er dann überhaupt das Hotel betreten? Diese ständigen Ungereimtheiten bei Lawrenzo bereiten mir Kopfschmerzen. Ich verstehe diesen Mann einfach nicht.

»Wohin gehen wir?«, frage ich irgendwann, als wir gefühlt schon eine Ewigkeit einfach geradeaus laufen.

»Ich setze dich bei deinem Bruder ab.« Abrupt bleibe ich stehen.

»Wieso bei meinem Bruder?« Erneut stellen sich mir Tausende Fragen. Jedoch keine einzige, echte Antwort erschließt sich mir.

Woher weiß er, wo Melvin wohnt?

Wieso bringt er mich dorthin?

War das alles so geplant?

Ich versuche, all die ganzen Puzzleteile in meinem Kopf zusammenzusetzen. Wenn ich mit meinen Gedanken recht behalte, was hat Lawrenzo von dem Ganzen?

»Gott, ich kann deinen Kopf förmlich qualmen sehen«, murrt Lawrenzo und unterbricht damit mein Gedankenpuzzle.

»Dann erklär's mir!«, fordere ich ihn auf.

Augenrollend tritt er einen Schritt an mich heran. »Dein Bruder wird dir bestimmt gerne Rede und Antwort stehen.«

»Ich will es aber jetzt von dir wissen«, beharre ich.

»Das, Alenia, ist mir scheißegal. Bleib hier und warte,

bis die Sonne aufgeht in wenigen Stunden, oder beweg deinen Hintern.« Er macht auf dem Absatz kehrt und geht einfach weiter. *Arschloch!* Dennoch laufe ich hinterher. Er hat leider recht. Viel Zeit bis zum Sonnenaufgang bleibt mir nicht mehr.

»Ich sagte doch, du hast eine heftige Persönlichkeitsstörung. Erst hilfst du mir, dann plötzlich interessiert es dich nicht mehr, ob ich lebe oder sterbe. Kannst du dich mal bitte entscheiden? Von dem ganzen Hin und Her wird einem ja schwindlig.«

Lawrenzo wirft mir einen schnellen Seitenblick zu, antwortet aber nicht.

Schweigend laufen wir den Rest des Weges nebeneinanderher. In dem Fall ist es praktisch, dass Melvin in der Nähe des Hotels wohnt. Die unangenehme Stille zwischen uns macht mich wahnsinnig.

»Den Rest schaffe ich alleine«, verabschiede ich mich von Lawrenzo, als ich das Haus meines Bruders bereits von Weitem erkennen kann.

»Nein«, lehnt Lawrenzo ab und geht dabei einfach weiter.

»Was meinst du mit nein?«, frage ich sauer nach. Ich verschränke die Arme vor der Brust und stelle mich provokant vor ihn. Damit zwinge ich ihn automatisch, ebenfalls anzuhalten.

»Ich meine damit, dass ich dich bis zum Haus begleite, an deinen Bruder übergebe und er dich dann ganz weit weg von hier verfrachtet«, erklärt er mir. An seinem Gesichtsausdruck erkenne ich, dass er langsam die Geduld verliert.

»Wenn du dich darum kümmern würdest, müsste ich doch gar nicht mehr abhauen! Also wirst du nichts tun?«, werfe ich ihm vor.

»Es geht dich nichts an, was ich tue und was nicht!«

»Wenn es mein Leben betrifft, geht es mich sehr wohl etwas an. Ich werde nicht einfach abhauen und ein Leben auf der Flucht leben!«

Lawrenzo kommt mir näher. Fast berühren sich unsere Nasenspitzen. Mein Atem stockt. Das dumme Herz in meiner Brust fängt mit einem Mal viel schneller an zu pochen als noch zuvor.

»Hör mir jetzt gut zu, Miss Schwerhörig! Ich habe dir gerade deinen verdammten Arsch gerettet und meinen Cousin erschossen! Offenbar ist dir der laute Knall entgangen, der sein Leben beendet hat. Mein Onkel wird nicht aufgeben, bis er dich unter die Erde gebracht hat. Es ist für dich vorbei!« Das Wort *vorbei* betont er dabei extra scharf. Wenn seine Blicke töten könnten, wäre ich jetzt vermutlich schon tot umgefallen und nicht erst, wenn sein Onkel mich in die Finger bekommt.

»Falls du es vergessen hast, Mister Oberwichtig, ich arbeite seit Jahren mit Männern wie deinem Onkel! Keiner, wirklich keiner von ihnen, hat mich jemals richtig verletzen können. Ich bin kein zerbrechliches Püppchen, das bei jeder Konfrontation zusammenbricht und heult!« Ich schlage Lawrenzo bei jedem Wort auf seine steinharte Brust. Erst, als er meine Hand stoppt und festhält, zwingt er mich aufzuhören. Er muss einfach verstehen, dass ich wunderbar auf mich allein aufpassen kann.

»Du bist es mir schuldig«, knurrt Lawrenzo düster. In seinen dunkelblauen Augen erkenne ich die Wut, die er zu unterdrücken versucht. Er lässt meine Hand los, streicht sich fahrig durchs Gesicht und gewinnt einen gesunden Abstand zu mir. »Hör zu, es ist besser für uns alle«, beendet er das Gespräch und geht an mir vorbei. Innerhalb weniger Sekunden zerspringt mein Herz erneut in tausend kleine Teile. Es fühlt sich an, als hätte er mich gerade endgültig aus seinem Leben verbannt.

»Wieso bin ich es dir schuldig?«, rufe ich ihm kratzig nach. Mein Mund fühlt sich staubtrocken an. Auch der dicke Kloß in meinem Hals will einfach nicht verschwinden.

Lawrenzo dreht sich langsam wieder zu mir um. Noch immer stehe ich an der gleichen Stelle. Meine Füße verweigern mir den Dienst. Als wüssten sie, wenn ich diesen Weg weitergehe, übertrete ich damit eine unsichtbare Linie, die Lawrenzo und mich für immer trennen wird.

Keine zweiten Chancen.

»Weil ich deinetwegen meine Familie verraten habe und ich den Schaden, den du verursacht hast, nun irgendwie wieder geradebiegen muss. Zumindest dann, wenn ich nicht will, dass ein Mann wie George meine Familie anführt und die Geschäfte übernimmt!«, antwortet Lawrenzo scharf beim Näherkommen.

Autsch, das hat gesessen! Ich soll schuld an seinem Familiendrama sein? Kopfschüttelnd betrachte ich ihn. »Das meinst du nicht ernst?«, hake ich kleinlaut nach. Nervös knabbere ich auf meiner Unterlippe.

»Mein voller Ernst! Ich wünschte, ich hätte dich nicht vorher im Club getroffen. Ich wünschte, Ray würde dich nicht kennen. Damit wäre alles leichter gewesen. Ich hätte dich einfach umbringen können und hätte danach keinen Gedanken mehr an dich verschwendet. Ich bin nur Ray zuliebe hier. Was meinst du, wieso ich in diesem verschissenen Hotel war? Bestimmt nicht, weil ich es so wollte!«

Sprachlos stehe ich vor ihm. Mir wird eiskalt. Wenn ich eben noch dachte, schlimmer kann es nicht mehr werden, so raubt mir das endgültig die Luft zum Atmen. Kälte kriecht in jede Faser meines Körpers, obwohl es windstill ist und die Temperaturen eher an eine warme Sommernacht erinnern.

Wie oft kann ein Herz eigentlich brechen, bis es endgültig nicht mehr zu retten ist?

»Dein Familiendrama hat schon vor mir begonnen. Du wurdest von ihnen belogen, betrogen und hintergangen. Nur dank mir ist die Wahrheit ans Licht gekommen. Wie lange hättest du lieber mit dieser Lüge gelebt, als die Wahrheit zu kennen? Wie viele Kinder hätten sterben dürfen, bis du bereit gewesen wärst, die Wahrheit zu akzeptieren und deine Familie zur Rechenschaft zu ziehen?« Aus kalten, traurigen Augen blicke ich ihn an. »Es ist nicht meine Schuld, Law. Aber wie du bereits sagtest: Es geht mich nichts mehr an.«

NEUNZEHN

LAWRENZO

Ich sehe ihr nach. Erkenne noch, wie sich ihre Schritte beschleunigen, bevor sie in einem der Häuser verschwindet. Ich versuche mich selbst zu überzeugen, dass es für uns beide so besser ist. Sie ist die erste Frau, bei der von Anfang an alles anders war. Die Erste, für die ich mir ein perfektes Leben wünsche. Eines, das ich ihr an meiner Seite nicht bieten könnte.

Ich wende mich ab und trete den Rückweg an. Von unterwegs rufe ich Rico an, der mich beim Park, gegenüber des Hotels, abholen soll. Zurück in meine Villa kann ich nicht, das Hotel der Saviors ist keine Option mehr – nicht, dass es je eine echte Alternative für mich war – und zu meiner Familie kann ich auch nicht. Dafür muss ich erst mal Beweise gegen George und Zero haben. Ich könnte zu Raymond, aber dieser würde mich nur mit Alenia nerven. Seit er sie zurück hat, redet er ununterbrochen von ihr. Das würde ich jetzt zu tausend Prozent nicht ertragen.

Von Weitem erkenne ich bereits den breiten SUV, an dem Rico entspannt lehnt.

»Lawrenzo«, empfängt er mich und nickt. Dabei hält er mir die Tür auf. Nickend begrüße ich ihn und steige ein. Er nimmt auf dem Fahrersitz Platz und startet den Wagen.

»Ich will den Jet in drei Stunden auf der Startbahn sehen«, informiere ich ihn.

»Wird erledigt. Wohin soll es gehen?«, fragt Rico monoton nach. Das ist etwas, wofür ich ihn schon immer sehr geschätzt habe. Es interessiert ihn nicht, wieso und weshalb ich von jetzt auf gleich die Stadt verlasse. Er macht einfach nur seinen fucking Job, kassiert gutes Geld dafür und versorgt damit seine Familie und sich selbst.

»Panama.«

Die Sonne blendet mich, als ich die Treppen des Jets hinunterlaufe. Entspannt schiebe ich die Sonnenbrille auf meine Nase und laufe das kleine Stück zu der schwarzen Limousine. Das warme, sonnige Wetter habe ich wirklich vermisst. Rico, der jeden meiner Wagen fährt, erwartet mich bereits. Ich würde keinem anderen außer ihm erlauben oder es dulden, mich irgendwo hinzubringen. Dann fahre ich doch eher selbst, als jemand Fremdem zu vertrauen. Umso dankbarer bin ich, dass Rico jedes Mal mitfliegt. Egal wohin die Reise mal wieder geht.

»Besuchen wir deine Mutter?«, hakt Rico nach. Ich nicke lediglich. Er schließt die Tür hinter mir und steigt vorne in den Wagen ein.

Eigentlich wollte ich es vermeiden, sie zu besuchen. Unsere Beziehung ist nicht gerade das klassische Mutter-

Kind-Verhältnis. Trotzdem brauche ich einen kühlen Kopf, um meine nächsten Schritte zu planen. Mein Besuch bei ihr dient jedoch nicht dem Zweck, sie selbst zu besuchen, sondern jemanden hier in der Stadt zu treffen, der mir behilflich sein könnte. Zumindest hoffe ich das.

Nur mit ihr an meiner Seite könnte ich es wirklich schaffen, meinen Onkel zu erledigen, ohne einen Familienkrieg anzuzetteln. Nur der Preis bereitet mir große Sorgen. Gehe ich einen Deal mit ihr ein, gibt es kein Zurück mehr. Aber habe ich eine andere Wahl?

»Raymond hat sich eben bei mir gemeldet und auch Sylvian hat bereits nach dir gefragt. Soll ich ihnen etwas ausrichten oder rufst du sie selbst zurück?«, fragt Rico und wirft mir einen kurzen Blick über den Rückspiegel zu. In seinen kalten Augen erkenne ich keinerlei Gefühlsregung. Generell habe ich noch nie irgendwelche Emotionen bei ihm gesehen. Ob er mit der Zeit so abgestumpft ist in einer Ehe, die er nie wollte, und mit Kindern, denen er verpflichtet ist?

»Nein, ich kümmere mich darum.« Aus meiner Jackentasche ziehe ich mein Handy hervor und schalte es ein. Bestimmt will Ray nur wissen, wie die Nacht lief und Sylvian, wann ich endlich Huntress töte. Seine Versessenheit auf sie kann ich immer noch nicht nachvollziehen. Ich wähle Raymonds Nummer und warte ab, bis er endlich abnimmt.

»Sag nicht, du hast doch noch herausgefunden, wie ein Handy funktioniert«, begrüßt er mich. Ich kann sein schelmisches Grinsen förmlich vor mir sehen.

»Ob du es glaubst oder nicht, Ray, ich habe nicht immer Zeit für dich.«

»Verdammt, ich dachte, nach dem heißen Sex vor ein

paar Stunden müsstest du besser gelaunt sein. Oder hat sie dich ernsthaft abblitzen lassen und du bist deswegen ein noch größeres Arschloch als sowieso schon?«, witzelt er.

»Ich bin in Panama. Allein.« Dass er jetzt unbedingt Alenia ansprechen musste, entfacht erneut die Wut auf sie. Wäre sie doch einfach nur eine fucking normale Frau gewesen, hätte ich keinerlei Probleme, sie einfach nur so lange zu vögeln, bis sie mir zu langweilig wird.

»Was machst du in Panama?« Endlich ertönt die gewünschte Ernsthaftigkeit in seiner Stimme. Ich lasse die Trennwand in der Limousine hochfahren, sodass Rico mich nicht mehr hören kann.

»Ich bin so schnell wie möglich abgereist, nachdem du mein kleines Problem beseitigt hast.«

»Und was davon beantwortet jetzt meine Frage? Was machst du in Panama?« Augenrollend sehe ich nach draußen. Die Landschaft fliegt nur so an uns vorbei, während Rico den Wagen gekonnt durch den regen Verkehr lenkt.

»Ich muss zu Mary.« Stille. Plötzlich sagt Ray keinen Ton mehr. Ich höre nur sein gedämpftes Ein- und Ausatmen durch den Hörer.

»Dreh um. Wir finden eine bessere Lösung«, ertönt nach einer halben Ewigkeit wieder seine Stimme.

»Und welche?« Wenn ich eine andere hätte, wäre ich garantiert nicht auf dem Weg zu ihr.

»Keine Ahnung. Aber uns fällt was ein. Wir bekommen die Beweise, die wir brauchen, um deine Familie von der Notwendigkeit, Zero zu erschießen und deinen Onkel einzusperren, zu überzeugen.«

»Du hast recht. Und in der Zeit werde ich dann

schon einmal unsere Gräber schaufeln, die Beerdigungen planen und am besten auch schon die Einladungskarten verschicken«, antworte ich ironisch.

»Wenn du zu Mary gehst, hast du keine Chance mehr auf eine Zukunft mit Alenia.« *Treffer versenkt.*

»Die gibt es so oder so nicht, Ray.« Erneut breitet sich ein enttäuschtes Gefühl in mir aus. Allerdings ist die Wut auf sie noch immer größer. »Ich erinnere dich nur ungern daran, dass wir nur ihretwegen in der Scheiße stecken«, schiebe ich noch schnell hinterher.

»Du kannst vielleicht dich selbst täuschen, aber mich nicht. Ich kenne dich viel zu lange dafür. Damals im Büro, als du noch gar nicht wusstest, wer sie ist, hattest du schon diesen Blick. Einen Blick, den man nur hat, wenn man über jemanden spricht, der einem viel bedeutet.«

Trocken lache ich auf. »An dem Abend, als ich sie kennenlernte, warst du komplett zugedröhnt. Am nächsten Tag in meinem Büro warst du betrunken«, zähle ich auf. »Und du willst mir jetzt sagen, dass du in meinem Blick gesehen hast, dass ich mich in die Kleine verliebt habe?«

»Besser hätte ich es nicht sagen können. Du warst sogar angepisst davon, dass ich sie kennenlernen und meinen Spaß mit ihr wollte.« Wenn er jetzt greifbar wäre, würde ich ihm eine verpassen. Wie kann man nur so daneben liegen?

»Das eine hat nichts mit dem anderen zu tun. Sie wirkte eben nicht wie eine Nutte auf mich, die es mit jedem treibt«, rutscht es mir so heraus. Erst dann bemerke ich, was ich da gerade gesagt habe. Zu meinem Glück ertönt ein kurzes Lachen am anderen Ende der Leitung.

»Dann kann ich sie ja jetzt haben. Du bist weg und wirst nie wieder kommen. Irgendjemand muss ja auf die kleine Alenia aufpassen. Melvin wird bestimmt nichts dagegen haben. Dann viel Spaß in Panama mit Mary.« Ein Klicken ertönt und die Leitung ist tot. *Dieser Bastard!* Er legt es wirklich darauf an, dass ich ihn irgendwann kastrieren muss! Wenn er seine verdammten Drecksfinger an sie legt, wird er es bitter bereuen. Ein seltsam ungewohntes Gefühl der Eifersucht breitet sich in mir aus. Nur bei dem Gedanken, dass Ray sie anfassen könnte. Wie bescheuert bin ich eigentlich? Sie kann es mit jedem treiben, und das sollte mir verdammt noch mal egal sein! Scheiße nur, dass dieses Gefühl bleibt. Es verschwindet nicht, nur weil ich entscheide, es zu ignorieren.

Ich lasse die Trennscheibe wieder herunter und wende mich an Rico.

»Wir fahren sofort zum Anwesen der Tejeiras.«

»In Ordnung.«

Er wendet den Wagen und fährt Richtung Amador. Während der Fahrt überlege ich mir, was ich Mary im Tausch anbieten kann. Ich weiß genau, was sie will.

Aber bin ich wirklich bereit, ihr das zu geben?

ZWANZIG

ALENIA

Das Warten macht mich noch wahnsinnig. Raymond und Melvin wollten vorsichtshalber meine Wohnung kontrollieren, bevor ich meine Sachen holen kann. Ich hasse es, untätig herumzusitzen. So wie ich sie kenne, werden sie das meiste sowieso schon von selbst mitbringen, damit ich keinen Grund habe, diese vier Wände hier zu verlassen. Melvins erster Gedanke bei diesem Haus war schließlich, dass es für mich sicher sein muss. Also wurden nach dem Kauf erst mal neue Scheiben eingesetzt, die UV-Strahlung abweisen.

Seit einer Woche tue ich also nichts anderes, als in Melvins Haus auf und ab zu tigern.

»Willst du wirklich nichts trinken oder essen, Liebes?«, fragt mich Thea.

»Nein, danke«, lehne ich ab. Dabei blicke ich in ihre warmen grünen Augen. Sanft streichelt sie ihren runden Babybauch, als sie sich wieder von mir abwendet. In dem weißen, enganliegenden Kleid kommt dieser gut zur Geltung. Aber auch die Tatsache, dass es in wenigen Wochen schon so weit ist.

»Setz dich lieber, Thea. Ich mache den Rest«, biete ich ihr an, den Abwasch zu übernehmen. Dabei erhebe ich mich vom Barhocker und gehe auf sie zu. Das Handtuch nehme ich ihr aus der Hand, bevor sie mir antworten kann.

»Danke. Es wird langsam wirklich anstrengend, diese Kugel vor mir her zu tragen«, antwortet sie erschöpft.

»Das kann ich mir gut vorstellen. Kann ich dir noch anderweitig helfen?« Jede Arbeit wäre mir recht, solange ich mich von dem Gedanken ablenken kann, dass es nicht nur mit Huntress, sondern auch mit Lawrenzo vorbei ist.

Thea schüttelt leicht mit dem Kopf. »Ich habe das Gefühl, wir beide sollten lieber etwas reden. Findest du nicht auch?« Auffordernd klopft sie auf den Barhocker neben sich. Seufzend lege ich das Handtuch beiseite. Aus dem Kühlschrank hole ich eine Wasserflasche hervor und aus dem Küchenschrank zwei Gläser. Ich stelle sie auf der Theke vor Thea ab, schütte uns etwas ein und setze mich danach neben sie.

»Rica macht mir Sorgen. Ich habe seit unserem letzten Treffen im Skyline nichts mehr von ihr gehört. Melvin macht mich noch wahnsinnig und von Lawrenzo will ich gar nicht erst anfangen«, beginne ich.

»Hast du Rica mal angerufen oder ihr wenigstens mal geschrieben?« Ich schüttle lediglich mit dem Kopf.

»Dann klär das mit ihr, sobald du wieder zurück bist«, erwidert sie freundlich lächelnd. Irritiert blicke ich sie an.

»Was meinst du damit? Ich gehe nirgends hin. Melvin würde mich am liebsten in Ketten legen.«

»Er macht sich nur Sorgen um dich. Außerdem lässt du dich doch sowieso nicht einsperren«, erklärt sie aufmunternd und lächelt dabei. Auch wenn ich ihr normalerweise zustimmen würde, weiß ich nicht, ob sie heute auch recht hat. Ich habe keine Ahnung, wo Lawrenzo steckt und noch weniger, wo ich George finden kann. Außerdem bin ich mir sicher, dass mittlerweile jeder weiß, dass ich hinter Huntress stecke. Verstecken wäre also keine Option mehr für mich. Ich spüre, wie Thea mir sanft über den Rücken streichelt.

»Deine Mutterinstinkte kommen schon vollends durch, was?«, schmunzle ich.

»Nein«, wehrt sie ab. »Ich will nur, dass du deinen Arsch bewegst und diesen Lawrenzo findest. Nach dem, was Melvin mir vorhin erzählt hat, scheinst du ihn sehr zu mögen.« Bevor ich etwas erwidern kann, ertönt das Zufallen der Haustür. Melvin und Raymond kommen vollbepackt mit meinen Taschen in die Küche. Ein dumpfes Geräusch ist zu hören, als sie diese achtlos auf den Boden fallen lassen.

»Wir sollten lieber wieder gehen. Sieht nach einer Intervention aus«, behauptet Ray lachend. Augenrollend blicke ich die beiden Idioten an.

»Wir reden nur darüber, wie wir euch am besten aufspießen können und wo wir euch verbuddeln werden«, erwidert Thea vorlaut. Schelmisch grinst sie die beiden Männer dabei an. *Ja, es gibt einen Grund, wieso mein Bruder diese Frau verehrt,* durchfährt mich dabei der Gedanke.

»Am liebsten oben in unserem Bett oder im Whirlpool?«, antwortet mein Bruder ihr und zieht sie dabei in seine Arme. »Und nur mit dir zusammen«, fügt er noch an. Sie beide versinken in einen innigen Kuss.

Ich blicke in Rays Richtung, der seinen Bauch hält

und Würgegeräusche von sich gibt. Ich verkneife mir das Lachen und verlasse mit ihm gemeinsam die Küche.

»Melvin will nicht, dass ich dir davon erzähle, aber ich finde, du solltest es wissen«, beginnt Ray und pflanzt sich auf die weiche Couch meines Bruders.

»Worüber redest du?«, hake ich nach. Gegenüber der Couch steht ein passender Sessel, auf dem ich Platz nehme. Meine Beine ziehe ich nah an meinen Körper, bevor ich meinen Kopf auf den Knien ablege. Neugierig blicke ich Raymond an.

»Law ist in Panama. Er will George überführen mit der Hilfe des Tejeira-Clans. Ich halte es für keine gute Idee, aber dieser Idiot hört ja auf niemanden.«

»Und was bekommen die Tejeiras im Austausch? Sie werden Lawrenzo ja wohl kaum einfach nur aus Nettigkeit helfen.« Unruhe breitet sich in mir aus. Ich bin mir nicht sicher, ob ich die Antwort auf diese Frage wirklich hören möchte.

»Er wird die Tochter des Clanführers heiraten müssen. Leonardo wollte schon immer zu den Lorentinos gehören. Jetzt hat er seine Chance gewittert und Lawrenzo darauf festgenagelt. Aber ohne deren Hilfe wird er nicht genug Beweise gegen George sammeln können, um seinen Tod vor der Familie rechtfertigen zu können«, erklärt er mir.

»Warum hat er mich nicht gefragt? Wenn er weiß, wo George ist, dann kann ich ihn erledigen.«

Ray lacht dunkel auf. »Als ob es wirklich so leicht wäre, Lia. Du hast dabei vergessen, dass es sehr gefährlich ist, sich mit den Lorentinos anzulegen, und auch dass George niemand ist, den man einfach finden und töten kann.

Lawrenzo würde niemals zulassen, dass du dich in Gefahr begibst.«

Genervt schnaufe ich auf. Dieser verdammte Arsch! Ich habe schon viel schlimmere Typen umgelegt als seinen Onkel. Er ist ein typischer Macho! Frauen sind nur zum Vergnügen da und nicht, um helfen zu können!

»Dann soll er doch in dieser Ehe verenden, wenn es ihm so wichtig ist. Mir egal.« Ich schnappe mir eine Zeitung vom Tisch vor mir und blättere wahllos darin herum.

»Ihr seid einfach wie füreinander geschaffen. Stur und dickköpfig.« Ich kann Rays Grinsen förmlich vor mir sehen.

Doch ich blicke stur weiter auf das Magazin in meiner Hand. Halb nackte Bikinimodels rekeln sich vor der Kamera und zeigen sich von ihrer besten Seite. Oder mit dem besten Filter. Wer weiß das schon so genau.

»Nein, sind wir nicht. Er hat Angst davor, seinen Onkel zur Rechenschaft zu ziehen. Ich nicht. Wäre es meine Entscheidung, wäre dieses Arschloch schon längst unter der Erde.«

»Dann beweg deinen hübschen Hintern und hilf Lawrenzo«, unterbricht Raymond mich.

»Wobei? Soll ich ihn mit der Schlampe verheiraten, damit es schneller geht?« Angepisst werfe ich die Zeitung auf den Tisch zurück. Ein fieses Stechen breitet sich in meiner Magengegend aus, wenn ich allein daran denke, dass Lawrenzo eine andere Frau heiratet. Egal, ob aus Liebe oder wegen so eines beschissenen Vertrags.

»Natürlich nicht«, empört er sich. »Du solltest ihm helfen, Beweise zu finden, damit es gar nicht erst so weit kommt. Wenn jemand an diese Infos kommt, dann ja wohl die berüchtigte Huntress, die in unseren Kreisen leider immer zu viel Wissen über unsere Machenschaften hat.«

»Kein Interesse. Ich muss erst mal die Haut meiner Familie retten, bevor ich mich um das selbstverliebte Arschloch kümmern kann«, lehne ich ab. Mein Kopf weiß, dass es vernünftiger wäre, hierzubleiben, um Melvin und Thea zu beschützen. Mein Herz hingegen findet diese Entscheidung alles andere als gut. Schmerzhaft zieht es sich nur bei dem Gedanken an Lawrenzo zusammen. *Verräterisches Mistding!*

»Überleg es dir noch mal, Lia. Thea wäre jedenfalls sicherer, wenn sie sich aktuell nicht in eurer Nähe aufhält. Und wenn du eh schon mit Melvin wegmusst, dann kannst du mir auch direkt einen Gefallen tun. Ich pass auf deine Schwägerin auf. Versprochen«, redet Ray weiter auf mich ein. Ich versuche ihn zu ignorieren. Stattdessen laufe ich zurück in die Küche, wo Melvin und Thea sich angeregt unterhalten. Gott sei Dank! Ich liebe meinen Bruder, aber sein Liebesleben ist nichts, das mich brennend interessiert. Ich greife nach einer der Taschen und werfe sie mir über die Schulter. Zwei Weitere nehme ich in die Hand, bevor ich auf dem Absatz kehrtmache und die Treppe hinauf zum Gästezimmer laufe.

EINUNDZWANZIG

ALENIA

Unruhig wandere ich in dem Hotelzimmer hin und her. Seit Lawrenzo weg ist, sind fast zwei Wochen vergangen. Zwei verdammt harte Wochen. Panama ist nicht mal eben um die Ecke. Der Flug dauert für mich zu lange, um mal eben rüberzufliegen. Ich musste einmal zwischenlanden, den Tag in einem Hotelzimmer ohne Fenster verbringen – was im Übrigen verdammt schwer zu finden ist –, damit ich danach weiterfliegen konnte. Auch wenn ich mit meiner Krankheit Frieden geschlossen habe, ist sie in manchen Situationen einfach nur lästig. Zumindest konnte ich lange überlegen, was ich tun werde, wenn ich hier bin. Und nun bin ich das. Melvin war einen Tag vor mir hier und hat die Fenster mit einer speziellen Folie beklebt, damit ich auch tagsüber hier sicher bin.

Nach langer Zeit des Nachdenkens ist mir dann bewusst geworden, dass Lawrenzo recht hat. Ich bin mitschuldig an dem, was passiert ist. Hätte er jedoch die Eier gehabt, sich seiner Familie zu stellen, wären wir nicht hier. Hier in Panama, wo ich die letzten Beweise finden werde, die George überführen werden. Er ist ein für alle Mal erledigt. Genauso wie der restliche Lorentino-Clan. Jeder, der mit in die Machenschaften von George involviert war, wird sterben. Und wenn Lawrenzo sich mir in den Weg stellt, wird er ebenfalls sterben müssen. Die Zeiten, zu denen ich noch dachte, er wäre doch kein so schlechter Mensch, sind vorbei. Er hat mich in dem Moment verraten, als er nichts gegen seinen Onkel unternehmen wollte. Stattdessen wollte er mich irgendwo aussetzen. Vermutlich hat er gehofft, dass George seine Drecksarbeit erledigt und mich irgendwann finden wird.

Der Tag, an dem Raymond mir von der Hochzeit erzählt hat und der bevorstehenden Verlobung, war mein Stichtag. Ich wollte es nicht wahrhaben, aber Ray hatte recht. Ich kann Lawrenzo helfen, und das werde ich auch. Allerdings anders, als Ray vielleicht denkt. Nicht weil ich die Hochzeit verhindern möchte. Diese ist mir mittlerweile völlig egal. Beide Clans auf einem Haufen sind perfekt für das, was ich vorhabe. Nun muss nur noch alles klappen.

»Jetzt setz dich«, ertönt Melvins genervte Stimme vom Sofa aus.

»Irgendwie muss das doch funktionieren.« Verzweifelt streiche ich mir durchs Haar.

»Es ist vorbei, Lia. Mittlerweile dürfte jeder wissen, wer Huntress ist. Du bist nicht länger sicher in Los Angeles.«

»Wie gut, dass wir nicht in L.A. sind«, gebe ich zynisch zurück. Seine ständige Sorge um mich bringt mich förmlich um den Verstand.

»Hier bist du genauso wenig sicher. Ihm nachzureisen, war die dümmste Idee, die du je hattest. Außerdem fasse ich es immer noch nicht, dass du mich belogen hast.« In seiner Stimme erkenne ich, dass er verletzt ist. Noch nie habe ich ihm eine Lüge erzählt. Aber um hierherzukommen, musste ich ihm notgedrungen irgendetwas Falsches erzählen.

»Es tut mir ja leid, aber du hättest dem nie zugestimmt.« Vor dem kleinen Wohnzimmertisch bleibe ich stehen. Entschuldigend blicke ich Melvin an, der mich mit seinen Blicken am liebsten erdolchen würde. Thea ist bei Saylor und David untergekommen, die auf sie aufpassen werden, solange Melvin und ich weg sind. Armer David. Gleich zwei hochschwangere Frauen um sich zu haben, ist bestimmt nicht leicht für ihn. Andererseits ist er es gewöhnt die Saviors anzuführen. Wie schwer können da schon zwei Frauen mit ständigen Stimmungsschwankungen sein?

»Natürlich nicht, Lia! Hier bist du genauso wenig sicher wie in Los Angeles!«, meckert er mich an. Ein drohender Unterton schwingt in seiner Aussage mit.

»Aber ich muss irgendetwas tun, Melv. Du weißt genau, dass ich nur so mein altes Leben wiederbekomme. Wir werden sonst nie erfahren, wer alles meinen Namen kennt. Außerdem müssen wir George überführen. Wir sind es den Kindern schuldig.« Traurig blicke ich Melvin an.

»Und was willst du tun?«, gibt Melvin endlich nach. Seit Tagen bearbeite ich ihn, dass er mir helfen muss.

»Wir durchsuchen das Haus von George. Hier in Panama ist sein Anwesen weniger gesichert als das in Los Angeles. Wenn wir brauchbare Infos finden, dann hier.« Ich setze mich neben Melvin aufs Sofa und greife nach seiner Hand.

»Du könntest dabei sterben. Was ist mit Rica? Sie verkraftet es jetzt schon nicht, dass du eine längere Zeit nicht mehr bei ihr sein kannst.« Melvin fährt offensichtlich seine letzten Argumente auf, um mich doch noch zu überzeugen, meinen Plan nicht umzusetzen.

Rica und ich haben uns zwar bei Melvin im Haus getroffen, bevor ich abgereist bin, aber reden konnten wir noch nicht. Das muss leider warten, bis ich aus Panama zurück bin. Sie denkt, dass ich geschäftlich hier bin. Teilweise stimmt es ja auch. Nur eben eine andere Art von Geschäft, als Rica denkt.

»Ich will nicht, dass du mitgehst. Aber ich brauche dich für die Planung.« Entschlossen öffne ich den Laptop vor uns auf dem Tisch und schalte ihn ein. Auf seine Argumente reagiere ich nicht weiter. »Ich brauche jegliche Information, die mir helfen kann. Währenddessen werde ich mich dann mal umziehen und mich ein wenig in der Gegend zeigen. Er wird all seine Leute auf die Suche nach mir schicken. Solange sie mit Suchen beschäftigt sind, kann ich mich in Seelenruhe bei ihm umsehen.«

»Du bist wahnsinnig.« Hörbar laut atmet Melvin aus, bevor er sich tatsächlich dem Laptop zuwendet. Ich gebe ihm dankbar einen Kuss auf die Wange. Strahlend wende ich mich von ihm ab, um in mein Zimmer zu verschwinden. Auf dem Bett liegen bereits eine Perücke, die schusssichere Lederjacke sowie die Maske und ein Paar der Kontaktlinsen.

Es ist seltsam, nach den wenigen Wochen wieder Huntress zu werden. An dem Tag, als ich in diesem Keller wachgeworden bin, habe ich mich bereits von ihr verabschiedet. Ich wusste, dass ich niemals wieder Huntress werden kann, da vermutlich der gesamte Lorentino-

Clan meine wahre Identität kennt. Ich kann mir nicht vorstellen, dass Lawrenzos Männer die Klappe halten können. Somit wird es wohl mittlerweile die gesamte Unterwelt wissen.

Und jetzt? Nun stehe ich wieder an demselben Punkt wie damals, als ich Huntress ins Leben gerufen habe. Es fühlt sich auch genauso an. Nervosität gemischt mit Adrenalin rauscht durch meinen Körper. Bevor ich es mir doch noch anders überlege, schnappe ich mir all die Sachen und ziehe mich um. Im Bad lege ich die Kontaktlinsen ein und setze die Perücke auf. Meine Augen schlage ich nieder, bevor ich mich endlich traue, meinem Spiegelbild entgegenzusehen.

»Willkommen zurück«, hauche ich meinem Gegenüber zu. Ein sanftes Lächeln umspielt meine Lippen. Es ist fast wie früher. Ich bin sie. Schon immer gewesen, aber diesmal auf eine ganz neue Art. Sie alle wissen, wer hinter Huntress steckt, und doch stellt sich bei mir das altbekannte Gefühl der Sicherheit ein.

Mein Blick fällt auf die Maske, die auf dem linken Regal neben dem Waschbecken liegt. Ich tusche meine langen Wimpern, bevor ich nach ihr greife. Vorsichtig lege ich sie an. Intensiv violette Augen starren mir entgegen. Nichts erinnert mehr an Alenia. Das zartrosafarbige Haar umschmeichelt mein Gesicht. Doch es ist irgendwie anders. Meine alte Perücke habe ich nie wiedergesehen, seit ich im Krankenhaus war. Die neue hat einen Pony, der leicht über die Maske fällt. Stufig geschnitten umrahmt sie mein Gesicht. Vorsichtig binde ich sie zu einem Fischgrätenzopf, der mir locker über die rechte Schulter fällt. Ich bin eine neue Alenia, also auch eine neue Huntress. Die Veränderung des Haares war zwar nicht geplant, aber sie gefällt mir sehr. Sie passt einfach so viel besser zu meinem neuen Ich.

Ich streiche mir die losen, kürzeren Strähnen hinter mein linkes Ohr. Abrupt verharre ich in dieser Position. Traurig starre ich mein Spiegelbild an. Diese kleine Geste erinnert mich sofort an Lawrenzo. Bei jeder Begegnung hat er mir eine Strähne sanft hinters Ohr gestrichen. Seine Augen haben mich dabei so angeblickt, als würde er tief in meine Seele schauen können. Diese Geste fühlte sich nach Sicherheit und Geborgenheit an. Fast nach Liebe. Jedoch fühle ich nicht mehr dasselbe wie noch vor einigen Wochen. Es ist anders. Wut, Enttäuschung und Trauer breiten sich in meinem Körper aus, wenn ich an ihn denke. Soll er doch diese Mary heiraten. Eine Frau, deren Vater noch tiefer in den Menschenhandel verstrickt ist, als George es je war. Lawrenzo wird danach aus der Nummer niemals wieder herauskommen. Früher oder später wird er sowieso auf meiner Abschussliste landen.

Seufzend wende ich mich von meinem Spiegelbild ab. Bei dem Gedanken, ihn töten zu müssen, fühle ich nichts mehr. Er hat sich entschieden, und das habe ich ebenfalls getan. Es gibt kein Zurück mehr. Es ist genauso gekommen, wie ich damals in seiner Gefangenschaft gesagt habe. Sobald wir wissen, wer wir wirklich sind, steht zu viel zwischen uns. Ab dann gibt es kein Zurück mehr. Mein Auftrag, ihn zu töten, und die Verantwortung, die er für seine Familie hat, werden immer eine unüberwindbare Mauer zwischen uns sein.

Es ist endgültig vorbei.

Die Frage ist nur, wer von uns beiden wird überleben?

»Es tut mir wirklich leid, dass du nicht die übliche Zeit hattest, aber leider muss diesmal alles ein wenig schneller gehen.« Der Mann funkelt mich wütend an. Ich habe ihn mitten in der Nacht aus seinem Schlaf gerissen und, wäre das nicht schlimm genug, auch noch auf einen Stuhl gefesselt.

»Du kleine Schlampe hast ja keine Ahnung«, faucht Warren mich an. Noch spuckt er große Töne, doch eigentlich ist er ein Nichts. Früher oder später reden sie alle.

»Das ist ja das Problem. Ich brauche ein paar Antworten von dir.« Locker halte ich die Glock in meiner Hand, während ich meine Arme verschränkt auf der Rückenlehne meines Stuhls abgelegt habe.

»Von mir wirst du gar nichts erfahren.« Scharf ziehe ich die Luft ein.

»Bist du sicher?« Statt mir zu antworten, spuckt er mir vor die Füße. Sein Glück, dass er meine Schuhe nicht getroffen hat.

»Schade.« Ich hole aus meinem linken Stiefel ein Butterflymesser hervor, das ich mit Schwung auf seinen linken Oberschenkel werfe. Mit der Klinge voraus geht es glatt durch die Haut und bleibt darin hängen.

»Miststück!«, brüllt er schmerzerfüllt auf. Tränen laufen aus seinem Augenwinkel heraus.

»Das kann den ganzen Tag so weitergehen, wenn ich keine Antworten bekomme.« Liebreizend lächle ich Warren an. Ich stehe vom Stuhl auf und umkreise ihn. Der Arme. Vermutlich kennt er nur sein schickes Büro, in dem er seine Angelegenheiten regelt. Wo er all seinen

Kunden schreibt, wann welche Lieferung mit Kindern ankommt. Zu seinem Kundenstamm gehören auch George und die Tejeiras. Warren hat es verdient, zu sterben. Leider sieht mein Plan für heute anders aus.

Von hinten umfasse ich seine Kehle und drücke dabei leicht zu. Mit der anderen Hand greife ich in sein Haar und reiße damit seinen Kopf nach hinten.

»Rede oder es wird hier enden«, drohe ich ihm, bevor ich ihn wieder loslasse. Sofort schnappt er hörbar laut nach Luft.

»Was willst du wissen?«, röchelt er.

Zufrieden setze ich mich zurück auf den Stuhl, nachdem ich ihn wieder losgelassen habe. »Wo finde ich die Akten von George Lorentino?« Hysterisch beginnt der dürre Mann vor mir zu lachen. »Mädchen, die Lorentinos sind eine Nummer zu groß für dich.«

»Lass das mal meine Sorge sein.«

»Glaubst du wirklich, dass ein Mann wie George irgendwelche Akten einfach frei herumliegen lässt?«

»Nicht frei, sondern bei dir. Ich weiß, dass ihr euch gerne mal das ein oder andere Mädchen teilt. Das würde er nicht tun, wenn er dir nicht bedingungslos vertrauen würde.«

»Es gibt keine Akten.«

Angespannt atme ich tief ein. »Na gut.« Verärgert klatsche ich auf meine Beine beim Aufstehen und ziele mit der Glock auf ihn.

»Bitte nicht«, wimmert er leise. Plötzlich fängt er an zu heulen.

Augenverdrehend stecke ich die Glock zurück in den Hosenbund meiner schwarzen Röhrenjeans. Was ist das bitte für ein Weichei? Seit wann sind die Männer in diesem Geschäft keine richtigen Männer mehr? Ich umrunde ihn erneut, bevor ich einen Dolch aus meinem rechten Stiefel hervorhole. Hinter ihm komme ich erneut zum Stehen. Drohend lasse ich ihn vor seinen Augen baumeln. »Wenn dir dein bestes Stück irgendetwas bedeutet, solltest du jetzt reden. Ich habe keine Lust mehr und meine Geduld ist am Ende«, knurre ich in sein Ohr.

Sein Wimmern wird lauter. »Ich habe keine Akten, aber …« Er stockt mitten im Satz.

»Aber was?«, fordere ich ihn auf, weiterzusprechen. Leider presst er nur seine Lippen aufeinander und schüttelt heftig mit dem Kopf.

Das war's. Ich habe keine Lust mehr auf das Verhör. Die letzten zwei Nächte habe ich nichts anderes gemacht und diese Männer hier sind einfach nicht richtig gesprächig. Erst wenn es eigentlich schon zu spät ist, reden sie und das strapaziert meine Nerven enorm. George ist bereits auf mich aufmerksam geworden. Aber seine Villa wird weiterhin genauso gut überwacht wie vorher auch. Da einzusteigen, kann ich komplett vergessen.

»Bist du sicher, dass du mir nichts zu sagen hast?«, hake ich noch mal nach. Erneut schüttelt er mit dem Kopf. Ich ziele mit dem Dolch auf seinen anderen Oberschenkel. Auch diesmal schneidet die Klinge geschmeidig durch seine Haut und bleibt darin stecken. Seine Schmerzensschreie erfüllen den stillen Raum. Er kann jedoch so laut brüllen, wie er will. Niemand wird ihn hier hören.

»Letzte Chance, deine Eier zu retten«, warne ich ihn. Aus seinem linken Oberschenkel ziehe ich das andere Messer hervor. Auf dem Boden hat sich bereits eine kleine Blutlache gebildet.

»Verdammt! Ich habe Fotos auf meinem Laptop, von denen George nichts weiß! Er würde mich umbringen, wenn er davon wüsste.« Interessant. Auffordernd blicke ich in seine rotumrandeten, grauen Augen. Die pure Angst liegt in ihnen.

»Sie zeigen ihn bei Übergaben, Kindesmissbrauch und das letzte ist von vor ein paar Tagen. Sein Sohn ist auch auf dem Bild zu sehen, wie er mehrere Mädchen in einen Transporter verlädt.«

»Verarsch mich nicht! Sein Sohn ist tot! Außerdem glaube ich dir nicht, dass du wirklich so bescheuert bist und davon Aufnahmen machst!« Wütend werfe ich meinen Stuhl um und trete näher auf ihn zu.

»Nein, wirklich! Sylvian ist nicht tot. Wieso sollte er auch? Die Bilder schützen mich vor George. Deshalb habe ich sie gemacht. Irgendwann tötet er jeden, und damit ich nicht der Nächste bin, habe ich diese Aufnahmen gemacht.«

In seinen Augen erkenne ich keine Lüge. Bei dem Namen Sylvian klingelt außerdem irgendetwas bei mir. Hatte Ray nicht mal etwas über ihn erzählt?

»Ich will diese Bilder.« Ich löse Warrens Fesseln. »Komm nicht auf dumme Ideen. Ich würde dich jederzeit für deine Vergehen umbringen!« Aus dem rechten Oberschenkel entferne ich ebenfalls den Dolch.

»Ich kenne deinen Ruf. Du bist nicht nur in Los Angeles bekannt, Huntress.« Ehrfürchtig spricht er meinen Namen aus. »Du hast mir allerdings keinen Brief gesendet. Ich gebe dir die Fotos und tauche danach unter. Schon seit Langem wollte ich aus dem Business aussteigen. Der perfekte Moment, findest du nicht?« Auf seinen schmalen Lippen taucht ein leichtes Grinsen auf. Er reißt sich stark am Riemen, als er vorsichtig einen Fuß vor den anderen setzt. Würde ich so etwas wie Mitleid für ihn empfinden, würde ich ihm vermutlich helfen. Aktuell hat er aber noch nichts dafür getan. Wenn er sich ändert, wäre es wirklich super. Ich glaube jedoch nicht daran. Dafür hat er viel zu viel Erde hinter sich verbrannt.

»Sieh dieses Treffen als meinen Brief an. Auch wenn du untertauchst, ich werde dich finden. Überall. Also versuch gar nicht erst, mich zu verarschen!«, warne ich ihn.

Er nickt lediglich und tritt tapfer den Weg nach draußen an.

ZWEIUNDZWANZIG

LAWRENZO

Wütend knalle ich das Glas in meiner Hand gegen die nächste Wand. Wie kann sie es nur wagen, sich mir erneut zu widersetzen? Jedes verfluchte Mal, tut sie genau das Gegenteil von dem, was ich von ihr erwarte.

»Woher weißt du davon?«, knurre ich Raymond an. Dieser sitzt ganz entspannt in einem der Ledersessel und trinkt genüsslich seine Cola. Seit er Alenia zurück in seinem Leben hat, hat er keinen Tropfen Alkohol mehr angerührt. Selbst von Drogen hält er sich fern. Es ist, als würde ein komplett neuer Raymond vor mir stehen, und zum ersten Mal das Leben wieder voll genießen.

»Jeder spricht darüber. Sie jagt unwillkürlich irgendwelche Menschen. Es gibt kein Muster, nach dem sie vorgeht, also auch keine Möglichkeit, sie zu finden.« Es scheint ihn sichtlich zu erfreuen, dass ich keine Chance habe, sie ausfindig zu machen und für ihre Vergehen zu bestrafen.

»Und wieso kannst du nicht mir ihr reden?«

»Weil sie mich ignoriert«, murmelt er. Es scheint ihn

zu stören, dass sie sich zurzeit nicht mehr bei ihm meldet. Ob er sich tatsächlich in sie verliebt hat? Und wieso stört mich der Gedanke noch immer so sehr, obwohl ich sie bereits abgeschrieben habe? Eigentlich sollte ich den beiden nur das Beste wünschen. Ich kann es aber einfach nicht.

»Finde sie, Ray! Wenn George sie in die Finger bekommt, war alles umsonst«, befehle ich meinem besten Freund. Zustimmend nickt er.

»Ich weiß, aber ich habe keine Ahnung, wo ich anfangen soll. Es gibt keine Briefe mehr. Ich weiß noch nicht einmal, was sie vorhaben könnte. Geschweige denn, wieso sie überhaupt hier ist. Hätte sie sich bei dir gemeldet, würde ich es ja noch verstehen, aber es kam ja nichts von ihr, oder?« Herausfordernd blickt er mich aus seinen grünen Augen an. Fahrig fährt er sich durch sein braunes Haar und schabt mit der Handfläche über seinen Undercut.

»Nein, hat sie nicht«, erwidere ich nach einer halben Ewigkeit. »Aber sie hätte sich auch gar nicht melden können. Woher sollte sie wissen, dass ich bei den Tejeiras untergekommen bin?«

Ertappt schlägt Ray die Augen nieder.

»Ray.« Bedrohlich baue ich mich vor ihm auf. »Was hast du ihr in L.A. erzählt?«

Abrupt springt er auf. »Nur die Wahrheit über dich und Mary.«

Ich packe ihm am Kragen. »Das hast du nicht getan«, knurre ich wutentbrannt.

Entschuldigend blickt er mich an. Dennoch greift er ebenfalls nach meinen Kragen. »Es war keine Absicht. Sie hat sich nach dir erkundigt und ich habe ihr dann von deinem wirklich dummen Plan erzählt. Du hättest sie sehen müssen. Der gleiche Blick, den du mir gerade schenkst. Sie hat dich dafür gehasst!«, speit er mir entgegen.

»Sie hasst mich deinetwegen!«, schreie ich ihn an.

Kopfschüttelnd grinst er. »Nein, sie hasst dich wegen deiner Art und Weise. Weil du sie verletzt hast. Du hast dich nie bei ihr gemeldet und jeglichen Kontakt unterbunden. Du hast sie in die Arme von George getrieben!«, wirft er mir vor. Dabei lässt er jedoch meinen Kragen wieder los und befreit sich aus meinem Griff.

Sprachlos blicke ich ihn an. Tausend Szenarien spielen sich gerade in meinem Kopf ab. In jeder davon stirbt Alenia. Sie hat keine Chance gegen ihn. Dafür hat er sich zu viele Freunde gemacht, die ihn unterstützen, um Huntress ein für alle Mal loszuwerden. Ich bin ja nicht ohne Grund zu den Tejeiras gegangen.

»Sag mir jetzt nicht, dass sie Jagd auf George macht!«

»Keine Ahnung, Law. Aber wenn es so ist, bist du schuld daran. Hättest du sie von Anfang an mit einbezogen, wäre es nie so weit gekommen«, wirft Ray mir vor.

Trocken lache ich auf. »Hätte ich sie von Anfang an dabeigehabt, wäre sie jetzt bereits tot!«

Skeptisch blickt er mich an. Dabei zieht er seine Augenbrauen hoch, sodass sich kleine Fältchen auf seiner Stirn bilden. »Du hast Frauen schon immer unterschätzt. Alenia hat jahrelang gegen solche Männer gearbeitet. Sie weiß genau, was sie da tut. Dass du sie damals in eine Falle locken konntest, war pures Glück, oder vielleicht auch Schicksal. Dennoch hat sie mehr auf dem Kasten, als wir alle zusammen«, behauptet er. Von dem kleinen Tisch neben dem Ledersessel schnappt er sich seine Cola und trinkt einen Schluck. Danach klopft er mir aufmunternd auf die Schulter, bevor er mir den Rücken zukehrt und in dem langen Flur, der hinausführt, verschwindet.

Allein mit meinen Gedanken lasse ich mich in den Sessel fallen. Ich zerbreche mir den Kopf darüber, wie ich Alenia zu fassen bekomme, ohne dass Mary oder ihr Vater darauf aufmerksam werden. Nur weiß ich bereits jetzt, dass wenn ich sie in die Finger bekomme, sie nicht kampflos gehen wird. Dafür kenne ich sie mittlerweile zu gut. Dass sie einen starken Willen und einen absoluten Sturkopf besitzt, hat sie schließlich oft genug bewiesen.

Wie aufs Stichwort kommt Mary elegant die Wendeltreppe hinuntergelaufen. Ihr schlanker Körper steckt in einem silberfarbigen Kleid, das bis zum Boden reicht. Der Ausschnitt geht bis zum Bauchnabel. Leider präsentiert es mehr, als es verdeckt. In meinen Augen sieht sie aus wie eine Edelnutte. Doch ich weiß, dass Mary sich gerne so präsentiert. Sie zeigt bereitwillig ihre Vorzüge und was ein Mann verpasst, wenn er sie gehen lässt. Früher hätte ich sie allein nur deshalb gefickt, weil sie sich mir so an den Hals wirft. Das Kleid wäre nur ein netter Nebeneffekt gewesen.

Heute regt sich rein gar nichts mehr in meiner Hose bei ihrem Anblick. Für mich ist sie nur noch billig und dazu noch viel zu stark geschminkt. Ich ertappe mich dabei, wie ich sie immer wieder mit Alenia vergleiche. Es gibt allerdings keine Vergleiche. Die beiden sind so unterschiedlich wie Tag und Nacht.

Auf hohen High Heels kommt sie langsam auf mich zugestöckelt, packt mich am Arm und drückt mir einen Kuss auf die Lippen. Ich erwidere ihn kurz.

»Schatz, wieso bist du noch nicht umgezogen? Wir sind doch heute bei deiner Mum auf der Willkommensparty eingeladen. Sie wird sie extra für dich ausrichten«, schmollt Mary. Aus ihren braunen Iriden sieht sie mir entgegen. Dabei zwinkert sie häufiger, als würde sie einen perfekten Wimpernschlag hinlegen. Doch die zugekleisterten Augen mit einer Schicht zu viel Mascara erinnern mich eher an einen Waschbären.

»Ich bin sofort so weit.« Forsch schiebe ich sie von mir. An der kleinen Bar, die links von der Wendeltreppe steht und fast gegenüber dem Ledersessel, greife ich nach einer Flasche Gin und gehe mit ihr in der Hand die Wendeltreppe hinauf.

»Wehe, du säufst dir jetzt die Birne zu!«, keift Mary mir noch hinterher.

Augenrollend ignoriere ich sie. Ich höre noch, wie ihre Absätze über den Fliesenboden klackern, bis wieder Stille eingekehrt.

Im Schlafzimmer angekommen sehe ich noch immer den eleganten schwarzen Anzug mit einem hellgrauen Hemd auf dem Bett liegen. Offensichtlich soll man sofort erkennen können, dass ich zu der Frau im silbernen Kleid gehöre.

Ich trinke einige tiefe Schlucke aus der Flasche, bevor ich sie wütend auf den Nachttisch knalle. Es bringt ja doch nichts, mich dagegen zu wehren. Es würde Mary nur unnötig aufregen. Leider brauche ich sie und ihren verfickten Daddy aktuell noch, sodass ich es mir nicht erlauben kann, sie großartig zu verärgern.

Stattdessen füge ich mich meinem Schicksal. Zügig springe ich in dem angrenzenden Badezimmer unter die Dusche, bevor ich mich für diese beschissene Willkommensparty fertig mache.

Mary erwartet mich bereits freudestrahlend am Eingang, als ich endlich fertig bin. Gemeinsam steigen wir die Stufen hinab, vor denen bereits eine weiße Limousine wartet. Galant halte ich ihr die Tür auf, bevor ich selbst einsteige und Rico den Wagen startet.

Auf in die Hölle für die nächsten paar Stunden.

Am Eingang des Anwesens meiner Mutter tummeln sich bereits die Leute. Einige bekannte Gesichter blicken Mary und mich verwundert an, als wir gemeinsam an ihnen vorbeilaufen. Hinter uns beginnt sofort das Getuschel. Als wir die Villa betreten, kommt meine Mutter auch schon auf uns zugelaufen. Freudig nimmt sie erst mich, dann Mary in den Arm.

»Kinder, es ist so schön, euch zu sehen«, heißt sie uns willkommen.

»Danke, Mutter. Wir freuen uns auch«, begrüße ich sie kalt zurück. In ihren blauen Augen, die ich leider von ihr geerbt habe, erkenne ich sofort, dass sie sich überhaupt nicht freut. Sie hat diese Feier auch nur veranstaltet, damit alle sehen, dass sich die Lorentinos mit den Tejeiras vereinigen. Und nicht, weil ich nach Jahren endlich einmal bei ihr zu Besuch bin.

»Du bist noch hübscher geworden, als ich dich in Erinnerung hatte«, macht sie Mary ein Kompliment.

»Danke.« Diese schenkt ihr das schönste Lächeln und sieht dabei gespielt schüchtern zu Boden.

»Ihr seid ja bestens miteinander vertraut. Ich gehe mich mal kurz umsehen und ein paar alte Kontakte begrüßen.« Ich schenke Mary einen kurzen Kuss auf den Scheitel und lasse sie dann allein bei meiner Mutter stehen. Es scheint ihr jedoch nicht im Geringsten irgendetwas auszumachen.

Ich laufe in die Mitte des großen Raumes, welcher eher einer Halle ähnelt, um mir einen Überblick zu verschaffen. Links und rechts steigen lange Treppen empor, die in das nächste Stockwerk führen. Geradeaus hat meine Mutter eine kleine Bühne aufbauen lassen, die mitten im Durchgang steht. So kann keiner in den hinteren Teil der Villa. Dort wäre es jedoch wesentlich gemütlicher gewesen als hier. Überall erkenne ich Musikboxen, aus denen sanfte Töne erklingen. Ein Teil der Menschenmasse hat sich vor der Bühne versammelt. Sie wiegen ihre Körper leicht zu den ruhigen Tönen. Als Tanzen würde ich es allerdings nicht bezeichnen.

Rechts neben der Treppe ist die große, einladende Bar und eine lange Tafel mit Speisen, an der schon mehrere Menschen stehen. Dahinter erkennt man durch die große Fensterfront, die riesige Terrasse mit dem beleuchteten Pool. Kleinere Sitzgelegenheiten sind in Richtung Eingang errichtet worden. Überall laufen Kellner herum, die die Gäste mit Getränken versorgen. Vereinzelt wurden Stehtische im gesamten Raum verteilt, sodass jeder zumindest sein Getränk oder seinen Teller abstellen kann.

Typisch meine Mutter. Alles muss bei ihr schlicht in Weiß gehalten sein. Nur die kleinen Vasen auf den Stehtischen, in denen ich rote Rosen erkennen kann, geben dem Raum ein wenig Farbe. In der Menge fällt mir erst mal niemand Besonderes auf, mit dem ich – mehr gezwungen als freiwillig – sprechen möchte. Stattdessen gehe ich auf die Bar zu.

»Lawrenzo«, begrüßt mich der Vater von Mary im

Vorbeigehen. Abrupt bleibe ich stehen, obwohl ich gerade ganz dringend einen guten Drink bräuchte. Dass er hier ist, hätte ich nicht erwartet. Ich reiche Leonardo die Hand und klopfe ihm dabei freundschaftlich auf die Schulter.

»Schön dich hier zu sehen«, begrüße ich ihn ebenfalls.

»Ich kann doch die Verlobungsparty meiner eigenen Tochter nicht verpassen«, antwortet er lachend. Wieso wundert mich das jetzt nicht, dass Mary und meine Mutter unter einer Decke stecken und es keine Willkommensfeier ist? Ich behalte dennoch mein Pokerface bei.

»Da gebe ich dir wohl recht«, stimme ich ihm zu.

»Selten habe ich sie so glücklich erlebt. Der Deal steht selbstverständlich, solange du dich an die Vereinbarung hältst.« Seine Stimme nimmt einen düsteren Unterton an. Fast schon warnend blickt er zu mir.

»Keine Sorge. Mary weiß von nichts und wird es von mir nicht erfahren, wenn du dich ebenfalls an den Plan hältst.« Leonardos gespieltes Lächeln, erreicht nicht seine Augen. Ich sehe eher die Skepsis in ihnen.

»Dein Onkel wird jedoch die Feier noch miterleben, bevor er hinter Gittern landet. Diese ...« Kurz kommt er ins Stocken, als würde er nach einem Wort suchen. »Diese Huntress hat sich eingemischt. Meine besten Beweise sind weg, aber das sollte sich schnell geklärt haben. Meine Jungs haben bereits ihre Spur aufgenommen«, teilt er mir mit. Bei ihrem Namen zucke ich unmerklich zusammen.

»Wie konnte sie an deine Beweise gelangen?«, frage ich nach. Innerlich versuche ich ruhig zu bleiben. Wenn ich ihn jetzt bitte, ihr nichts anzutun, war alles umsonst. Leonardo ist ein schlauer Mann. Er würde sofort durchschauen, warum ich nicht möchte, dass er sie tötet. Er selbst hat genug Gründe, Huntress tot sehen zu wollen. Schließlich mischt er ebenfalls im Menschenhandel mit. Soweit ich weiß, sind allerdings keine Kinder involviert. Wäre es anders, wäre ich nicht hier. Auch wenn Menschenhandel moralisch nicht viel besser ist als Kinderhandel, gibt es diesen kleinen, aber feinen Unterschied.

»Sie hat Warren in die Finger bekommen. Jetzt ist er bei mir im Anwesen und leckt sich die Wunden«, erklärt er lachend. »Ich muss schon sagen, diese Frau kennt keine Gnade.«

Fragend ziehe ich eine Augenbraue in die Höhe. Ich erkenne eine Art Respekt vor ihr in seinem Blick.

»Was meinst du damit?«

»Sie hat ihm ein Messer durch die Oberschenkel gejagt und gedroht seine Eier abzuschneiden. Als er ihr die Bilder überreicht hat, hat sie ihm zusätzlich noch zwei Finger als Warnung abgetrennt«, amüsiert er sich. Keine Ahnung, was er daran so witzig findet, dass Alenia offensichtlich begonnen hat, Menschen zu quälen.

»Sie hat ihn tatsächlich am Leben gelassen?«, hake ich verwundert nach. Das ist so überhaupt nicht ihr Stil.

»Ja, angeblich, weil sie ihm ja keine Warnung gesendet hat. Weiß Gott, was das mal wieder heißen soll.«

Wenigstens scheint ihre Moral nicht ganz auf dem Müll gelandet zu sein. Darum muss ich mich definitiv kümmern. Sie spielt da ein gefährliches Spiel, wenn selbst die Tejeiras sie finden wollen. Bisher waren es nur Georges, also nur meine Leute. Aber wenn zwei Clans sie suchen, hat sie so gut wie keine Chance mehr.

»Sie hat früher erst Briefe gesendet, bevor sie jemanden besucht hat«, erkläre ich ihm.

Leonardo nickt und zuckt dabei mit den Schultern. »Wenn es ihr Spaß bereitet. Es soll nicht mein Problem sein, was dieses Gör in ihrer Freizeit anstellt. Jedenfalls wird es ein wenig länger dauern, Lawrenzo«, weist er mich auf die Verzögerung hin.

»Wenn George bis zu meiner Hochzeit nicht im Knast sitzt, werde ich die Vereinbarung ebenfalls nicht einhalten können, Leonardo. Wir haben einen Deal. Wenn du deine Leute nicht im Griff hast oder du Beweise nicht genug schützt, ist das nicht mein Problem.« Eine Kellnerin gesellt sich zu uns. Auf ihrem Tablett hat sie Champagnergläser und vereinzelte kleinere Gläser mit einer dunklen Flüssigkeit darin. Ich nehme mir zwei davon, bevor sie weitergeht. Eines reiche ich Leonardo, der mich mit einem düsteren Blick betrachtet.

»Komplikation entstehen nun mal«, erklärt er mir angepisst.

»Mag sein. Den Kunden interessieren die Komplikationen aber nicht. Wenn du nicht pünktlich lieferst, wirst du auch nicht pünktlich bezahlt«, erläutere ich noch mal die Regeln.

»Du bist ein knallharter Geschäftspartner geworden, was? Aber pass gefälligst auf, mit wem du redest, Junge. Ich musste mir nie bei einer anderen Familie Hilfe suchen, da meine eigene mich verarscht. Reiß dein Maul also nicht allzu weit auf, Lawrenzo, bevor ich mich doch noch umentscheide!«, droht er mir, bevor er auf dem Absatz kehrtmacht und mich einfach stehen lässt. Seine Drohungen imponieren mir jedoch nicht im Geringsten. Ich habe nicht um seine Hilfe gebeten, weil er ein so mächtiger Mann ist. Er umgibt sich leider nur mit den richtigen Leuten, die ebenfalls in diesen verschissenen Kinderhandel involviert sind. Bessere Beweise als die von ihm, hätte ich niemals bekommen können.

Ein Gedanke bleibt jedoch in meinem Kopf hängen: Wie konnte Alenia an diese Beweise gelangen, ohne dabei erwischt zu werden? Wie hat sie überhaupt herausgefunden, in welchen Kreisen sich mein Onkel bewegt? Und vor allem, wie konnte sie an diese herankommen, ohne sich den Gefahren der UV-Strahlung auszusetzen?

Ich trinke einige Schlucke aus dem Glas. Meine Kehle beginnt leicht zu brennen. Anders würde ich aber all diese Fragen in meinem Kopf nicht zum Schweigen bringen können. So sehr mich die Antworten auch interessieren, aktuell bekomme ich sie nicht. Von daher muss ich mich auf das konzentrieren, was in diesem Moment wichtiger ist.

In der großen Eingangshalle wird es immer voller. Nun, da ich auch den wahren Grund der Feier kenne, wundert es mich nicht mehr, dass alle mich anstarren. Bei den einen sehe ich Furcht in den Augen aufblitzen, bei den anderen nur Neugierde. Ich suche den großen Raum nach Mary ab. Hier irgendwo muss sie doch stecken. Unerwartet komme ich ins Stocken, als ich doch tatsächlich meinen Onkel unter den Leuten sehe. Er scheint mich noch nicht bemerkt zu haben. Lächelnd unterhält er sich mit irgendwelchen Männern, die ich nicht kenne. Was zum Teufel macht er hier? Er soll hier verschwinden! Auch wenn ich es noch nicht beweisen kann, weiß ich genau, dass er für den Brand in meiner Villa verantwortlich war. Auf dem Weg zu ihm, stellt sich mir Sylvian in den Weg.

»Lawrenzo«, begrüßt er mich freundschaftlich und klopft mir dabei auf die Schulter. »Darf ich dir gratulieren?«

»Lieber nicht«, antworte ich leicht lächelnd und werfe ihm einen kurzen entschuldigenden Blick zu, bevor ich mich an ihm vorbeischiebe. Meine Augen suchen nach George. Dort, wo er eben noch stand, stehen nur noch seine vorherigen Gesprächspartner. Ich suche den gesamten Raum nach ihm ab, kann ihn jedoch nicht mehr finden.

»Wen suchst du?«, erkundigt sich Sylvian bei mir.

Verwirrt, dass er mir scheinbar nachgelaufen ist, drehe ich mich zu ihm um. »George, aber er ist offensichtlich schon wieder abgehauen«, erwidere ich. Sylvian und ich kennen uns schon seit einer Ewigkeit. Vor ihm habe ich keine Geheimnisse, da ich weiß, dass ich ihm vertrauen kann.

»Was ist das hier mit dieser Verlobung? Du hast nicht ein Wort über diese Mary verloren und jetzt willst du sie plötzlich heiraten?«, hakt Sylvian nach. Er ist sichtlich verwirrt über die gesamte Situation.

»Das ist eine lange Geschichte. Wieso bist du überhaupt hier? Solltest du nicht in L.A. bleiben wegen der letzten Container?«

Ertappt sieht er auf den Boden, bevor er mich ansieht. »Elias kümmert sich darum. Ich wollte ehrlich gesagt mit dir sprechen. Zero ist verschwunden und keiner weiß, wo er ist. Deshalb wollte ich dich auch zurückholen«, erklärt er mir.

Elias, der absolut keine Ahnung davon hat, soll die Lieferungen überwachen? Innerlich klatsche ich mir gegen die Stirn. »Zero interessiert mich nicht. Das ist Georges Problem«, gebe ich zurück.

»Das kannst du nicht ernst meinen, Lawrenzo. Zero ist zwar eine Nervensäge hoch zehn, aber immer noch dein Cousin. Du hast der Familie versprochen, dass du auf sie achtest«, erinnert er mich an den Tag, an dem ich zum Oberhaupt gemacht wurde. Wenn jetzt noch herauskommen würde, dass ich ihn getötet habe, wäre das Drama perfekt.

»Er hat mich hintergangen, Sylvian. Aber wenn es dich beruhigt, ich fliege nächste Woche wieder nach L.A. und werde mich um diese Angelegenheit kümmern«, antworte ich lediglich und wende mich von ihm ab. Das Gespräch ist damit für mich beendet. Guter Freund hin oder her. Auch er sagt mir nicht, was ich zu tun habe und was nicht.

Ich laufe in die Richtung der Bar, an der ich Mary vermute. Sie ist die Einzige, die mich gerade interessieren sollte. Als ich sie endlich gefunden habe, unterhält sie sich noch immer mit meiner Mutter. Meinen Arm lege ich um ihre Taille, bevor ich ihr erneut einen Kuss auf den Scheitel gebe. Lächelnd schmiegt sie sich in meine Arme. Den Drang, sie einfach abzuschütteln, unterdrücke ich dabei.

Während Mary und meine Mutter sich über die baldige Hochzeit unterhalten, schweift mein Blick immer wieder ab. Bei diesem Thema gibt es sowieso nichts, was ich dazu sagen wollen würde. Mit den Augen suche ich stattdessen noch immer nach meinem Onkel, der wie vom Erdboden verschluckt scheint.

»Was sagst du dazu, Liebling?«, reißt mich Marys Stimme aus meinen Gedanken.

»Alles so, wie du es dir wünschst«, gebe ich zurück in der Hoffnung, irgendwie das Richtige gesagt zu haben.

»Aber es ist doch unsere –.« Abrupt stoppt Mary in ihrer Predigt, als die Lichter und die Musik ausgehen. Der Raum liegt mit einem Mal in völliger Finsternis.

»Was soll das schon wieder? Alles muss man hier selbst machen«, meckert meine Mutter und leuchtet sich ihren Weg mit der Taschenlampe ihres Handys durch die Menge. Mittlerweile haben fast alle Gäste ihre Telefone eingeschaltet, sodass es einigermaßen hell beleuchtet ist.

»Liebe Gäste, es gibt sicherlich nur ein technisches Problem. Meine zukünftige Schwiegermutter kümmert sich bereits darum. Bitte bewahren sie Ruhe. Gleich können wir gemeinsam meine Verlobung mit diesem wundervollen Mann hier weiterfeiern«, erklärt Mary in einem lauteren Ton, sodass sie alle gut verstehen dürften. Dabei klammert sie sich an mein Hemd und drängt sich noch näher an mich. Keiner der Gäste erwidert etwas. Stille füllt den Raum. Zumindest so lange, bis ein lautes Klackern von Absätzen auf den Fliesen widerhallt. Danach erneut Stille.

»Ich wollte auch gar nicht lange stören«, erklingt wie aus dem Nichts eine kalte weibliche Stimme. Gänsehaut breitet sich bei dem Klang dieser Stimme über meinen gesamten Körper aus.

Ein Spotlight erhellt die Mitte der Bühne, auf der die Musiker stehen und völlig verwirrt erscheinen. Dieses wird jedoch schnell in die Richtung der linken Treppe gedreht. Erst da erkenne ich sie. Elegant und verführerisch steht sie auf dem Absatz der Treppe und richtet ihren aufmerksamen Blick in die Menge.

In einem schwarzen, kurzen Cocktailkleid steht sie

da. Sie trägt einen tiefen V-Ausschnitt, der jedoch durch die transparente Spitze des Kleides leicht verdeckt wird und bis zu ihrem Hals hinauf reicht. Man kann nur erahnen, wie schön ihr Körper unter diesem Kleid wirklich ist. Sie gewährt nur vereinzelt den Blick auf ihre nackte Haut. Die Füße stecken in Boots mit Keilabsätzen, die eigentlich nicht zu dem Kleid passen sollten, ihr Outfit aber dennoch perfekt abrunden. Passend dazu hat sie ihre Lederjacke an.

Zu meiner Schande muss ich gestehen, dass ihr die neue Perücke verdammt gut steht. Der Pony und der stufige Schnitt umrunden ihr Gesicht perfekt. In sanften Wellen fallen ihr die Haare bis zur Hüfte. Unter der Maske trägt sie die violetten Kontaktlinsen, die zwar künstlich sind, aber ihren scharfen Blick durchaus widerspiegeln. In ihrer rechten Hand erkenne ich, wie sie locker eine Glock festhält.

Mary schiebt sich leicht hinter mich. Ich erkenne durch einen kurzen Seitenblick in ihre Richtung die Angst in ihren Augen. Sie weiß genau, wer da vor ihr steht und die Party sprengt.

»Bitte tut euch allen selbst den Gefallen und macht keine Dummheiten. Meine Männer sind nur allzu bereit, euch in die Schranken zu weisen.« Dabei zeigt sie mit der Hand auf die erste Etage. Dort stehen zwei Männer, die ihre Sturmgewehre auf die Masse gerichtet haben. Einer von ihnen trägt eine übliche Sturmmaske, während der andere eine ähnliche Maske wie die von Alenia trägt. Nur dass seine schwarz ist.

Wer zum Teufel sind diese Männer und was macht Alenia hier? Wut breitet sich in mir aus. Auch wenn ich noch etwas anderes bei ihrem Anblick spüre, überwiegt der Ärger auf sie. Mit diesem Auftritt hat sie endgültig eine Grenze überschritten und sich damit mehr als nur in Gefahr gebracht.

»Da wir uns ja einig sind, habe ich eine kleine Überraschung für euch.« Ein ironisches Lächeln liegt auf ihren Lippen. Elegant schreitet sie die Treppe weiter hinunter. Der Scheinwerfer folgt ihr dabei auf Schritt und Tritt. Offensichtlich hat sie noch mehr Männer unter den Anwesenden.

»Du bleibst hier«, wende ich mich leise an Mary und löse mich dabei von ihr.

»Nein, du kannst nicht zu dieser Irren.« Sie greift nach meiner Hand und will mich damit dazu bewegen, bei ihr zu bleiben. Aber ich habe keine Angst vor Alenia. Egal, welche Spiele sie spielt, ich spiele besser. Ich kenne die Regeln, denn ich habe sie damals neu erfunden. Und wenn sie nicht nach den Clanregeln spielt, kann sie nur verlieren und das Ganze hier endet in einem blutigen Massaker. So weit würde sie nicht gehen, da bin ich mir sicher.

»Du bleibst hier!«, knurre ich Mary erneut warnend an, bevor ich in Richtung Alenia gehe. Sie selbst bahnt sich ebenfalls einen Weg durch die Masse, die ihr jedoch bereitwillig Platz macht. Dabei wirkt ihr Blick suchend. Erst, als sich unsere Blicke kreuzen, hält sie kurz inne. Ich sehe, wie sie tief einatmet, bevor sie offenbar auf mich zu kommt. Die Menge zwischen uns spaltet sich weiter. Ich bin der Einzige, der nicht vor ihr resigniert.

Kurz bevor sie bei mir ankommt, erkenne ich, wie sich plötzlich ein Mann von rechts auf sie stürzt. Als hätte sie dies kommen sehen, weicht sie seinem Schlag gekonnt aus und greift dabei nach seinem Arm, den sie hinter seinem Rücken verschränkt und hart daran zieht. Der Mann stöhnt schmerzerfüllt auf. Gekonnt tritt sie ihm von hinten in die Kniekehle. Während er auf die Knie sinkt, fällt mir auf, dass ich ihn zuvor noch nie gesehen habe. Den Lauf der Glock hält sie ihm gegen den Kopf. »Wenn du nicht gerade taub bist, hätte ich gerne eine Erklärung.« Sie entsichert ihre Waffe und drückt noch mal gegen seinen Kopf.

Der Mann knurrt lediglich, bleibt aber ansonsten still.

»Schade«, haucht sie ihm ins Ohr und streicht dabei federleicht mit dem Lauf der Waffe über sein Gesicht. Sie holt aus, trifft den Mann heftig an der Schläfe, der daraufhin seine Körperspannung verliert und wie ein Sandsack umfällt. Sie hat exakt den Punkt getroffen, der ihn augenblicklich bewusstlos werden lässt. Kurz spüre ich so etwas wie Stolz in mir. Ich habe noch nie gesehen, wie Alenia ihren Job ausführt, und ich muss gestehen, dass sie dabei verflucht sexy aussieht und ich schon fast verstehen kann, wieso sie so berüchtigt in unserer Szene ist. Sie blickt zu dem Unbekannten hinab, als ich aus dem Augenwinkel wahrnehme, wie sich ein weiterer Mann aus der Menge löst und auf Alenia zustürmt. In seiner rechten Hand erkenne ich eine lange Klinge gefährlich aufblitzen. Alenias Blick schnellt hoch, als ich den Mann kurz vor ihr stoppe, ihm das Messer aus der Hand schlage und bedrohlich knurre.

»Nicht hier!«, mahne ich ihn wütend. Mir ist bewusst, dass wenn ich nur eine Sekunde länger gezögert hätte, er Alenia mitten ins Herz gestochen oder es zumindest versucht hätte. Der Gedanke daran, wie sie vor mir liegt, blutend und dem Tode nah, löst ein seltsames Gefühl in mir aus. Auch in ihren Augen erkenne ich die bittere Wahrheit aufblitzen. Wäre ich nicht, wäre sie nun tot. Ihr Plan ist eben nicht makellos perfekt gewesen. Sie hat nicht an alles gedacht. Oder ist sie abgelenkt? Fuck, am liebsten würde ich sie an ihren Haaren hier herausschleifen!

Äußerlich wahre ich den Schein und lasse sie nicht wissen, was gerade in mir vorgeht. Unbeeindruckt starre ich Alenia einfach an. Elegant steigt sie über den bewusstlosen Körper. Ihre Waffe hat sie nun auf mich gerichtet. Ein leichtes, fast unmerkliches Grinsen schleicht sich in mein Gesicht. Niemals würde sie auf mich schießen.

»Lorentino, dich habe ich gesucht.« Ihr verführerischer Duft nach Vanille und Rose weht in meine Nase, als sie kurz vor mir zum Stehen kommt.

Ich ignoriere den Drang, sie an mich zu ziehen und zu küssen. Den Drang, ihr eine heftige Ansage zu machen, wieso sie sich mir ständig widersetzt und wieso sie hier ist, statt mich die Angelegenheiten regeln zu lassen. Weshalb sie so fucking unkonzentriert ist und beinah hier hätte sterben können!

»Hier bin ich. Was willst du?«, komme ich direkt zum Punkt. Nur so bekomme ich sie schnellstmöglich aus der Schusslinie dieser Männer hier. Erst von Nahem fällt mir auf, dass ich keinerlei Gefühlsregung in ihrem Gesicht erkennen kann. Sie erscheint völlig kalt und distanziert.

»Es ist selten, dass sich zwei Clans verbünden. Auch noch welche, die so unterschiedliche Ansichten haben. Jahrelang standet ihr halb im Krieg«, säuselt sie. Sie senkt ihren Arm mit der Waffe und blickt mir tief in die Augen. »Doch ich lasse es mir nicht entgehen, euch mein Verlobungsgeschenk zu geben. Wo ist denn deine kleine, süße

Verlobte?«, hakt sie nach. Ihre Augen wirken dabei kalt und leer, trotz der Kontaktlinsen. Den Mund hat sie zu einem geraden Strich verzogen, der sie noch härter erscheinen lässt. Äußerlich wahrt sie den Schein einer eiskalten Killerin. Würde ich sie nicht zumindest ein wenig kennen, würde ich ihr diese Show abnehmen.

»Was willst du?«, knurre ich gefährlicher.

Treib's nicht zu weit, Alenia!, füge ich gedanklich noch hinzu. Als könne sie meine Gedanken lesen, breitet sich auf ihrem Schmollmund ein Lächeln aus. Erst dann erkenne ich die kleine Platzwunde an ihrer Lippe.

Ich mustere sie genauer. Ihr Hals wird durch den leicht transparenten Stoff des Kleides verdeckt, dennoch fallen mir bei genauerem Hinsehen mehrere Blutergüsse auf. Als hätte sie jemand gewürgt und das ziemlich heftig. Mein Blick wandert weiter hinauf. Auch wenn ihr Gesicht größtenteils durch die Maske verdeckt ist, erkenne ich einen bläulichen Schimmer um ihr linkes Auge. Ebenfalls auf ihrer linken Seite sieht man einen kleinen, feinen Schnitt, der von ihrem Ohr hinunter zum Hals führt. Mit Make-up hat sie versucht ihn zu kaschieren.

Wütend balle ich meine Hand zur Faust. Mein Herz schlägt doppelt so schnell wie vorher. Adrenalin pumpt durch meinen Körper. Wüsste ich in diesem Moment, wer ihr das angetan hat, wäre er jetzt tot. Ich will in seine fucking Visage sehen, wenn er die gleichen Schmerzen ertragen muss wie sie und im Anschluss jegliches Leben aus seinem Körper weicht.

Niemand fasst meine Frau an! Ich schüttle abrupt den Kopf. An was habe ich da gerade bitte gedacht?

»Sag schon«, knurre ich erneut. Ich verdränge dabei

all meine aufkommenden Gefühle und konzentriere mich dabei nur auf das Hier und Jetzt.

»Hier bin ich«, ertönt Marys zittrige Stimme. Sie greift klammernd nach meinem Arm und versteckt sich dabei leicht hinter mir. Auch Alenia erkennt sofort Marys Angst. Ich kann mir vorstellen, wie Alenia innerlich ihre Augenbraue hochzieht und sich fragt, ob das mein voller Ernst ist.

»Schön, dass du zu uns gefunden hast, kleine Mary. Du brauchst aber keine Angst haben, ich werde dir nichts tun.« Wie mit einem Kind spricht sie mit ihr. Der Spott in ihrer Stimme ist kaum zu überhören. Um uns herum herrscht noch immer völlige Stille. Alle sind gespannt auf das, was noch kommt. Keiner wagt, etwas zu sagen oder sich in diese Situation einzumischen.

»Huntress, sag uns, was du willst und dann verpiss dich, bevor ich dir hier und jetzt zeige, was es bedeutet, mir auf den Sack zu gehen!«

»Wo würde dann der Spaß bleiben, Lawrenzo?«, fragt sie süßlich nach.

Ich erkenne sie nicht mehr wieder. Erst dachte ich, sie verbirgt ihre wahren Gefühle hinter der Maske, doch gerade glaube ich, dass sie tatsächlich nichts mehr fühlt. Da ist nichts, was noch an Alenia erinnert.

»Erst mal wollte ich euch zur Verlobung gratulieren«, redet sie dann doch weiter. Dabei holt sie aus ihren Boots einen Umschlag hervor. Ich höre, wie die Leute um uns herum erschrocken nach Luft schnappen. Alenia scheint dies sichtlich zu genießen. Ihr Blick gleitet nach oben. Dort, wo eben noch zwei Männer standen, steht nur noch einer. Kurz darauf erkenne ich, wie der andere hinter ihr zum Vorschein kommt. Er muss diese sinnlose Plauderei ausgenutzt haben, um unbemerkt zu uns zu kommen. Er reicht Alenia einen weiteren Umschlag. Danach legt er seinen Arm um ihre Taille und zieht sie näher zu sich heran. Dabei behält er unser Umfeld genauestens im Blick.

Finster blicke ich ihn an. Mir stellt sich augenblicklich die Frage, wer er ist und warum er mit seinen fucking Händen Alenia anfasst.

»Die hier sind für euch.« Sie reicht Mary einen Umschlag und hält mir einen hin.

»Wir wollen deine Geschenke nicht«, lehne ich ab. Mary hingegen nimmt ihren ahnungslos an. Sie weiß eben nicht, was in diesen Umschlägen ist.

»In den Umschlägen sind keine Briefe«, amüsiert sie sich. Immer noch liegt dieses falsche Lächeln auf ihren Lippen.

»Was dann?«

»Beweise für den Kinderhandel, den die Lorentinos betreiben und Beweise für den Kinderhandel, den der Tejeira-Clan betreibt.« Ihre Stimme erklingt laut und deutlich, sodass jeder der Anwesenden sie verstanden haben muss.

»Beweise aus deiner Hand bedeuten rein gar nichts«, erwidere ich.

»Dann sieh es halt doch als Brief an. Jeder, der darauf zu sehen ist, steht auf meiner Liste. Du solltest dich als neues Oberhaupt beider Familien darum kümmern, bevor ich es tue«, droht sie mir. Dabei knallt sie mir den Umschlag vor die Füße. Alenia wirft einen letzten Blick auf Mary, bevor sie mich nochmals anblickt.

»Es gibt kein Zurück mehr, sobald die Hüllen gefallen sind. Am Ende kann nicht jeder überleben«, haucht sie leise. Sofort verstehe ich, worauf sie anspielt.

Für einen kurzen Moment sehe ich Bedauern in ihrem Blick aufflimmern, bevor sie wieder die kalte Fassade aufsetzt.

»Es gab nie ein Zurück«, erwidere ich trocken.

DREIUNDZWANZIG

ALENIA

Enttäuscht blicke ich Lawrenzo an. Leicht schüttle ich den Kopf. Bewahre meinen neutralen Gesichtsausdruck, damit niemand etwas merken kann. Das hier hatte nie eine Zukunft. Er hat es nur noch mal bestätigt. Die Schmetterlinge in meinem Bauch, die wieder wie wild begonnen haben in mir zu flattern, ändern nichts daran. Eigentlich dachte ich, ich hätte sie erfolgreich verbannt. Leider reicht nur sein Anblick und schon sind sie wieder da. Mein Herz schlägt doppelt so schnell in meiner Brust, bis es nun endgültig an seinen Worten zerbrochen ist.

Es gibt nichts mehr zwischen uns zu sagen.

Ich fasse nach Melvins Hand, die noch immer auf meiner Taille ruht. Leicht drücke ich sie. Er versteht sofort. Melvin nickt Lawrenzo zu, bevor er sich abwendet und mich mit sich zieht. Es fühlt sich nach einem Abschied für immer an. Vermutlich ist er es auch.

»Du glaubst wirklich, du könntest einfach so verschwinden?« Melvin und ich drehen uns noch mal zu Lawrenzo um. Dieser jedoch starrt selbst völlig irritiert zu seiner Verlobten. Der Lauf ihrer Pistole ist auf uns gerichtet.

»Das tust du nicht wirklich«, behaupte ich lachend. Woher die Kleine plötzlich eine Waffe hat, will ich vermutlich gar nicht wissen. Ich kann es mir allerdings denken, da ich Sylvian direkt hinter ihr stehen sehe. Mit einem bösartigen, überheblichen Blick sieht er mich an.

»Mary, gibt die Waffe her«, befiehlt Lawrenzo ihr. »Hier sind zu viele Menschen, die nichts mit der Sache zu tun haben.«

Sie wirft ihm einen kurzen Seitenblick zu. »Aber sie bedrohen uns?«, fragt sie ihn verwirrt.

Er greift vorsichtig nach der Waffe und legt seine Hand auf ihrer ab. Langsam drückt er ihre Hand herunter und damit auch die Waffe. »Glaub mir, wenn ich dir sage, dass ich mich darum kümmern werde. Aber nicht hier«, betont er erneut. Dabei nimmt er ihr die Waffe aus der Hand und steckt sie sich in den Hosenbund.

Mary klammert sich an seinem Arm fest. Tränen bahnen sich ihren Weg aus ihren Augen hinab. Fast schon tut sie mir leid. Offensichtlich hat sie keine Ahnung von dem, was ihre Familie tut. Sie lebt einfach nur das oberflächliche Leben einer reichen, verzogenen Göre. Die Probleme anderer haben sie nie interessiert, sonst hätte sie bereits irgendwann herausgefunden, was ihre Familie wirklich macht.

Mit einem Mal geht alles so schnell. Sylvian drückt sich an den beiden vorbei – Mary kreischt panisch, als er sie zur Seite schubst – und zielt mit einer weiteren Waffe auf mich. Lawrenzo blickt zu mir und dann auf die Pistole in seiner Hand. Melvin reagiert jedoch schneller. Er zieht mich beiseite und schießt Sylvian gleichzeitig mit seiner Waffe ins Bein. Laut brüllend geht Sylvian zu Boden. Um uns herum bricht die reinste Panik aus. Alle beginnen zu schreien und versuchen so schnell wie möglich die große Halle zu verlassen.

Melvin prüft zügig, ob es mir gut geht, bevor er mich hinter sich herzieht. Mein Blick gleitet noch einmal kurz zu Lawrenzo. Dieser hingegen hockt auf dem Boden bei Sylvian. Bei dem Verräter, der mich nur töten will, weil ich seinen Plan kenne.

Mit eiligen Schritten verlassen wir die Halle im Schutz des Durcheinanders. Keiner von uns beiden sagt ein Wort, als uns die kühle Nachtluft entgegenweht. Ich spüre jedoch, wie wütend Melvin ist. Er weiß, dass es heute mal wieder sehr knapp war. Wir steigen zügig in den Van, der bereits auf uns gewartet hat, und verlassen in einem rasenden Tempo das Grundstück. In dem großen Chaos fallen wir nicht weiter auf. Alle Leute, die auf der Feier waren, wollen so schnell wie möglich fort.

Melvin reißt sich die Maske vom Gesicht. Wütend starrt er mich an.

»Musstest du so provokant sein? Was war mit unserem Plan, dass du Lawrenzo einfach nur den Umschlag gibst und wir dann abhauen?«, brüllt er mich sauer an.

»Beruhig dich mal. Es ist doch nichts passiert.« Ich nehme ebenfalls die Maske ab. In Melvins Blick sehe ich wie der Schmerz erneut in ihm entfacht.

»Ich erkenne dich nicht mehr wieder, Alenia. Du bist unkontrolliert, unvorsichtig und aggressiver als je zuvor. Hast du mal dein Gesicht angesehen. Zuletzt sahst du so aus, als wir bei David gelernt haben, wie man kämpft.«

Augenrollend sehe ich zu Ryan, der den Van durch

die Straßen lenkt. Dieser jedoch sieht stur auf die Fahrbahn und schenkt uns keinerlei Beachtung.

»Das war ein Versehen, Melv. Ich habe nicht richtig aufgepasst und dann kam eins zum anderen. Das habe ich dir aber schon erklärt. Sie haben mich abgefangen, als ich aus dem Haus von Warren kam. Das war nicht geplant, aber Ungeplantes geschieht nun mal.«

»Normalerweise würde ich dir ja recht geben, aber nicht nach heute. Ich habe das Gefühl, du legst es darauf an, getötet zu werden, und ich kann mir den Grund genau vorstellen.«

»Ach ja? Was weißt du schon«, zicke ich ihn an. Auf seine Strafpredigten habe ich absolut keine Lust.

»Ich kenne dich! Du hast denselben Blick drauf wie damals, als du dachtest, es gibt keinen Ausweg aus deiner persönlichen Hölle bei unserem Vater!«, wirft er mir vor.

»Das stimmt nicht. Du übertreibst maßlos. Entschuldige, dass ich mir den ein oder anderen Kommentar nicht sparen konnte, aber so war ich schon immer und das weißt du!«

»Verarsch mich nicht, Lia! Ich weiß, dass du denkst, dass nur einer von euch beiden überleben kann, wenn es hart auf hart kommt. Du willst nicht sehen, was aus Lawrenzo wird, wenn er mit den Tejeiras zusammenarbeitet. Außerdem kannst du diese Frau nicht an seiner Seite akzeptieren«, zählt er jeden Punkt einzeln auf.

Ich sage nichts mehr. Jedes Wort hat gesessen. Ich bilde mir ein, dass er unrecht hat. Aber ich weiß, dass dem nicht so ist.

»Ich übernehme diesen Auftrag. Du bist raus, Lia!«
Das ist jetzt nicht sein Ernst!

»Das kannst du nicht machen! Ich habe so hart daran

gearbeitet! Außerdem sind wir nicht in L.A., Melv. Du hast mir hier überhaupt nichts zu sagen!«, meckere ich.

»Das ist mir so scheißegal!« Wir beide blicken einander stur an. Keiner von uns will nachgeben und den Blickkontakt abbrechen. Keiner von uns zeigt Schwäche.

Abrupt hält Ryan den Wagen an. Melvin und ich fallen dabei unsanft nach vorn.

»Jetzt macht beide mal halblang«, ertönt seine Stimme von vorne. Er dreht sich um und betrachtet uns mit einem warnenden Blick. »Ich bin nicht hergekommen, um euch beim Streiten zuzusehen. Wir ziehen das hier gemeinsam durch und dann geht es zurück nach L.A.!«

»Ich werde nicht dabei zusehen, wie Alenia ihr eigenes Selbstmordkommando anführt! Sie hat gerade eben bewiesen, dass sie sich an keinen Plan halten wird!«, antwortet Melvin wütend.

»Jetzt krieg dich endlich wieder ein, Melv! Ich werde mich nicht töten lassen. Außerdem hast du Lawrenzo doch gehört. Es gab nie ein Zurück! Er wollte nie, dass es eine Möglichkeit für uns beide gibt. Die einzige logische Erklärung ist die, dass er nichts für mich empfindet. Er stärkt sich und seine Familie damit, dass er die Tochter von Leonardo Tejeira heiratet. Reicht dir das als Antwort? Ich lebe nur noch, weil Ray sein bester Freund ist und dieser sich eingebildet hat, dass irgendetwas zwischen Lawrenzo und mir sein könnte.« Meine Stimme wird ruhiger und trauriger. Ich habe es mir schon längst eingestanden, dass Lawrenzo mich nur für Sex benutzt hat. Dass er nie etwas für mich übrighatte. Aber es nun auch vollständig auszusprechen, macht es so endgültig. Mitleid spiegelt sich in Melvins Blick wider. »Er hat dich nicht verdient, Lia«, tröstet er mich und zieht meinen Körper in eine sanfte Umarmung.

»Er ist mir egal. Die ganze Situation ist mir völlig egal, aber die Kinder nicht. Wenn er jetzt dieser Heirat zustimmt, wird es schlimmer werden. Sie werden sich ausbreiten wie die Kakerlaken und überall ihren Handel betreiben. Der Tejeira-Clan war schon immer schlimm, doch mit den Lorentinos im Rücken kann sich ihnen niemand mehr widersetzen.« Auch wenn es nur zum Teil der Wahrheit entspricht, sind mir die Kinder wirklich wichtiger als meine Gefühle. Irgendwann werde ich Lawrenzo loslassen und vergessen können. Doch bis es so weit ist, habe ich eine Aufgabe und dieser habe ich mein Leben gewidmet. Das kann und wird ein Lawrenzo Lorentino nicht ändern können, nur weil er ›Er‹ ist.

»Lass uns zurück ins Hotel fahren. Jetzt müssen wir ohnehin abwarten. Es gibt für uns erst mal nichts mehr zu tun. Wir müssen Lawrenzo die Zeit geben, selbst zu handeln«, seufzt Melvin. Ryan nickt lediglich.

»Okay«, stimme ich zu und lasse mich in den Sitz zurückfallen. Ich hätte gerade sowieso keine Idee mehr, wie wir Lawrenzo noch weiterhelfen können, die Wahrheit herauszufinden. Jetzt ist er am Zug und hoffentlich tut er das Richtige.

Ryan wendet sich wieder der Straße zu. Er legt den Gang ein und das Auto setzt sich langsam in Bewegung. Mein Kopf ruht auf Melvins Schulter, als kurz darauf ein lauter Knall ertönt. Unsanft werden wir nach links geschleudert. Der Sicherheitsgurt schneidet mir für kurze Zeit die Luft ab. Mein Mund ist geöffnet, doch es dringt kein Ton heraus. Geschockt sehe ich zu Melvin, während der Wagen sich mehrfach überschlägt. Es fühlt sich an, als würden wir einen Abhang hinunterrasen. Melvin greift nach meiner Hand. Stumm blicken wir uns an. Für einen kurzen Moment erkenne ich Sorge, Wut, Angst und Verzweiflung in seinen braunen Augen. Aber auch die Liebe und Zuneigung, die er für mich empfindet. Ich kann nur hoffen, dass er in meinen das Gleiche sieht. Erkennt, wie abgöttisch ich ihn liebe, und dass er meine Familie ist. Mein Ein und Alles.

Ich klammere mich an ihn und gleichzeitig an meinen Gurt. In meinen Ohren erklingt das laute Zersplittern und Reißen von Metallteilen. Glasscherben streifen meinen Körper und hinterlassen ein brennendes Gefühl auf der Haut. Rücksichtslos werden wir hin- und hergeschleudert. Ich löse meine Hand von Melvin, um mich gegen das Dach des Wagens zu drücken. Nur um ein wenig mehr Halt zu finden. Bis plötzlich vollkommene Ruhe und Stille herrscht. Langsam öffne ich meine Augen. Wie oft haben wir uns überschlagen? Dreimal? Viermal? Auf dem Rücken des Wagens bleiben wir liegen. Ich blicke wieder zu Melvin. Seine Lippe ist aufgeplatzt und an seiner Stirn klafft eine Platzwunde. Ansonsten erkenne ich keinerlei Verletzungen. Seine braunen Iriden suchen meine. In ihnen erkenne ich die Sorge um mich.

»Ist alles gut, Kleine?«, fragt er mit einer gequälten Stimme nach. Ich nicke.

»Was ist mit dir?« Er nickt ebenfalls und wirft einen Blick nach vorne. Seine Gesichtsfarbe wird dabei immer rötlicher.

»Ryan?«, hakt er nach.

»Klar. Es wäre nur schön gewesen, nicht unbedingt von so einem riesigen Kissen erdrückt zu werden«, murrt dieser.

Ein Grinsen schleicht sich auf meine Lippen. War ja klar, dass er keine normale Antwort geben kann. Langsam spüre ich, wie meine Kraft nachlässt. Abwechselnd stabilisiere ich mich mit einem Arm. Der Gurt schneidet mir unangenehm in die Haut und durch das Abstützen gegen das Dach, wird es nur bedingt angenehmer. Mit einer Hand versuche ich den Gurt zu lösen. Er scheint zu klemmen. Neben mir hat sich Melvin bereits befreit und versucht die Autotür aufzutreten. Von draußen ertönen Stimmen. Panisch blicke ich zu Melvin. Dabei zerre ich weiter an meinem Gurt, um ihn zu öffnen. Erfolglos. »Beeil dich!«, zische ich ihm zu. Mir ist egal, dass ich hier nicht rechtzeitig rauskommen werde, aber sie dürfen Melvin nicht in die Finger bekommen! Ich sehe zu Ryan, der ebenfalls versucht, seine Tür einzutreten. Erfolgreicher als bei Melvin gibt sie ein lautes, quietschendes Geräusch von sich, als sie sich öffnet. Er klettert hinaus. Ich erkenne seine Füße, die den Wagen eilig umrunden und bei Melvins Tür stehen bleiben. Schüsse ertönen.

»Diese Wichser!«, ertönt Ryans wütende Stimme.

Adrenalin jagt durch meinen Körper. *Bitte!,* flehe ich innerlich. *Lass diese Scheißtür endlich aufgehen.* Der Druck gegen meinen Bauch und somit auch auf meine Lunge wird immer schwerer, je mehr meine Kräfte nachlassen und ich mich nicht mehr genügend abstützen kann. Von der Schwerkraft angezogen, werde ich tiefer in den Gurt gepresst. »Fuck, Melvin! Beeil dich«, rufe ich erneut aus. Die Stimmen kommen näher. Die Schüsse erklingen immer lauter.

»Ja!«, ruft er außer Atem. Klirrende Geräusche ertönen bei jedem Stoß gegen die Tür. Erleichtert atme ich aus, als diese endlich nachgibt. Gemeinsam mit Ryan schiebt er sie beiseite. Melvin klettert aus dem Wrack.

»Ich brauche dein Messer«, ertönt seine Stimme von draußen. Eine Art Klopfen ertönt bis Melv ein lautes »Fuck!«, ausruft. Er kommt wieder zu mir hinein und rüttelt an dem Gurt. Dieser lässt jedoch nicht locker. Im Gegenteil. Bei jeder Bewegung schneidet es mir tiefer in die Haut. Mir wird klar, dass das Messer irgendwo abhandengekommen sein muss. Er kann mir nicht helfen. Niemals wird er den Gurt rechtzeitig lösen können. Außerdem muss er gehen. Wer weiß, wie nah unsere Verfolger wirklich sind. Er muss einfach einsehen, dass wir nicht immer beide entkommen können.

Eine Träne stiehlt sich aus meinem Augenwinkel. Nicht wegen mir, sondern weil ich weiß, dass ich Melvin gehen lassen muss. »Ich liebe dich«, hauche ich leise.

Er versteht sofort. Sein harter Blick trifft meinen. »Jetzt werd nicht emotional, Lia. Wir kommen beide hier raus«, knurrt er wütend.

»Wie weit bist du?« Ungeduldig dringt Ryans Stimme an mein Ohr.

»Ryan!«, rufe ich aus. »Nimm Melvin mit! Jetzt!«, flehe ich ihn an.

»Auf keinen Fall. Ich lasse dich nicht hier.« Unerbittlich rüttelt er weiter an dem Gurt. Er versucht ihn irgendwie aus der Verankerung zu lösen.

»Ist schon okay.« Ich löse eine Hand vom Dach und drücke seinen Kopf in meine Richtung. Verkehrt herum blicken wir uns an. »Du musst jetzt gehen. Mach dir keine Gedanken. Nächste Woche werde ich dir schon wieder erfolgreich auf den Keks gehen und wenn das Baby da ist, habe ich genug Zeit, ihm irgendeinen Blödsinn beizubringen.« Ich glaube meinen Worten selbst nicht. Dennoch versuche ich sie so glaubwürdig wie möglich über die Lippen zu bringen. Er muss mir vertrauen. Nur noch dieses eine Mal. Unsere Verfolger wissen vermutlich, wer ich bin. Aber sie kennen weder Melvin noch Ryan. Und so soll es auch bleiben.

»Niemals«, knurrt er erneut. In seinen Augen erkenne ich den Schmerz. Er glaubt meine Lügen nicht. Wie auch? Wir beide kennen die Wahrheit. Wir kennen das Business.

»Ryan!«, rufe ich erneut. Ich kann Melvins Blick nicht länger ertragen.

Ryan greift in das Auto und zerrt Melvin heraus. Dieser schnappt nach meiner Hand und klammert sich daran fest.

»Bitte, Melvin.« Nun bahnen sich mehrere Tränen den Weg hinab. »Geh«, hauche ich nochmals.

»Nein!«, schreit er. »Was ist, wenn die Männer dich nicht töten, sondern die Sonne? Wenn sie gar nicht kommen und dich holen! Ich kann dich hier nicht allein lassen!« Auch in seinen Augen erkenne ich die einzelnen Tränen aufblitzen.

So einen Schmerz wie in diesem Augenblick habe ich noch nie gefühlt. Nicht der Gurt, nicht die Schnittwunden sind schuld daran. Melvins Blick allein reicht aus, um mir den Rest zu geben. Und doch versuche ich, stark zu bleiben. Ich entziehe ihm eisern meine Hand. »Es ist in Ordnung«, wispere ich röchelnd. Das Atmen fällt mir immer schwerer. Schockiert blickt er mich an. Fassungslosigkeit spiegelt sich in seinem Ausdruck wider.

Diesen Moment nutzt Ryan aus und zerrt Melvin weiter von mir weg. Von draußen ertönen immer mehr

Schüsse. Melvins Schreie dringen nur noch gedämpft zu mir durch.

Ich hingegen bete nur noch dafür, dass er und Ryan rechtzeitig verschwinden können. Unverletzt.

Mein Sichtfeld verschwimmt. Es wird immer schwerer, mich auf die Geschehnisse draußen zu konzentrieren. Die verschiedensten Gedanken rasen durch meinen Kopf.

Lawrenzo. Melvin. Die Kinder. Was wird aus ihnen?

VIERUNDZWANZIG

ALENIA

»Gott ist das lange her, dass ich dich das letzte Mal berühren durfte.« Sein Mund verzieht sich dabei zu einem psychopathischen Grinsen. Angeekelt verziehe ich das Gesicht. Mit seinem ekelhaften, schwitzigen Finger streichelt er über meine Wange.

»Nicht lang genug«, erwidere ich. Prompt spüre ich einen Schlag gegen meine Wange und schmecke Blut auf meiner Zunge. Ich spucke es ihm vor die Füße, lasse mir aber sonst meinen Schmerz nicht anmerken. Alles an meinem Körper tut weh. Es gibt keine Stelle, die er nicht mindestens einmal mit der Hand oder seinem Gürtel getroffen hat. Mein Kleid besteht nur noch aus Fetzen, die dürftig das Nötigste bedecken.

»Du bist zwar immer noch hübsch anzusehen, aber ich bin mir nicht so sicher, ob du noch immer so geil zu ficken bist«, säuselt er mir ins Ohr.

Ich versuche den Würgereiz in meinem Hals zu unterdrücken. Jetzt bloß nicht kotzen! Es würde ihm nur zeigen, dass ich auf ihn reagiere. Ich lasse meinen Mund fest geschlossen. Weder seine Anspielung, mich erneut zu vergewaltigen, noch seine Art sind es wert, überhaupt von mir beachtet zu werden. Stur sehe ich gegen die Mauern des Kellers. Früher hatte ich Angst vor ihm, doch heute kann er mir nichts mehr anhaben, was mich auch nur ansatzweise so zerstören könnte, wie es früher der Fall war. Zu viel ist geschehen. Er kann mich nicht mehr brechen! Nicht noch einmal.

»Hast du wirklich geglaubt, ich würde dich nicht finden?«

Ich sehe weiterhin stur gegen die Wand. Er schiebt sein Gesicht in mein Blickfeld. So, als würde ich durch ihn hindurchsehen, starre ich weiter. Blende ihn dabei völlig aus.

»Keine Lust mehr, mit mir zu plaudern? Dann kann ich meinen Sohn ja doch wieder zu dir schicken. Er wird bestimmt gerne eine Runde mit dir spielen.« Georges hämisches Lachen erfüllt den Raum. So wirklich um seinen jüngsten Sohn trauern, tut er ja nicht. Offenbar hatte ich recht mit dem, was ich Zero an den Kopf geworfen habe. Sein Vater macht sich nichts aus ihm. Stattdessen legt er all seine Hoffnungen in die Hände eines Kindes, das nur durch eine Affäre entstand.

Erneut trifft mich ein Schlag. Diesmal von der anderen Seite. Unbeeindruckt sitze ich gefesselt auf dem Stuhl und verziehe dabei keine Miene. Leider bin ich noch immer Schlimmeres gewohnt. Mein Vater – warum ich ihn noch immer so nenne, ist mir selbst ein Rätsel – hat mich ziemlich abgehärtet, was Schläge betrifft. Den Rest haben dann seine Männer erledigt.

George verlässt wütend den Raum. Innerlich atme ich eine Sekunde auf. Eine Träne löst sich aus meinem

Augenwinkel, die ich nicht mehr länger verbergen kann. Ich hoffe, Melvin und Ryan konnten wirklich entkommen, als George und seine Männer uns von der Straße gedrängt und überfallen haben. Allein die Erinnerung daran bereitet mir Kopfschmerzen. Ich konnte nur noch sehen, wie Ryan ihn von dem Wrack weggezerrt hat. Danach empfing mich vollkommene Finsternis.

Gefühlt sind es schon Wochen, die ich hier festsitze und noch immer keinen Plan habe, wie ich hier wegkomme.

Die Tür öffnet sich knarrend. Ein fremder Mann tritt humpelnd herein und begutachtet mich mit einem lüsternen Blick.

»Die berüchtigte Huntress«, grinst er. Durch das schummrige Licht hier unten, kann ich ihn von Weitem nicht genau erkennen. Mit kleinen Schritten kommt der Mann näher auf mich zu. Ein kalter, unangenehmer Schauer durchfährt mich und hinterlässt eine Gänsehaut. Auch wenn ich diesen Mann nur kurz persönlich kennengelernt habe, lösen seine grünblauen Augen etwas in mir aus. Sein dunkelblondes Haar hat er locker hochgestylt. Auf den Bildern von damals trug er diese jedoch noch länger.

»Der unbekannte Sohn«, antworte ich gelangweilt. Zumindest versuche ich, so neutral wie möglich dabei zu klingen.

»Hübsch und schlau. Fast eine Schande, dich hier unten zu verstecken.«

Ich verdrehe die Augen. Warum schleimen solche Typen eigentlich immer erst, bevor sie zur Sache kommen? Glauben sie wirklich, dass ich mich durch ihre

Worte geschmeichelt fühle und dadurch umso enttäuschter bin, wenn sie ihr wahres Gesicht zeigen?

»Ich soll dir ganz liebe Grüße von Lawrenzo ausrichten. Er braucht deine Hilfe nicht.« Sylvian wirft mir einen Umschlag vor die Füße, den ich sofort wiedererkenne.

»Wie ich sehe, hat mein Bruder gut getroffen.« Ein süßliches Lächeln legt sich auf meine Lippen, als ich die Bandage um sein linkes Bein entdecke.

»Ja, aber ich glaube, es schmerzt ihn mehr, wenn ich dich dafür büßen lasse statt ihn.« Im selben Augenblick rammt er mir ein Messer in den Oberschenkel, das er aus dem Bund seiner Hose hervorgezogen hat.

»Fuck!«, fluche ich so leise wie möglich. Brennender Schmerz breitet sich an der Einstichstelle aus und durchzieht meinen gesamten Körper. Mühsam presse ich die Lippen aufeinander.

»Mir jedenfalls bereitet es viel mehr Spaß«, beteuert er dreckig lachend.

»Das glaube ich dir sofort. Schade, dass es dir nichts bringen wird. Selbst wenn ich hier sterben sollte, wird Lawrenzo die Wahrheit über dich erfahren. Oder glaubst du wirklich, ich habe keine Kopien von dem Inhalt des Umschlags in Umlauf gebracht?« Nun umspielt mein Gesicht ein leichtes Lächeln, obwohl mein Körper vor Schmerz förmlich schreit.

»Sie werden niemals rechtzeitig ankommen.«

»Du bist ziemlich selbstsicher für einen Mann, der keine Ahnung vom Business hat. Du tust doch nur das, was George dir sagt. Ahnung von dem, was du da tust, hast du nicht. Der beste Beweis war die Feier«, werfe ich ihm vor. »Früher oder später bist du für George genauso uninteressant wie dein Halbbruder.« In seinen Augen erkenne ich die Wut und den Hass auf mich und meine Worte.

Er umrundet mich wie ein Löwe seine Beute, bevor er wieder vor mir zum Stehen kommt. Mit einem Ruck zieht er das Messer aus meinem Oberschenkel.

Ich beiße mir heftig auf die Lippen und ziehe dabei scharf die Luft ein. Blut quillt aus der Wunde heraus. Der Schmerz erdrückt mich förmlich und doch versuche ich tapfer durchzuhalten.

»Ich muss gestehen, dass du tapfer ausharrst. Verziehst keine Miene, ignorierst den Schmerz und die Tatsache, dass du an deinen Blutungen sterben wirst«, zählt er auf. »Wenn du mir sagst, wo ich die anderen Kopien finden kann, werde ich deine Blutungen stoppen«, bietet er mir an.

»Als würde ich etwas auf dein Wort geben«, antworte ich durch zusammengebissene Zähne.

»Ich stehe dazu. Antworten gegen Hilfe.«

Ich schüttle den Kopf. »Nein, danke«, lehne ich ab. Niemals würde ich mich selbst verraten, nur um mein Leben zu retten. Ich hoffe, dass Lawrenzo durch die Beweise genug erreichen kann, sodass sich diese Qualen hier wenigstens lohnen. Seufzend umrundet Sylvian mich erneut. Ich kann spüren, wie er hinter mir stehen bleibt. Mein Kopf wird abrupt nach hinten gezerrt, sodass mein Hals schmerzhaft überstreckt. Mit der einen Hand in meinen Haaren und der anderen unter meinem Kinn, zwingt er mich, in seine eiskalten Augen zu blicken. Die Klinge seines Messers berührt dabei gleichzeitig meine Kehle. Leicht drückt sie mir in die Haut, sodass ich bereits jetzt das Brennen eines hauchfeinen Schnittes spüre.

»Du scheinst nicht zu verstehen, Alenia. Rede oder stirb. Es gibt genau diese zwei Möglichkeiten«, stellt er mich vor die Wahl.

»Ich konnte noch nie damit umgehen, wenn man mir vorschreiben will, was ich zu tun habe«, presse ich keuchend hervor.

»Du hast bis morgen Zeit, dich zu entscheiden.« Mit einem Mal lässt er meinen Kopf wieder los und humpelt zurück zur Tür.

Ich kenne meine Entscheidung bereits, und doch gibt er mir einen weiteren Tag Zeit, einen Plan zu entwickeln, oder ich gebe Melvin dadurch mehr Zeit, mich zu finden.

Sylvian verlässt den Raum. Kurz darauf ertönen drei klickende Geräusche. Offenbar bin ich besser eingeschlossen, als manch Schwerverbrecher. Es gibt nur einen Weg aus diesen vier Wänden. Zum Glück haben sie zumindest unbewusst ein Raum gewählt, der wenigstens nicht meine Krankheit auslöst. Keine Fenster, keine anderen Türen. In diesem Zimmer werde ich definitiv keine Strahlung abbekommen. Diese würde mich zwar nicht direkt umbringen, aber zumindest meine Krankheit hervorrufen. Im schlimmsten Fall würde daraufhin Krebs ausbrechen.

Zudem würde mich hier vermutlich niemand schreien hören. Dies ist also der perfekte Ort, jemanden zu verstecken, der niemals gefunden werden soll. Ob ich überhaupt noch in Panama bin?

Aus meiner Wunde quillt weiterhin Blut heraus. Unter mir hat sich bereits eine größere Lache gebildet. Mir ist bewusst, dass von Minute zu Minute nicht nur der

Blutverlust immer größer wird, sondern auch die Müdigkeit, die bereits jetzt an meinem Körper zerrt. Hätte ich allerdings durch so eine verschissene Wunde draufgehen wollen, hätte ich mich nicht so gut ausbilden lassen. Und ich werde es bestimmt nicht durch die Hand eines Möchtegern-Mafiabosses geschehen lassen.

Irgendwie muss ich es schaffen, die Fesseln zu lösen und meine Wunde abzuschnüren, damit ich nicht noch mehr Blut verliere. Meinen Überlegungen wird jedoch schnell ein jähes Ende bereitet, als wieder das dreifache Klicken hinter der Tür ertönt. *Hier hat man auch keine Sekunde Ruhe!*, rege ich mich innerlich auf. Was für ein Idiot wohl jetzt wieder kommt?

Diesmal betreten zwei Leute den Raum. Angestrengt blicke ich in ihre Richtung. Das schummrige Licht macht es mir allerdings immer noch nicht leichter, die Leute sofort zu erkennen. Selbst jetzt nicht, obwohl sich meine Augen bereits an die Dunkelheit gewöhnt haben müssten.

»Das ist sie?«, erklingt eine weibliche Stimme. Als sie endlich näher bei mir sind, erkenne ich sie sofort.

»Mir bleibt heute auch nichts erspart«, seufze ich leise. Dennoch scheint sie mich gehört zu haben.

Ein empörter Laut verlässt ihre Lippen. »In dieses hässliche Ding soll mein Mann verliebt sein?« Sie scheint sichtlich schockiert zu sein von meinem Anblick. Mittlerweile dürfte mein gesamter Körper angeschwollen und blau sein. Dass diese dumme Hure mich nicht mit einem Alien verwechselt, ist vermutlich auch alles. Mehr kann man von so einer hirnlosen Puppe ja auch nicht erwarten. Ihr Vater, den ich zuvor nur von Bildern kannte, kommt näher. In seiner Hand hält er einen Gürtel. Innerlich bereite ich mich schon darauf vor, dass er mir damit eine überzieht. Stattdessen hockt er sich wortlos vor mich und schnürt mein Bein ab, aus dem noch immer Blut läuft. Irritiert sehe ich ihm dabei zu.

»Du scheinst schon viel mitgemacht zu haben«, beginnt er ein Gespräch mit mir. Seine Tochter ignoriert er dabei vollkommen.

Fragend ziehe ich eine Augenbraue hoch. Was will er?

»Ich habe keine Lust, mich auf das Niveau dieser Männer herabzulassen. Gerne würde ich mich einfach nur mit dir unterhalten.« Die gespielte Freundlichkeit steht ihm praktisch ins Gesicht geschrieben. Aber mir soll es nur recht sein, wenn er mir die Ohren zu quatscht, statt mir noch eine Wunde zuzufügen.

»Ok«, antworte ich trocken.

»Ich muss schon zugeben, Alenia, viele wären schon längst eingeknickt und hätten alles ausgeplaudert, nur um am Leben zu bleiben. Du nicht. Wieso?«

»Ich bin nun mal kein Verräter«, antworte ich wahrheitsgemäß.

»Ne, nur eine männerstehlende Hure!«, kommt es von seiner Tochter.

»Krieg dich ein, Mary. Ich hätte dir dein verdammtes Hirn wegpusten können und habe es nicht getan. Du bist zu naiv für diese Welt und weißt es nicht einmal. Dein Vater hat deine Liebe zu Lawrenzo ausgenutzt und trotzdem bist du hier. Ich empfinde fast schon Mitleid mit dir.«

Leonardo blickt mich finster an. Ups, wusste seine Tochter nichts davon? Hat sie wirklich geglaubt, dass Lawrenzo ihretwegen so schnell heiraten wollte?

»Daddy!«, kreischt sie viel zu hoch.

Leonardo zuckt fast unmerklich zusammen. »Halt die Klappe, Mary! Du hast bekommen, was du wolltest. Es ist doch egal, wie«, wehrt er ab und wendet sich wieder an mich. »Wenn wir schon beginnen, mit Schmutzwäsche um uns zu werfen, denk dabei auch an deine eigene«, warnt er mich.

»Jeder hat sein Päckchen zu tragen«, erwidere ich emotionslos. Es gibt nichts, was er über mich wissen kann, was mir noch peinlich wäre oder wovor ich Angst hätte.

»Deins ist besonders groß. Dein Vater ist übrigens ein sehr netter Mann. Er war begeistert, als er erfuhr, dass seine Tochter die berüchtigte Huntress ist. So viel hat er dir offenbar nicht zugetraut.«

Ich zucke mit den Schultern. Mir ist es schon sehr lange egal, was mein Vater von mir hält. Dass mittlerweile alle wissen, wer ich bin, war ebenfalls vorhersehbar. Es war nur eine Frage der Zeit.

»Was wollt ihr?«, frage ich nach.

»Sind wir so vorhersehbar?«, grinst Leonardo mich an. Strähnig fällt ihm das schwarze Haar ins Gesicht, dass er sich immer wieder nach hinten streicht. Eine Haarklammer würde da sicherlich helfen, damit er es nicht ständigen bändigen muss.

»Ne, das frage ich jeden«, antworte ich sarkastisch. »Und wenn unsere kleine Miss Perfect nicht gleich das Messer weglegt, werdet ihr gar nichts mehr von mir hören.« Schon am Anfang, als sie näher kam, ist mir das glänzende Stück in ihrer Hand aufgefallen. Ihrem Vater offensichtlich nicht. Noch so ein Typ, der weder die Menschen noch die Umgebung genauestens beobachtet.

Ein Zeichen dafür, dass er sich nur noch ins gemachte Nest setzt und seine Leute alles für ihn erledigen.

Er hält auffordernd seine Hand in ihre Richtung. Brav, wie Daddys kleines Mädchen nun mal ist, legt sie das Messer in seine Hand.

»Gibt es eigentlich einen Grund, wieso sie hier ist?«, hake ich interessiert nach. Tatsächlich stellt sich mir die Frage, was sie überhaupt hier will.

»Ich wollte nur sehen, wie du verlierst. Lawrenzo wird dich nicht retten. Er wird mich morgen heiraten und dich vergessen. Irgendwann wird er denken, dass du kein Interesse mehr hattest. Schließlich hat er dich nie gefunden oder etwas von dir gehört.« Spöttisch lacht sie auf.

»Er sucht nach mir?«

»Er wird dich aber niemals finden«, grinst sie. Dabei kommt sie näher. »Wieso er so jemanden wie dich überhaupt sucht, verstehe ich nicht.«

Innerlich breitet sich ein Funken Hoffnung in mir aus. Vielleicht hat Melvin ihn gefunden und alles erzählt. Dann müssten sie schon nah dran sein. Eigentlich müssten sie nur Sylvian beschatten, um mich zu finden.

»Sollte er sich jedoch doch noch umentscheiden, werde ich ihm einfach ein paar Bilder von dir zeigen«, ergänzt Leonardo.

»Du willst ihn erpressen.« Langsam schließt sich der Kreis aus Fragen in meinem Kopf.

»Du hast es erfasst. Deshalb bringst du mir leider nichts, wenn du tot bist. Die Jungs werden dich nicht mehr verletzen. Für anderes kann ich jedoch nicht garantieren. Sie schwärmen jetzt noch von dir.« Ein widerliches, selbstischeres Grinsen stiehlt sich in sein Gesicht. Dieses Arschloch!

»Lawrenzo lässt sich nicht von dir erpressen. Ihr solltet wirklich aufmerksamer sein. Er sucht nicht nach mir, weil ich ihm etwas bedeute. Er braucht die Infos, die nur ich habe«, versuche ich Leonardo den Wind aus den Segeln zu nehmen.

Kurz fallen seine Gesichtszüge zusammen, bevor er wieder sein Pokerface aufsetzt. »Das werden wir ja dann noch sehen, Kleine. Aber vielleicht kommt der Junge ja noch zur Vernunft und sieht ein, dass Mary die Richtige an seiner Seite ist. Eine stärkere familiäre Verbindung gibt es nirgends. Wenn sich unsere Familien verbünden, hat niemand mehr eine Chance gegen uns. Der Markt würde mir gehören!«

Ok, er ist offiziell irre. Nicht nur ein wenig bescheuert, sondern vollkommen größenwahnsinnig! Darauf weiß ich keine Antwort mehr. Es wäre auch egal, was ich dazu sage. Er lebt in seinem eigenen Film. Dabei vergisst er aber die anderen Schauspieler, die sich nicht immer ans Drehbuch halten.

Mein erschöpfter Körper macht sich erneut bemerkbar. Ich habe Schwierigkeiten, meine Augen offenzuhalten. Dabei wäre es jetzt das Letzte, vor den beiden schwach zu wirken und einzuschlafen. Ich bin mir noch nicht mal sicher, ob ich danach überhaupt wieder erwachen würde.

»Es tut mir leid, kleine Alenia. Aber ich habe Mary versprochen, dich dennoch leiden zu lassen.« Bevor ich fragen kann, was er damit meint, blitzt die Klinge des Messers in seiner Hand auf und er schiebt sie mir direkt in die offene Wunde.

Verstört blicke ich Leonardo an. Kein Laut verlässt mehr meine Lippen. Der Schmerz zersplittert in meinem

Körper und gibt mir den Rest. Innerhalb weniger Sekunden spüre ich nichts mehr. Ich sehe in seine kalten, leeren Augen, bevor die Dunkelheit immer heftiger an mir zerrt. Immer weiter giert sie nach mir. Ich vernehme noch das Quietschen der Tür, eine große Gestalt, die den Raum betritt, bevor ich endgültig dem Drang nachgebe. Meine Augen flattern, bevor ich sie endgültig schließe.

FÜNFUNDZWANZIG

LAWRENZO

Spurlos verschwunden.

Keine Chance, sie noch lebend zu finden, Lawrenzo.

Sie haben sie mitgenommen.

Wir können sie einfach nicht finden.

Er wird nicht lange fackeln und sie töten.

Die Worte hallen immer wieder in meinem Kopf nach. Auf Hochtouren suchen wir seit knapp einer Woche nach ihr. Keine Spur. Tausend Gedanken brennen sich ein. Was ist, wenn sie gar nicht mehr lebt? Was geschieht, wenn sie täglich der UV-Strahlung ausgesetzt ist? Wird sie gefoltert oder lassen sie sie einfach bei lebendigem Leibe in der Sonne verbrennen? Ich habe mich mit der Krankheit auseinandergesetzt und weiß, dass Krebs sich ausbreiten wird, sobald sie mit UV-Strahlung in Berührung kommt. Danach wird sie zu einhundert Prozent sterben. Zudem ist es bei ihr anders als bei normalen Menschen. Wir bekommen einen leichten Sonnenbrand, aber sie nicht. Für Menschen mit dieser Krankheit fühlt es sich an, als würde man sie in ein Feuer setzen. Die Haut reißt auf und verbrennt. Verdammt! Ich will gar nicht daran denken. Vehement schüttle ich meinen Kopf. Sie ist nicht tot und sie wird auch nicht sterben!

Sylvian und George sind ebenfalls untergetaucht. Einen Tag nach der geplatzten Verlobungsfeier habe ich Alenias Bruder kennengelernt. Besorgt hat er sich an Raymond gewandt und uns um Hilfe gebeten.

Seitdem sind wir auf der Suche. Doch außer einem Bild, das Alenia in Gefangenschaft zeigt, haben wir nichts von ihr erhalten. Seit mir Melvin alles erzählt hat, ist auch Sylvian spurlos verschwunden. Wie er all die Jahre verbergen konnte, dass er der Sohn von George ist, begreife ich bis jetzt noch nicht. All diese Dinge hat Alenia innerhalb weniger Tage herausgefunden und ich habe es für Jahre nicht gewusst.

Das Bild von ihr halte ich in meinen Händen, während die Landschaft verschwommen an mir vorbeizieht. Gekonnt lenkt Rico den Wagen durch Panamas regen Verkehr. Bei dem Anblick ihres geschundenen Körpers breitet sich die Wut in mir aus. Übersät mit blauen Flecken, Schnitten und Striemen blickt sie in eine andere Richtung. Auf dem Foto sieht man ihr Gesicht nur im Seitenprofil. So wie ich sie kenne, hat sie stur jedes Mal in eine andere Richtung geblickt, wenn sie fotografiert werden sollte. Ich wusste, dass ihr Stolz sie irgendwann umbringen würde. Allerdings hatte ich gehofft, dass sie mir bis dahin völlig egal ist und es mich nicht mehr interessieren würde. Natürlich ist alles anders.

Das Klingeln meines Handys reißt mich aus meinen Gedanken.

»Ja?«, knurre ich übellaunig in den Hörer.

»Wir haben sie«, ertönt Rays Stimme aus der Leitung.

Sofort bin ich hellwach. »Wo?«

»Kennst du noch das alte Appartement von Sylvian, bevor du ihn damals vor diesen Typen gerettet hast und er zu uns gezogen ist?«

Ich nicke. Schnell wird mir aber bewusst, dass er das ja nicht sehen kann. »Ja.«

»Wir vermuten, dass sie dort ist. Wir sind Mary und ihrem Vater gefolgt. Offensichtlich lagen wir mit der Vermutung, dass er dich hinters Licht führt, gar nicht mal so verkehrt.«

»Dieser Bastard! Wartet auf mich«, knurre ich in den Hörer. Augenblicklich nenne ich Rico die Adresse. Das Appartement liegt ein Stück weit außerhalb von Panama City. Es sollte also keine allzu lange Fahrt werden. Aus der Tasche neben mir hole ich die Glock von Alenia hervor. Ich lege ein neues Magazin ein und lade nach. Ich habe keine Ahnung, was uns erwarten wird, aber ich kann nur hoffen, dass wir nicht zu spät kommen.

Nach knapp einer Stunde sind wir endlich vor Ort. Draußen dämmert es bereits und es dauert nicht mehr lange, bis die Sonne endgültig untergeht. Ich kenne diese Gegend wie meine Westentasche und doch bin ich immer wieder schockiert, wie die Menschen hier leben. Die Häuser sind alt und heruntergekommen. Teilweise sind sie schon in sich zusammengefallen und nicht mehr bewohnbar. In diesem Viertel liegt die Kriminalitätsrate enorm hoch. Kaum einer der Cops traut sich noch hierher, um den Menschen, die nichts mit den Gangs zu tun haben, zu helfen. Es gab eine Zeit, bevor ich zum Oberhaupt wurde, da habe ich diesen Menschen helfen wollen. Dadurch habe ich Sylvian damals kennengelernt. Völlig unterernährt und eingeengt in einer Ecke saß er da, während vier Männer ihn bedrohten. Er hatte nicht einmal die Kraft, sich zu wehren. Er ließ die Tritte und Schläge einfach über sich ergehen. Zu der Zeit hatte ich noch Mitleid mit ihm. Heute frage ich mich, ob es nicht Teil des Plans meines Onkels war.

Von Weitem erkenne ich Ryan, Raymond und Melvin vor einem Gebäude stehen. Es ist das Nebengebäude der Wohnung, in der Sylvian damals lebte. Rico parkt den Wagen eine Seitenstraße vorher, damit man ihn nicht sofort sieht.

»Schieß auf jeden, der sich dir nähert«, weise ich ihn an. Nicht selten versuchen die Männer hier, solche Wagen wie meinen zu stehlen. Und noch seltener ist es, dass derjenige im Wagen diesen Überfall überlebt.

Rico zieht verachtend eine Augenbraue nach oben. Durch den Rückspiegel schaut er mich an. Sein Blick spricht Bände. Er würde so oder so jeden umbringen, der ihm zu nahe kommt.

Ich steige zügig aus. Im Gehen stecke ich mir die Glock in meinen Hosenbund.

»Was wisst ihr?«, frage ich sofort, als ich bei den dreien angekommen bin.

»George und Sylvian sind beim Hintereingang. Leonardo und Mary sind in dem Gebäude«, erzählt mir Ray. Er selbst trägt eine Schutzweste und hält seine Waffe mit beiden Händen umklammert.

»Ok. Raymond und Ryan kümmern sich um die beiden. Melvin und ich gehen rein.«

Die beiden Männer checken noch einmal ihre Waffen, bevor sie hinter der Außenwand des Hauses verschwinden.

»Du weißt, wie man mit Waffen umgeht?«, frage ich Alenias Bruder.

Er nickt lediglich. Dabei überprüft auch er noch mal seine Pistole, bevor er zur Haustür geht. Ich folge ihm. Melvin drückt die Tür leicht auf, die sich mit einem leisen Quietschen öffnet.

»Ich vermute mal, dass wir nach unten müssen«, flüstert er und zeigt auf die Kellertreppe. Vorsichtig und Schritt für Schritt laufen wir die Stufen hinab. Von Weitem erkenne ich bereits den leichten Lichtschein, der aus dem hintersten Raum durch den Bodenschlitz hinausscheint. Wir laufen auf die Tür zu und bleiben nah vor ihr stehen. Aus ihrem Inneren ertönen Stimmen.

»Lawrenzo lässt sich nicht von dir erpressen. Ihr solltet wirklich aufmerksamer sein. Er sucht nicht nach mir, weil ich ihm etwas bedeute. Er braucht die Infos, die nur ich habe«, höre ich Alenias kraftlose Stimme.

In mir breiten sich Schuldgefühle aus. Sagt sie ihm das nur so oder denkt sie wirklich, dass sie mir nichts bedeutet?

»Das werden wir ja dann noch sehen, Kleine. Aber vielleicht kommt der Junge ja noch zur Vernunft und sieht ein, dass Mary die Richtige an seiner Seite ist. Eine stärkere familiäre Verbindung gibt es nirgends. Wenn sich unsere Familien verbünden, hat niemand mehr eine Chance gegen uns. Der Markt würde mir gehören!«, erklingt kurz darauf Leonardos Stimme.

Stille.

»Es tut mir leid, kleine Alenia. Aber ich habe Mary versprochen, dich dennoch leiden zu lassen.«

Erneute Stille. Seine Worte reichen dennoch aus, um die Wut in mir noch mehr zu entfachen.

Ich stemme mich gegen die Tür, die sich leichter als gedacht knarrend öffnet.

»Lawrenzo«, haucht Mary schockiert.

»An die Wand. Beide!«, befiehlt Melvin ihnen.

Ich sehe jedoch nur Alenia vor mir. Ihr Kopf sackt immer wieder leicht zur Seite, während ihre Lider flattern. Eilig gehe ich auf sie zu.

»Hey, nicht einschlafen«, fordere ich sie hart auf. Dabei klatsche ich ihr immer wieder gegen die Wangen. Sie darf jetzt so kurz vorm Ziel nicht einschlafen!

»Hmm«, murmelt sie leise.

»Nicht einschlafen!« Kurz blickt sie mich aus ihren eisblauen Augen an. Der Schmerz, den sie ertragen musste, spiegelt sich darin wider.

»Law?«, haucht sie. Auf ihren Lippen erscheint ein kurzes, angedeutetes Lächeln.

»Lawrenzo, was machst du da? Lass das arme Mädchen doch gehen. Du kannst sie sowieso nicht retten«, ertönt hinter mir Leonardos aufgeblasene Stimme.

Ich richte wutentbrannt meine Waffe auf ihn.

»Hey! Jetzt mach keinen Scheiß! Überleg dir genau, was du da tust. Wir beide, du und ich, könnten so vieles gemeinsam schaffen. Mary liebt dich und wäre die perfekte Frau an deiner Seite. Ihr sind deine Geschäfte egal. Dieses Mädchen ...«, dabei zeigt er auf Alenia, »... würde dir nur schaden. Sie wird dich niemals mit all dem Drumherum akzeptieren. Mit mir an deiner Seite, wärst du der mächtigste Mann von ganz Panama«, beschwört er mich.

Seine Worte lösen etwas in mir aus. Hat er recht und es gibt keine Chance für Alenia und mich? Würde sie sich niemals auf eine gemeinsame Zukunft mit mir einlassen, weil sie das Drumherum so sehr stören würde?

»Ich wusste, dass du ein Arschloch bist, aber nicht, dass die Wahl zwischen Macht und Recht dir so schwerfällt«, murmelt Alenia. Schwach blickt sie mich dabei an. Selbst in dieser Situation ist sie noch aufmüpfig und vorlaut.

Ich verdrehe die Augen. Sobald sie wieder bei vollem Bewusstsein ist, werde ich ihr wohl erklären müssen, weshalb ich so zögere.

»Ihr werdet mir nie wieder unter die Augen treten und wenn doch, werdet ihr mit eurem Leben bezahlen!«, drohe ich den beiden.

»Falsche Antwort! Wir werden ja noch sehen, wie weit dich dieses Mädchen bringt«, schnauft Leonardo wütend. Er packt Mary grob am Arm und schleift sie hinter sich her. Draußen ertönen die lauten Sirenen eines Krankenwagens. Einer der Jungs muss ihn bereits gerufen haben.

Erneut klatsche ich Alenia gegen die Wange. »Komm schon, Lia.«

Melvin löst ihre Fesseln an den Beinen und Armen. Schlaff fällt sie gegen mich nach vorne. Ich stecke die Glock eilig in den Hosenbund, hebe sie auf meine Arme und trage sie vorsichtig nach oben. Die Notärzte haben bereits eine Trage vorbereitet, auf der ich Lia ablege. Mittlerweile ist die Sonne vollständig untergegangen, sodass ich sie ohne große Umwege nach draußen bringen konnte. Ich streichele vorsichtig eine Strähne aus ihrem blutigen Gesicht. Sie sieht noch übler aus als auf dem Foto.

Die Ärzte beginnen sie notdürftig zu versorgen, bevor sie Alenia in den Krankenwagen verfrachten.

»Kommen sie mit?«, fragt einer der Helfer.

Ich schüttle den Kopf. Melvin hingegen steigt sofort in den Wagen ein und greift nach Alenias Hand. Besorgt blickt er sie an.

»Ich komme nach«, verspreche ich ihm, bevor die Türen geschlossen werden und der Wagen losfährt.

Bevor ich zu ihr kann, muss ich noch eine Sache klären. Ich umrunde das Gebäude, bis ich am Hintereingang ankomme. Dort sitzen George und Sylvian gefesselt auf dem Boden. Ryan und Raymond stehen vor ihnen und halten sie mit ihren Waffen in Schach.

Wütend gehe ich auf die beiden zu, die mal ein Teil meiner Familie waren.

George grinst mich hämisch an. »Du bist zu spät. Wie immer«, antwortet er lachend.

Ich ziehe die Glock aus meinem Hosenbund, entsichere sie und ziele auf Georges Bein. Mit einem lauten Knall löst sich der erste Schuss. Erschrocken schreit George auf.

»Du hattest deine Chance, George! Es ist vorbei und du wirst niemals wieder irgendwem schaden!«, knurre ich durch zusammengebissene Zähne.

»Sie ist es nicht wert, Lawrenzo. Wir hatten unsere Gründe, Huntress gefangen zu nehmen«, beteuert Sylvian. Aus geweiteten Augen sieht er mich an. Unsere Blicke kreuzen sich.

»Du bist ein elender Verräter, Sylvian«, antworte ich ihm angewidert.

»Weil ich dir helfen wollte? Dann ja, dann bin ich ein Verräter«, versucht er sich rauszureden. Dabei kenne ich die Wahrheit und er auch.

»Wenn ich dich jemals wieder in der Nähe von uns finde, wird es das letzte Mal sein, dass du irgendetwas gesehen hast!« Ich deute Ray an, Sylvian loszubinden. Er bekommt die Chance, sich zu ändern. Alenia hätte es ebenfalls so gewollt, da bin ich mir sicher.

Auf wackligen Beinen steht er auf. Er verschwendet keinen weiteren Blick auf George. Sofort humpelt er davon und dreht sich kein einziges Mal mehr um.

»Ich wusste, dass er ebenfalls ein Nichts ist. Zero war schließlich auch ein elendiger Feigling«, regt sich George über seine Söhne auf. Dass er selbst in diesem Moment keine Reue empfindet, zeigt schon, was er für ein Mensch ist.

»Bring es zu Ende, Lawrenzo. Wenn du es nicht tust, wird irgendjemand anderes aus der Familie es tun«, grinst George. Damit bringt er mich auf eine Idee. Ihn hier und jetzt zu erschießen, wäre nur eine Erlösung für ihn. Diese gönne ich ihm jedoch nicht. Er wird leiden. Sehr lange leiden, bevor sich irgendjemand erbarmt, ihn zu erlösen.

»Einpacken«, weise ich Ray an. Grinsend greift er George an den Haaren und zerrt ihn auf die Beine. Grob schubst Ray ihn in die Richtung meines Wagens.

»Was habt ihr vor?«, presst George hervor. Der Schmerz in seinem Bein macht sich wohl doch noch bemerkbar.

»Mal sehen, wie lange du deine eigenen Foltermethoden aushältst«, erwidere ich. Die Wut in mir kocht noch immer, aber das befriedigende Gefühl von Rache überschattet es Stück für Stück.

Er wird am eigenen Leib erfahren, was es bedeutet, mich zu verraten und die Familie zu hintergehen!

Ungeduldig warte ich in dem steril aussehenden Flur. Innerlich versuche ich mich abzulenken. Dass ihre Wunden nicht lebensgefährlich sind, haben mir die Ärzte bereits gesagt. Nur durch den hohen Blutverlust ist ihr Zustand kritisch. Wenn ich doch bloß früher da gewesen wäre. Wenn sie doch niemals nach Panama gekommen wäre oder ich sie nicht fortgeschickt hätte. Die Selbstvorwürfe zerfressen mich innerlich.

Diese kahlen, weißen Wände machen die Situation nicht besser. Dank ihnen fühlt man sich noch deprimierter als sowieso schon. Wer ist auf die Idee gekommen, ein Krankenhaus so lieblos zu gestalten? Wer hier ist, der ist doch sowieso schon gestraft genug.

Als sich die Tür zu Alenias Zimmer öffnet, schnellt mein Blick sofort zu dem jungen Arzt, der herauskommt.

»Wie geht es ihr?«, frage ich sofort nach.

»Wir haben die tiefen Schnitte genäht. Die restlichen sind bandagiert und sollten ohne Komplikation abheilen. Deine Frau hatte noch mal Glück, aber du solltest besser auf sie aufpassen«, mahnt er mich. Ein kurzes, aufmunterndes Lächeln umspielt seine Lippen, bevor er sich umdreht und geht. Im gleichen Augenblick kommt Melvin um die Ecke. In seinen Händen hält er zwei Becher mit Kaffee. Er sieht dem Arzt mit einem ängstlichen Blick hinterher, bevor er mich anblickt.

»Es wird ihr bald wieder gut gehen«, informiere ich ihn. Ich kann förmlich spüren, wie auch von ihm die innere Anspannung abfällt und er tief einatmet, bevor er die Luft geräuschvoll wieder entlässt.

»Gott sei Dank!« Melvin reicht mir einen Becher und tritt auf die Zimmertür von Alenia zu. »Hat der Arzt etwas gesagt? Dürfen wir zu ihr?«

Verdammt. Ich war so erleichtert, dass es ihr den Umständen entsprechend gut geht, dass ich gar nicht danach gefragt habe. Aber eigentlich ist es auch egal. Ich nicke Melvin zu, der vorsichtig die Tür öffnet. Der Arzt hätte alles Mögliche sagen können, um mich von ihr fernzuhalten. Es wäre zwecklos gewesen. Ich muss zu meinem Mädchen!

Als ich ebenfalls das Zimmer betreten will, ertönt hinter mir die Stimme von Ray.

»Law!«, ruft er nach mir. Ich schließe leise die Tür hinter Melvin und wende mich Raymond zu. »Was ist?«, frage ich ungeduldig. Nichts, wirklich gar nichts könnte jetzt wichtiger sein, als Alenia zu sehen.

»Wie geht es ihr?« In seiner Stimme schwingt Besorgnis mit, die mich vergessen lässt, dass ich eigentlich nicht mit ihm sprechen möchte, sondern zu meinem Mädchen will.

»Der Arzt sagt, dass die Wunden heilen werden und sie es überleben wird. Ich wollte gerade zu ihr.« Erleichtert atmet auch er aus.

»Das klingt super. Dann rufe ich mal Rica an. Die Kleine geht mir seit Stunden auf den Sack, wie es Alenia geht. Diese Frau kann einen wirklich irre machen.«

Ich lache. Jede Frau macht Raymond irre, die mehr als drei Wörter von sich gibt.

»Du kannst Rico anrufen, dann kann er sie einfliegen lassen«, biete ich an. Ich kann mir vorstellen, dass Alenia ihre beste Freundin nach solchen Erlebnissen gerne um sich hätte.

»Lieber nicht. Rica weiß nichts von Alenias Lieblingshobby.«

Irritiert blicke ich Ray an. Rica weiß nichts davon? Seltsam. Dabei hatte ich erwartet, dass Alenia ihr alles erzählt. Diese Frage spare ich mir allerdings fürs nächste Mal auf. Jetzt zählt nur, dass sie wieder gesund wird.

»Ok, dann sag ihr, dass wir bald zurück in L.A. sind.« Mit diesen Worten wende ich mich von Raymond ab. Genug Zeit verschwendet. Ich öffne die Tür vor mir vorsichtig und trete in das Krankenzimmer ein.

Ich höre Melvins aufgeregte Stimme, bis plötzlich alles still wird. Mein Blick fällt auf Alenia, die mich aus ihren eisblauen Augen mustert. In ihrem Blick erkenne ich das dicke Fragezeichen. Als hätte sie nicht damit gerechnet, dass ich herkommen würde.

»Glaub nicht, dass du ungestraft davonkommst, kleine Dame. Wir werden noch sprechen müssen«, ermahnt Melvin sie. Augenrollend sieht sie zu ihm, nickt jedoch. Er drückt ihr noch einen kurzen Kuss auf die Stirn, bevor er mich mit ihr allein lässt. Dankbar lächle ich ihn an. Ich bin froh darüber, dass er Alenia und mich für einen Augenblick ungestört reden lässt. Und das, obwohl er sie vermutlich keine Sekunde mehr aus den Augen lassen möchte.

»Was machst du hier?«, fragt Alenia mit kratziger Stimme.

Ich gehe auf die Kommode neben ihrem Bett zu und fülle ein Glas mit Wasser, das ich ihr im Anschluss reiche. »Wir müssen reden. Trink!«, befehle ich ihr. Doch meine Stimme klingt in meinen Ohren nur halb so auffordernd, wie ich es gewohnt bin. Dennoch kommt sie dieser nach und trinkt ein paar Schlucke aus dem Glas. Dabei mustere ich sie. Ihr Gesicht ist grün und blau geschlagen. An ihrem Hals erkenne ich Würgemale. Wütend balle ich die Hand zur Faust. George wird die Hölle auf Erden erleben, sobald es Alenia wieder besser geht.

»Danke, dass ihr mich gerettet habt«, ertönt ihre Stimme und reißt mich aus meiner Musterung.

»Du brauchst dich nicht bedanken. Ich würde es jederzeit wieder tun.« Über meine eigene direkte Offenheit bin ich selbst verwundert. Allerdings haben mir die letzten Wochen deutlich gezeigt, dass es jeden Augenblick vorbei sein kann. Ich will diese Momente nicht vergeuden damit, Alenia abzuweisen oder mit unnötigen Worten, die nicht das ausdrücken, was sie für mich ist. Egal wie kitschig der ganze Scheiß auch klingen mag.

»Wieso?«, haucht sie leise. Dabei senkt sie den Blick auf das Glas in ihrer Hand.

»Was wieso? Wieso ich dich jedes Mal wieder retten würde?«

»Nein, wieso erst jetzt? Wieso bin ich dir jetzt wichtig? Als Sylvian auf mich geschossen hat, hast du nur danebengestanden.« Ihr Blick ist noch immer stur auf das Glas gerichtet. Nur ihre zittrige Stimme gibt einen kurzen Einblick in ihre Gefühlslage.

»Was hätte ich tun sollen? Vor allen Leuten zu dir gehen und dich in den Arm nehmen? Weißt du eigentlich, wie schwer es für mich war, dich nicht zu berühren?

Dich nicht anzufassen oder dich zu fragen, was du zum Teufel hier willst?« Ich greife mit meinen Fingern unter ihr Kinn und zwinge sie, mich anzusehen. Ein glasiger Schimmer liegt in ihren Augen. Sanft nehme ich ihr das Glas aus der Hand und stelle es neben mir auf dem Beistelltisch ab.

»Ich hätte Sylvian mit bloßen Händen getötet, wenn dein Bruder nicht zuvor geschossen hätte. Ich werde Gott verdammt jeden Menschen töten, der dir zu nahe kommt. Der dir auch nur ein Haar krümmt.« Ich spüre, wie mein Herz wild unter meiner Brust pocht. Es schlägt so verdammt schnell, dass ich das Gefühl habe, es springe gleich hinaus. Ihre seidig weiche Haut unter meinen Fingern zu spüren, warm und lebendig, bedeutet mir in diesem Augenblick einfach alles.

»Gott. Du machst mich wahnsinnig, Law«, bringt sie über die Lippen. Doch bevor sie weitersprechen kann, lege ich meine Lippen sanft auf ihre. Vorsichtig bewegen sie sich aufeinander. Dieser Kuss ist seltsam intim, obwohl er so zart ist. Und doch sagt er alles, was wir nicht aussprechen können.

»Es gibt vieles, worüber wir sprechen müssen, aber nicht jetzt«, flüstere ich nah an ihrem Mund, bevor ich meine Lippen wieder auf ihre lege. Ich spüre, wie Alenia ihre Hand in meinen Nacken legt und mich damit näher zu sich zieht. Die andere legt sie auf meine Brust, genau dorthin, wo mein Herz viel zu schnell schlägt.

Es ist wie ein Versprechen.

Ein Versprechen, dass wir uns gegenseitig geben.

Ich werde dich auf ewig beschützen und lieben.

SECHSUNDZWANZIG

ALENIA

WOCHEN SPÄTER …

Nichts außer den Narben auf meinem Oberschenkel, erinnern noch an die vergangenen Wochen. Es ist seltsam, wieder in L.A. zu sein. Mein Appartement sieht noch genauso aus, wie ich es damals zurückgelassen habe. Nur fühlt es sich jetzt nicht mehr nach Zuhause an. Die Stille erdrückt mich förmlich. Alles erinnert mich an eine Zeit, die es nie wieder geben wird.

Keine Aufträge mehr. Keine Huntress mehr.

»Geht's dir gut?«, ertönt Lawrenzos Stimme hinter mir.

Ich nicke und laufe humpelnd auf mein kleines Sofa zu. Die Krücken lege ich rechts neben mir ab. Ohne sie wäre es tausend Mal schwieriger, mich fortzubewegen.

»Ich werde es irgendwie vermissen, auch wenn es sich nicht mehr richtig anfühlt, hier zu sein«, seufze ich.

Lawrenzo kommt auf mich zu und setzt sich neben mich. »Bereust du es?«, hakt er nach.

»Nein.« Ich lächle ihn an und drücke ihm einen Kuss auf die Wange. »Es wird Zeit, Huntress auf Wiedersehen zu sagen. Jeder weiß nun, wer ich bin. Warum sollte ich mich noch verstecken?« Mein Blick fällt auf die Unterlagen auf dem kleinen Tisch vor dem Sofa. Es sind die Blätter, die ich ordentlich studiert hatte, bevor ich mich damals auf dem Weg zum Hafen gemacht habe. Schmunzelnd greife ich mir das erste Blatt.

»Ich muss herausfinden, was ich hier übersehen habe. Wie konntest du mich nur so hinters Licht führen?«, frage ich ihn.

Arrogant zieht er eine Augenbraue nach oben. »Du hast nichts übersehen. Es gab nichts, was auf eine Falle hingedeutet hätte. Mein Plan war perfekt«, lobt er sich selbst.

Augenverdrehend lege ich das Blatt wieder beiseite. ›*Natürlich war er das*‹, denke ich mir sarkastisch. So perfekt, dass es uns beide fast alles gekostet hätte.

Ich schaue hinaus aus dem Fenster. Der Nachthimmel ist klar und hell erleuchtet durch die vielen kleinen Sterne. Es wird das letzte Mal sein, dass ich diesen Ausblick genießen kann. Danach wird dieses Kapitel endgültig geschlossen und nie wieder geöffnet.

»Du siehst nicht glücklich mit deiner Entscheidung aus«, ertönt Lawrenzos Stimme nah an meinem Ohr. Sein Atem streift dabei meinen Nacken. Eine Gänsehaut überzieht meinen Körper. Ich erwidere nichts. Unrecht hat er nicht. Freiwillig hätte ich Huntress vermutlich nie aufgegeben. Aber für ihn würde ich es immer wieder tun.

»Das kann ja keiner mitansehen«, schnaubt Lawrenzo genervt. Verwirrt drehe ich mein Gesicht zu ihm. Er hat sich bereits vom Sofa erhoben und greift nach mir. Seine Arme legt er um meinen Körper und hebt mich damit hoch.

»Was machst du? Lass mich sofort wieder runter!«

»Nein, du wirst jetzt mitkommen. Eine andere Wahl hast du gerade sowieso nicht.« Wütend schnaube ich auf.

Er trägt mich in mein Schlafzimmer und setzt mich auf dem Bett ab.

»Das ist jetzt nicht dein Ernst«, bringe ich hervor. Ich rutsche bereits zurück an die Kante des Bettes, als er mich wieder nach hinten schubst.

»Wenn dich etwas auf andere Gedanken bringen kann, dann ja wohl ich«, grinst er schelmisch.

Ich kann in seinem Blick erkennen, wie sehr er mich gerade will. Mein Kopf ist jedoch anderweitig beschäftigt, als dass ich jetzt Lust auf Sex hätte. Mein verräterischer Körper sieht das Ganze aber mal wieder völlig anders. Verlangend pocht es allein bei dem Gedanken, wie er seinen Schwanz in mich versenkt, in meiner Mitte.

Lawrenzo beugt sich über mich. Ein wenig zu fest knabbert er an meinem Ohr. »Ich kann es kaum erwarten, dass du wieder voll bewegungsfähig bist, principessa«, knurrt er. Er kann sich gar nicht vorstellen, wie sehr ich diesen Tag herbeisehne.

»Warum nennst du mich immer so?«, frage ich ihn. Selbst bei unserem ersten Treffen nannte er mich so.

»Es gefällt mir. Diese Ironie dahinter. Eine Prinzessin muss von ihrem Prinzen beschützt werden. Du hingegen haust dem Prinzen eine rein und kümmerst dich selbst um deinen Scheiß.«

Lächelnd blicke ich ihn an, während er meinem Gesicht immer näher kommt. Kurz versinke ich in seinen dunkelblauen Iriden, bevor mir schwarz vor Augen wird. »Hey!«, beschwere ich mich bei ihm. Er hat mir einfach irgendetwas über die Augen gelegt, sodass ich nichts mehr sehen kann.

»Wehe, du nimmst es ab«, knurrt er. Er drückt mir einen schnellen Kuss auf den Mund, bevor ich spüre, wie er sich vom Bett erhebt.

»Als würden mich deine Drohungen interessieren.« Ich will nach dem Stück Stoff auf meinen Augen greifen, als Lawrenzo von hinten nach meinen Händen fasst. Ein animalisches Knurren verlässt seine Kehle. Er hasst es, wenn ich mich ihm widersetze, und doch turnt es ihn nur noch mehr an.

»Dieses eine Mal tust du genau das, was ich dir sage«, fordert er mich auf.

Ergeben nicke ich. Ein Schmunzeln kann ich mir dennoch nicht verkneifen.

Es knistert und raschelt hinter mir. Sofort ist meine Neugierde geweckt. Was treibt er da bloß? Ungeduldig warte ich, bis ich endlich wieder Lawrenzos Nähe spüre.

»Jetzt darfst du«, erlaubt er mir das Stoffding von meinem Gesicht zu nehmen.

Ungläubig starre ich Lawrenzo an. Das Licht hat er gedimmt und in seinen Händen hält er etwas, womit ich eigentlich für immer abgeschlossen hatte. Oder es zumindest versucht habe.

»Was soll das werden?«, hake ich skeptisch nach.

»Wonach sieht es denn aus?« Genervt verdreht er die Augen. »Meinst du wirklich, ich würde von dir verlangen, dass du ein Teil deines Lebens aufgibst, nur damit meine Familie dich akzeptiert?«

»Das geht nicht, Law. Es würde immer wieder auf dich, also auch auf uns, zurückfallen.«

»Wenn ich auf die Meinung anderer Wert legen würde, wäre ich nicht hier und du nicht am Leben.«

Ich richte mich langsam auf, sodass ich ihm gegenüber stehe. Halt suchend klammere ich mich dabei an seinem Pullover fest.

»Nein«, antworte ich lediglich. Die zartrosafarbene Perücke nehme ich ihm aus der Hand, so wie auch meine Lederjacke, und lasse sie neben uns auf den Boden fallen.

»Du sollst ja auch nicht mehr Huntress werden, Alenia. Du bleibst du, nur eben mit einem heißen Outfit und bunten Perücken. Nur bist du dann hoffentlich eine Lorentino und handelst auch in meinem Namen. Vielleicht auch irgendwann wir beide zusammen.«

Kurz bleibt mein Herz stehen, danach schlägt es mit doppelter Geschwindigkeit weiter. Adrenalin rauscht durch meinen Körper. Bevor ich das Gesagte vollkommen begreifen kann, hat Lawrenzo sich bereits vor mich hingekniet. In seiner Hand hält er eine kleine Schatulle. Mein Mund ist plötzlich staubtrocken. Das tut er jetzt nicht wirklich! In seinen Augen erkenne ich die pure Zuneigung zu mir, aber auch eine Finsternis, die uns jeder Zeit einholen könnte.

»Ich werde dich nicht fragen, ob du willst. Ich weiß, dass du es möchtest.« Grinsend öffnet Lawrenzo die Schatulle.

Doch statt eines Ringes erkenne ich meinen Maskenanhänger, den Melvin mir damals zu Beginn unserer langen Reise geschenkt hat. Erleichtert atme ich die angestaute Luft aus. Nicht, dass ich ihn nicht irgendwann heiraten möchte, aber gerade passt es einfach noch nicht.

»Ich will«, antworte ich freudig. Eine schwere Last fällt von meinen Schultern. Ich dachte, nie wieder Huntress sein zu können, weil Lawrenzo es niemals akzeptieren würde, und auch seine Familie nicht. Es war egoistisch von mir, ihn statt die Kinder zu wählen, doch mein Herz will ihn so sehr, dass es schon fast wehtut.

Lawrenzo nimmt den Anhänger aus der Schachtel, den er nun an einer dünnen, goldfarbenen Kette angebracht hat, und legt ihn mir daran sanft um den Hals. Er küsst mich an meiner empfindlichen Stelle hinterm Ohr und dreht mich danach wieder zu sich um.

»Danke«, hauche ich ehrlich. Es bedeutet mir wirklich viel, dass er diesen Teil meines Lebens offensichtlich akzeptieren kann, so wie ich seine dunkle Seite respektieren werde.

Es wird hart. Es wird anders als jede Beziehung zuvor. Garantiert wird es mit ihm niemals langweilig oder eintönig. Es gibt weder Grenzen noch Regeln. Und es gibt nur eine Sache, bei der ich mir absolut sicher sein kann:

Ich liebe diesen Mann abgöttisch und würde jederzeit alles genauso wiederholen, jeden Schmerz ertragen, wenn das Ende bedeutet, ihn an meiner Seite zu haben.

EPILOG

X

Zur gleichen Zeit

Mit einem wütenden Ausdruck auf dem Gesicht blickt er auf das beleuchtete Appartement. In seiner Hand hält er eine Waffe. Sein Finger liegt auf dem Abzug. Bereit, diesen jederzeit zu betätigen. Sein Herz rast viel zu schnell in der Brust. Viel zu stark spürt er die Aufregung und das Adrenalin durch seinen Körper rauschen. ›*Du wirst leiden, kleine Lia. Für alles. Für all deine Schandtaten, die du all die Jahre so gut verstecken wolltest. Für alles, was du mir angetan hast. Ich werde dich finden. Von dir und deinem fucking perfekten Leben wird nichts mehr übrig sein*‹, denkt er sich, während er sich davon abhalten muss, seinen Plan über Bord zu werfen und nicht doch noch in dieses Appartement zu stürmen.

Auf seinen Lippen bildet sich ein bösartiges, psychopathisches Grinsen. Langsam, im Schatten der Dunkelheit, entfernt er sich von dem Gebäude. Bald ist seine Zeit gekommen. Bald wird er seine Rache einfordern und das Spiel beginnen. Soll sie sich ruhig in Sicherheit wiegen. Lange hat er auf den Moment gewartet, sie zu finden. Da machen die paar Wochen auch keinen Unterschied mehr.

Du bist mir ein Leben schuldig, kleine Lia, und das werde ich mir von dir holen kommen!

UND ZUM SCHLUSS…

An dieser Stelle danke ich jedem, der mein Buch gelesen hat.
Ich hoffe, ihr hattet spannende und gleichzeitig auch emotionale Lesestunden.
Ich freue mich, euch bald schon in eine neue Welt entführen zu dürfen oder erneut auf die Reise mit Alenia und Lawrenzo schicken zu können. Es fühlt sich nämlich danach an, als wäre dies erst der Anfang einer langen Reise der beiden.
Ob es wohl wirklich so einfach für die beiden wird? Wir werden es sehen. Außerdem stellt sich ja noch die Frage, was ist mit George, Sylvian, Ana und Alenias Vater passiert.

Bis dahin freue ich mich über eure Rezensionen zu meinem Buch.
Ich werde jede Einzelne davon lesen.
Versprochen!

DANKSAGUNG

Ich möchte gerne all denen danken, die immer für mich da waren und mich ermutigt haben, weiterzuschreiben und niemals aufzugeben. Ein besonderer Dank gilt meiner Familie, die mich immer unterstützt hat und zu jeder Zeit für mich da war.

Vor allem mein Mann, der mich so oft motiviert hat und mir die Zeit geschenkt hat, so oft wie möglich weiterschreiben zu können.

Ich liebe dich!

Danke an das gesamte Federherzteam, das so viel Herzblut und Arbeit in mein Buch investiert hat. Ohne euch wäre aus der Idee niemals ein ganzes Buch geworden.

Nicht zu vergessen:

Meine wundervollen Testleserinnen Jessica, Nadine, Mira, Lena, Jenny und Sejra. Ich liebe die gemeinsame Zeit mit euch und freue mich auf die neuen Projekte.

Meine Buchbetreuerin Lisa und meine beiden Alphaleserinnen Maria und Caro. Eure hilfreichen Anmerkungen, Motivationshilfen und spitzen Kommentare haben mich so oft zum Schmunzeln gebracht. Ohne euch wären Alenia und Law nicht das, was sie sind.

Danke, dass ihr meinen Traum mit mir zusammen träumt und lebt. Ohne euch alle wäre das Buch nicht zu dem geworden, was es nun ist.

Vielen Dank!

Eure Elaina Flow

Sammle Herzpunkte und sichere dir

kostenlose Wunschbücher

Du hast Lust, Feedback zu den Verlagstiteln des Federherz Verlages zu geben? Du möchtest dabei Punkte sammeln, von denen du dir in regelmäßigen Abständen Wunschbücher aussuchen kannst?

Dann mach mit beim Herzlesen. Alles, was du dafür brauchst, ist ein Konto auf unserer Federherz-Homepage. Sobald du dieses hast, kannst du direkt damit loslegen, Herzpunkte zu sammeln.

Wir freuen uns, bald mehr von dir zu lesen!

Dein Federherz Verlag

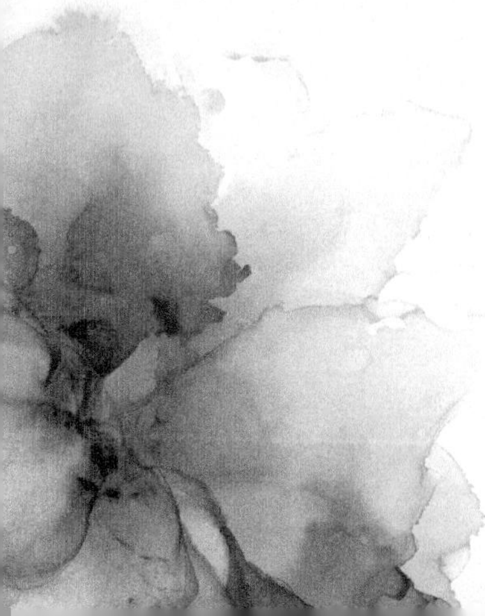